AF408464

ISBN : 9798571487757

ADULTERE

« La tyrannie des SMS, l'œil de Google »

Bérangère Delaforrest

Edition
yaka105@orange.fr

« Les personnages et les situations de ce livre étant purement fictifs, toutes ressemblances avec des personnes ou des situations existantes ne sauraient être que fortuites. »

"La liberté c'est l'art de choisir ses chaines" - Pascal

<u>Paris – 25 octobre 2012.</u>

<u>Bérangère :</u>

J'avais rendez-vous avec l'autre, ce jeudi 25 octobre, pour déjeuner, au café-restaurant le Voltaire. Je savais que nous en étions venus à un tel point d'intimité, de complicité, depuis plus d'un an et demi, que j'aurai du mal à résister à ses demandes d'aller plus loin. De passer à l'amour physique ... Je ne suis pas du genre à céder facilement, rapidement ; plutôt à me laisser désirer longtemps. Mais je savais déjà, depuis un moment, que j'allais finir par dire oui, un jour ou l'autre, ou plutôt que je n'allais pas dire non. D'autant que je craignais, en continuant à me refuser physiquement à lui, qu'il ne se lasse et que notre relation si elle devait ne rester que « *platonique* » finisse par s'arrêter d'elle-même, par lassitude. Qu'il se lasse ... il en faisait du reste le chantage en filigrane !

Et puis, pourquoi le nier, j'avais un grand besoin d'amour physique que je n'avais plus, dans mon couple avec Oscar, depuis longtemps et j'avais besoin de me sentir exister par moi-même et pour quelqu'un ; ce que l'autre m'apportait.

Nous déjeunâmes frugalement, mais nous bûmes plus que d'habitude, surtout moi. Comme d'habitude au verre, du blanc pour lui, du rouge pour moi. Maintenant je comprends qu'il s'avait ce qu'il faisait en me poussant à boire particulièrement ce jour-là car, soudain, dans un souffle, osant à peine formuler les mots, il me confia qu'il avait retenu une chambre à l'hôtel voisin, l'hôtel du Quai Voltaire à une centaine de mètres de là où nous étions.

<u>Paris – 3 ans plus tard - Novembre 2015.</u>

<u>Oscar :</u>

Un aphorisme arabe, bien machiste, énonce :

« Bats ta femme ; si tu ne sais pas pourquoi, elle, elle le sait ! »

Ma femme détestait quand j'évoquais en riant, et par provocation, cet horrible dicton et bien évidemment je ne savais pas combien il était de circonstance … Mais, rassurez vous je n'ai pas battu ma femme … mais ça m'évoque, étant cinéaste, l'une de mes réflexions concernant la notion de cadrage. Vous savez, ce qui est visible dans le viseur de la caméra pour finir par être projeté sur l'écran et qui exclut donc tout le reste en dehors. Tout le reste, l'équipe technique, les projecteurs, ce qui est laid, ce qui n'est pas intéressant, ce qui ne va pas dans le sens de ce qu'on veut dire ; tout dépend du style de film, de son sujet. En poussant un peu on peut imaginer que le boulot du réalisateur plutôt que de remplir ce cadre c'est plutôt la gestion de ce qu'il ne veut pas montrer ; ce qu'il veut ignorer, ce qu'il veut exclure... même si oui, bien sûr, c'est aussi organiser ce qui se passe dans ce cadre, diriger les comédiens, etc …

Dans la vie, c'est un peu la même chose … Le visible se détermine à contrario du non visible, du caché … et l'important est la sélection que l'on fait sur le réel de choisir ce qu'on montre et ce qu'on ne montre pas, ce qu'on dit et ce qu'on ne dit pas. Et pour moi, ces dernières années, ce qui comptait sans que je m'en rende compte c'était ce qu'il y avait hors cadre. Hors mon cadre ! Ce que je ne voyais pas bien que mes intuitions me hurlassent qu'il y avait quelque chose qui ne tournait pas rond dans ma vie. Dans notre vie !

Je n'ai pas voulu écouter cette multitude de signaux tant faibles que forts qui remplissaient mon espace vital.

Et, quand tout s'est révélé à moi et que j'ai découvert tous ces mensonges oblitérant ma vie sur plusieurs années, quand j'ai découvert que j'avais été trompé tant par l'esprit que physiquement, une expression populaire m'est revenue spontanément à l'esprit :

« Un pot de cocu ! »

J'ai eu envie de tester la vérité de cette expression populaire. Par bravade, par besoin d'une revanche sur le sort et sur mes erreurs, d'une consolation peut-être aussi; j'étais le cobaye parfait ...

Pour voir si j'avais donc du « pot », un pot de cocu, j'ai donc joué au loto !

J'avais toujours été assez méprisant pour ce jeu et ceux qui s'y adonnaient. Un jeu installé et géré par l'état et formant comme un impôt à l'envers consistant à taxer sans contrainte un maximum de gens, pauvres pour la plupart, pour fabriquer quelques riches et même quelques super riches. En fait, je trouvais ça indécent et totalement à rebours de toute la logique fiscale républicaine et de ses grands principes de redistribution issus de la Révolution.

Et, subtilité suprême, c'est un « impôt » facultatif. Oui facultatif, mais fortement « conseillé », « incité », par les nombreuses et redondantes pubs à la télévision de la Française des Jeux jusqu'à l'écœurement. Cette manière de jouer sur les espoirs, sur les rêves des gens, pour qu'ils acceptent mieux leurs frustrations, leurs désespoirs, leurs résignations ... justement en leur vendant un faux espoir. Un peu comme autrefois l'église vendait des indulgences aux gens pour s'acheter une place au paradis malgré les innombrables péchés qu'ils avaient pu commettre. Mais là, maintenant, l'état républicain qui gère bien mal le pays depuis si longtemps et est incapable de proposer de vrais buts valorisants, d'avoir une vision pour le pays, compense en proposant de jouer au loto et autres nombreux jeux de la Française des Jeux. Il vend à son plus grand profit l'espoir d'un paradis bien sur terre, enraciné dans l'idée que l'argent, beaucoup d'argent mène au bonheur.

J'ai été sur le site net de la Française des Jeux et j'ai joué au loto ! J'ai même pris un abonnement sur plusieurs semaines avec cinq grilles « flash » et option « joker », et puis j'ai complètement oublié que je l'avais fait...

<u>Bérangère :</u>

Ceci est mon histoire ! Mon histoire de ces cinq dernières années. Une histoire où j'ai laissé prendre mon esprit en otage. Une histoire où un petit garçon du passé, dont je n'avais aucun souvenir, s'est immiscé dans ma vie et dans mon couple à l'approche de mes soixante ans pour finir par s'imposer journellement à moi à travers nos échanges de SMS et nos rendez-vous plusieurs fois hebdomadaires. Au point qu'il était devenu pour moi une certaine forme de légitimité au dépens de mon mari presque ravalé au rang de frère ou de père avec qui je vivais dans le confort quotidien mais sans amour, car je pensais, à tort, qu'il ne m'aimait plus, qu'il ne me désirait plus.

<u>Paris – 1967</u> - Une école privée du 17 éme arrondissement.

L'adolescent vient d'avoir ses 14 ans. Nous sommes le 26 juin 1967. L'été approche et il est malheureux. Malheureux, car l'objet de toutes ses pensées qui se trouve devant lui, à quelques dizaines de mètres, dans cette cour de récréation ne fait pas et n'a jamais fait attention à lui. Il la voit rigoler avec ses copines et ses copains, mais jamais elle n'a daigné jeter un regard sur lui. Une fois, cette année, il a réussi à la raccompagner jusqu'à chez elle, avenue Hoche. Ils se sont même assis quelques minutes sur un banc, discutant des défauts et mérites comparés de leurs différents professeurs qu'ils ont en commun. Pour lui c'est le plus beau souvenir de sa vie. Il se le repasse en boucle tous les jours dans son esprit. Mais il n'a pas été capable de lui avouer son amour. Comment l'aurait-il fait, du reste, vu l'insouciance hautaine et sûr d'elle de la jeune fille. Une fille de haute bourgeoisie, avec une ascendance, une famille, un prestige, un père ayant des responsabilités dans une importante société internationale. Lui, il n'est rien ; un enfant adopté, un enfant de la Ddass …

Et bientôt, très vite, ça va être les vacances. Les grandes vacances comme on dit. Pour lui ce n'est pas une joie, car il ne la reverra plus. Plus jamais, car l'année suivante chacun ira dans une école différente. Leur passage de deux ans en commun dans cette école prendra fin.

Va-t-il traverser cette cour et lui parler ? Lui avouer tout son amour ! Non, il n'en a pas le courage. Trop peur du ridicule ! Trop petit, trop jeune, trop misérable. Et puis elle éclatera de rire et il sera la honte devant tous ces fils et filles de famille, orgueilleux de leur rang, de leur fortune, de leur confort. Il a conscience qu'il va le regretter toute sa vie, mais il est tétanisé. C'était sur ce banc où focalise tout son esprit, tout son bonheur, qu'il aurait dû tenter sa chance ; avouer ses sentiments.

Le jeune garçon venait de s'implanter un virus pour la vie. Un virus de frustration, de jalousie, d'envie et de recherche de vengeance sur ce qu'il ressentait comme l'injustice de sa vie. Il savait qu'un autre passerait sa vie auprès de cette jeune fille et future femme, et que déjà, cet autre, il le détestait qui qu'il fût, où qu'il soit.

Oscar :

De nos vingt ans, lors des « *seventies* » diraient les anglais, il me reste le souvenir d'une femme comète. L'une des particularités de ces astres est une orbite elliptique allongée autour du soleil qui les fait repasser régulièrement près de la Terre après s'en être éloignée beaucoup pendant des périodes plus ou moins longues. L'autre particularité est qu'en éjectant des gaz et des poussières après s'être échauffée à proximité du Soleil, les comètes traînent aussi derrière elles une chevelure de lumière. Et Bérangère, ma future femme, telle une comète, apparaissait et disparaissait de ma vie, de mon orbite, à intervalles plus ou moins longs, traînant avec elle la magie de sa féminine lumière avec son charme et son corps de rêve.

Nous nous connûmes alors que nous avions dans les seize ans, lors d'une « *boume* » comme l'on disait alors. Nous nous vîmes plusieurs fois, allâmes au restaurant, au cinéma, mais ça n'accrocha pas plus que ça. Nous eûmes même un accident de moto de nuit, ce qui entraîna le lendemain une engueulade mémorable entre nos deux pères qui ne pouvaient pas imaginer, à ce moment là, notre futur union ... Mais, depuis cette première rencontre, régulièrement Bérangère disparaissait de ma vie pour mieux revenir régulièrement à espacements plus ou moins grands : pendant une dizaine d'année ! C'était elle qui me faisait signe puis disparaissait à nouveau plus ou moins longtemps ; sans que nous ne passions en mode amoureux, ayant chacun un compagnon, une compagne, à ces moments là. Et puis, alors que je ne l'avais pas revu depuis longtemps, elle réapparu, comme ça, comme par magie; à un moment où j'étais seul, venant de terminer une relation passionnelle un peu tumultueuse. J'appris en suite que pendant cette période elle était partie en Angleterre pendant deux ans.

Elle m'appela au téléphone, et tout devînt simple ; comme si ça avait été écrit. Elle me fit patienter tout de même assez longtemps, plusieurs mois en fait, pour concrétiser ; puis un beau jour je vins la chercher au train qui la ramenait du midi, de chez ses parents, et ce fut fait, tout naturellement. Six mois plus tard nous décidâmes de nous marier.

<u>Bérangère :</u>

J'étais resté deux ans à Londres, travaillant dans l'univers de la mode, pour Kenzo entre autres. En fait, en ce qui concerne ma vie sentimentale, je n'avais jamais été à cours. Il y avait toujours au moins un prétendant. Je n'avais qu'à faire mon marché, changeant de compagnon quand j'étais lassé de celui en cours. J'étais aussi, là bas dans la capitale anglaise, poursuivie par les assiduités d'un mexicain ; très beau ; d'une famille très riche de plus. Il était fou amoureux de moi ; il voulait m'épouser. Je n'ai pas donné suite ; pourquoi ; je ne sais pas ! Peut-être n'avais-je tout simplement pas envie d'aller vivre au Mexique. Peut-être aussi avais-je eu peur du côté très « macho » des hommes de là bas. Et puis finalement je suis revenu à Paris. C'est moi qui ai reprise contact avec Oscar. Il en fut un peu surpris si je m'en souviens bien. Et tout ce déroula plutôt rapidement. Bizarre la vie ! Jamais je n'aurais imaginé, quand je l'ai connu dix ans plus tôt, que ce serait lui mon futur mari.

<u>Paris – Juin 2011 :</u>

<u>Oscar :</u>

Ce jeudi là il faisait très beau sur Paris. J'étais très énervé. Je venais de déjeuner avec mon producteur, et je voyais bien qu'aucun de nos projets n'avançait concrètement. Et que donc s'éloignait d'autant toute chance d'une nouvelle réalisation. Donc ça me prenait la tête ; et je conduisais ma moto dans les encombrements de Paris avec ces frustrations en tête. Ce qu'il faut absolument éviter. Ne jamais conduire une moto quand on n'est pas bien dans sa tête. L'on doit être tout à sa conduite, extrêmement vigilant, presque extralucide afin de tout anticiper à 360 degrés. Et surtout anticiper les bêtises des autres. Car, sans carrosserie de protection, que l'erreur vienne de soi ou des autres ce dont on est sûr c'est de payer l'adition finale. Non seulement avec les dégâts sur sa machine, mais aussi et beaucoup plus grave par des dégâts corporels plus ou moins importants. Dégâts que j'avais toujours été jusqu'à ce jour chanceux d'éviter malgré quelques accidents de la circulation.

C'est ce qui arriva ce jour-là. Et une fois de plus l'erreur venait de quelqu'un d'autre. En l'occurrence d'un taxi qui à l'arrêt complet dans les encombrements accepta de déverrouiller sa porte arrière afin de laisser descendre sa cliente. Et faute aussi de la cliente qui ne prit pas la précaution de regarder avant d'ouvrir sa portière.

L'accident ne fut pas bien grave, mais je me retrouvais tout de même avec la main gauche en sang. Elle avait été prise en tenaille entre mon guidon et mon réservoir. Ce qui n'aurait pas dû arriver si le guidon avait été correctement réglé ...

Ma main pissait abondamment le sang et ma tortionnaire, la cliente du taxi, m'avait donnée plusieurs kleenex afin de n'en mettre pas partout. Donc, ainsi emmailloté, je ne pouvais rien voir de l'étendue des dégâts me contentant de prendre les choses stoïquement. Je finis ma journée dans une clinique qui par chance, dans mon malheur, était toute proche. Une clinique spécialisée entre autres dans la chirurgie de la main et que je connaissais bien pour avoir déjà, pour autre chose, eu recours à leurs services.

L'infirmière étala ma main à plat sur une table de consultation recouverte d'une protection en papier. Ce n'était pas beau à voir. Un doigt, l'annulaire, éclaté comme une saucisse trop cuite ; et l'ongle du petit doigt arraché. L'infirmière faisait grise mine d'autant qu'il y avait une complication supplémentaire. Pas de pot, je portais à ce doigt très justement dénommé « *annulaire* » mon alliance et ma chevalière, cadeau de mon père quand j'avais eu dix-huit ans. Une seule solution me dit-elle, couper les deux anneaux car impossible de les retirer sans encore plus tout arracher.

Elle appela à la rescousse un infirmier pour qu'il vienne avec des outils, une pince coupante en l'occurrence, et qu'il coupe sans me blesser davantage les deux bijoux d'ailleurs complètement tordus, déformés. Je donnais bien évidemment mon accord et ce fut fait. La pince sectionna un anneau après l'autre.

Ça me fit drôle quand la pince sectionna mon alliance ... sans le savoir, sans en avoir vraiment conscience autrement qu'intuitivement, j'en avais perçu la portée symbolique. Était-ce mon mariage qui était « *sectionné* » ?

<u>Bérangère :</u>

Mon iPhone sonna ! D'un coup d'œil sur l'écran je vis tout de suite que c'était mon mari. J'étais avec l'autre en ce début d'après-midi ; assis tous deux à une terrasse inondée par le soleil de juin. Nous trainions devant nos déjà deuxièmes tasses de café, n'arrivant pas à nous décider à mettre un terme à notre rencontre. Cela faisait déjà environ cinq mois qu'il m'avait contacté et que petit à petit il s'était installé dans ma vie. Cinq mois que nous nous voyions de plus en plus régulièrement sans que mon mari en ait la moindre idée.

Heureusement, malgré les circonstances, j'ai décidé de décrocher.

<u>Oscar :</u>

Elle décrocha très vite ; bonne surprise ! J'avais craint qu'elle n'entende pas son iPhone généralement coincé au fond de son sac, comme pour toutes les femmes ! Je lui expliquais la situation, l'accident, la clinique. La rassurant tout de même, lui expliquant que seuls deux de mes doigts avaient payé l'addition pour l'imprudence du taxi. Sans parler de la moto qui était hors service.

Je lui expliquais que j'allais être opéré le soir même et que ce serait formidable qu'elle vienne à la clinique pour me soutenir. Et m'accompagner pour mon retour à la maison.

Ce qu'elle fit. L'opération se passa bien. Je ne me rendais pas compte, à ce moment-là, que j'étais bon pour une période de plus d'un an d'innombrables séances de kinési spécialisé dans la rééducation de la main, et même d'une future deuxième opération !

Mais, surtout, je ne me rendais pas compte que j'étais aussi bon pour plusieurs années de mensonges et à qu'elle point le sectionnement de mon alliance, toute tordue, était un signe à haute portée symbolique. Une alerte même !

<u>Bérangère :</u>

Je ne sais pas qui a écrit cela, ni où, mais ces mots me hantent :

« On se sent vieille quand on se sent transparente. Quand plus personne ne pose plus les yeux sur vous. »
Pour une femme, quel que soit son âge, il est très important de se sentir désirée. Et j'avais le sentiment que cela avait disparu dans les yeux, les gestes, les actes de mon mari.

Et j'approchais de la soixantaine. Mon corps changeait, évidemment, mais j'étais toujours une très belle femme au corps de liane comme une jeune fille. Souvent les médecins, admiratifs, me le disaient et j'allais souvent les voir pour différents problèmes. Mais sans doute avais-je besoin d'une autre sorte de médecin. Et cet homme entra dans ma vie progressivement, sournoisement, sans effraction apparente, avec énormément d'intelligence. Celle du chasseur devant une proie. Le chasseur qui sait attendre. Maintenant je me rends compte combien j'ai été inconsciente. Superficielle.

On le voyant jamais je n'aurais pu penser qu'il puisse devenir un jour mon amant. Mais il tombait en terrain fertile. Cela faisait plusieurs années que je me sentais malheureuse dans mon couple. En fait j'avais tout ; un mari plutôt bel homme, pas de vrais soucis d'argent, un magnifique appartement à Paris, une splendide villa dans le midi, deux beaux garçons adultes atteignant la trentaine ...

Tout, mais pas l'essentiel. Je m'étais persuadé que mon mari ne m'aimait plus et surtout n'avait pas de considération pour moi. Et, pire que tout, je m'étais persuadée qu'il n'avait plus d'attirance physique pour moi. Que je ne l'intéressais plus et j'avais même parfois le sentiment de le dégouter. Pourtant nous faisions plein de choses ensemble. Nombreux voyages, aménagements et location de notre villa dans le midi, et surtout nous travaillions ensemble dans notre société de production sur des films documentaires qu'il réalisait. C'est moi qui m'occupais du stylisme, des costumes, de la relation avec les comédiens ... Ce travail me passionnait.

Mais il me manquait l'essentiel ! Que mon mari me dise qu'il m'aime et qu'il me fasse l'amour ! À mesure que je vieillissais j'avais le sentiment que son regard se faisait plus dur. Je le sentais quand j'étais nue dans la salle de bain et qu'il détournait le regard, je le sentais quand les rares fois où nous faisions l'amour c'était dans le noir et je le constatais, car il ne bandait plus pour moi. J'avais même le sentiment qu'il avait de la répulsion pour mon corps, pour mon sexe qu'il aimait tant autrefois caresser, lécher, me faire exploser de jouissance.

Tout ça était loin. Il m'expliqua qu'avec l'âge il avait du mal à bander, problème de prostate entre autres. Il alla donc voir le médecin qui lui proposa les petites pilules magiques !

Au début je me suis dit pourquoi pas ? Mais très vite ça n'a abouti à rien. Et c'était même pire, car je pensais qu'il se forçait à essayer de me faire l'amour et qu'il se motivait avec les petites pilules. J'ai détesté ces pilules et du coup j'ai envoyé promener mon mari. Je comprendrai, beaucoup plus tard, que je m'étais trompé. Qu'il avait, ou plutôt qu'en grande partie il croyait avoir, un vrai problème et essayait de le résoudre avec ces fameuses pilules. J'ai compris aussi, plus tard, que je n'ai pas su interpréter de nombreux signes qu'il me donnait dans la vie courante comme au creux de notre lit. De nombreux signes, mais sans doute aussi trop timides. Je n'avais pas compris que quelques gestes de moi eussent tout changé. Des gestes montrant ma tendresse, mon amour, mon désir de l'aimer, de le faire jouir, et qu'il me fasse jouir,

En fait nous aurions dû réinventer notre quotidien ; un quotidien délétère où l'on se noie dans le travail, où l'on regarde trop la télévision, où l'on subit une overdose d'info en continue; où l'argent règne en maître puisqu'il préside à la plupart de nos décisions, petites ou grandes ; à notre pouvoir de faire ou pas les choses. Va-t-on aller au restaurant, ou pas. Va-t-on aller faire ce voyage en Italie, en Toscane, dont mon mari rêve depuis des années ... ou ce voyage en Asie ... Un quotidien où l'on ne laisse finalement aucune place à l'amour. A faire l'amour. A s'aimer. A contempler ensemble, des heures, nus, un feu de bois en écoutant de la musique, du jazz, du blues, du soul ...

A se donner rendez-vous pour faire l'amour, comme des amants clandestins, pour que chacun se prépare et se mette en condition avec le plaisir en perspective de passer un bon moment ensemble. Afin de théâtraliser la rencontre, l'acte, le désir. A accessoiriser le moment. A me préparer pour faire l'amour ... en m'érotisant. D'enfiler des bas, des porte-jarretelles et bien d'autres idées ... De ne pas se cantonner à faire l'amour le soir avant de dormir alors qu'on est fatigué après un dîner et le visionnage d'un film, souvent sans intérêt, à la télévision. En fait nous nous étions, comme de nombreux autres couples sans doute, enlisés dans une routine démoniaque et tue-l'amour.

Et donc, avec ces fameuses pilules magiques, mais sans tentative de nouvelle séduction, sans théâtralisation du sexe, ce fut pire. Je n'avais plus envie qu'il me touche et évidemment ça accentuait son problème, ses frustrations ... En fait, j'arrivais à une sorte de répulsion. D'amour répulsion, car je tenais à lui. Mais je ne pouvais l'aimer par moi même, aller vers lui et le débloquer aussi bien sentimentalement que physiquement, car c'est ce que j'attendais moi-même de lui. Sans le savoir, nous nous étions installés au milieu du guet sans prendre les choses en main et décider sur quelle rive nous décidions d'aller. Chacun sur la sienne ou tous les deux ensemble en choisissant laquelle. Je n'ai pas su l'aimer et le lui prouver. Je n'ai pas su aller vers lui. J'ai toujours tout attendu des hommes ayant l'habitude d'avoir été, et d'être encore, parfois, fort courtisée. Je ne me suis jamais battu pour séduire, pour garder, un homme. Je n'ai eu qu'à choisir, tel le héron devant sa rivière qui regarde passer les poissons. Et je ne m'étais finalement pas trop trompée avec le mari que je m'étais choisi même si maintenant les inévitables lassitudes de la vie nous avaient durcis.

Il baissa les bras, et le reste ... et du coup il n'était pas toujours très gentil avec moi, évidemment. Il n'était pas accompli, pas bien dans sa peau. En fait il ne comprenait rien à ce qui lui arrivait ; ce qui nous arrivait. Même s'il s'occupait de moi et qu'il était concerné par mes différents problèmes de santé ; et qu'il s'inquiétait.

Et moi je vieillissais et je ne le supportais pas. Les rides, les plissures, les problèmes de peau et la menace d'un cancer, d'un mélanome m'empêchant de me mettre au soleil ; moi qui aimais tant ça ! Et qui en avait tant abusé ... L'arthrose aussi ... plusieurs opérations ...

En résumé j'étais mûre pour succomber à un ouragan poisseux de déclaration d'amour vampirisant. Un ouragan d'une amplitude totalement improbable, mais qui arriva.

<u>Oscar</u>

J'aime ma femme, et l'ai toujours aimée malgré les vicissitudes de la vie, de notre vie, et les erreurs que j'ai pu faire. Je l'aimais, mais j'avais oublié de continuer à le lui dire. J'avais oublié les sentiments. Je me suis castré moi-même, tant sentimentalement que physiquement, sous le poids de la vie et de l'âge qui s'avance. 60 ans ! Je n'avais aucune idée de ce que la sexualité en vieillissant pouvait être. Sauf que ça me terrifiait ! Évidemment, l'on découvre les choses au fur et à mesure de la vie et l'on s'adapte d'autant qu'il est bien difficile de trouver quelqu'un pour parler sans fard de ces choses là. J'avais baissé les bras admettant pour acquis qu'un couple sous le poids des années ne pouvait plus que vivre un peu comme frère et sœur. Quelle erreur. Heureusement du reste ! Mais je suis tombé dans le piège. Nous sommes tombés dans le piège. Je n'avais pas compris qu'il ne faut jamais cessé de faire la cour à sa femme. Qu'elle a besoin de quelqu'un qui lui dise qu'il l'aime. Qui la valorise et qu'elle se sente exceptionnelle dans le regard de l'autre. Et lui répète ... Et qu'il ne peut pas se passer d'elle et qu'elle est belle, éternellement belle, malgré les insultes des années qui passent.

Je ne m'occupais que du quotidien matériel. Appartement, voyages, voitures, cadeaux, etc ... Le confort et l'obsession de le garder, de l'améliorer, et donc l'obsession de l'argent, des impôts, des taxes ... Une course sans fin que l'on est sûr de perdre tôt ou tard !

Il y a une pensée du Dalaï-Lama qui retranscrit bien ce sentiment :

« Les hommes perdent la santé pour accumuler de l'argent, ensuite ils perdent de l'argent pour retrouver la santé. Et à penser anxieusement au futur, ils oublient le présent au point de ne vivre ni le futur ni le présent. Ils vivent comme s'ils n'allaient jamais mourir, et meurent comme s'ils n'avaient jamais vécu. »

« Les hommes vivent comme s'ils n'allaient jamais mourir, et meurent comme s'ils n'avaient jamais vécu ... ». Quelle vision lucide du comportement des hommes ; et comme il est difficile d'échapper à cet engrenage qui vous broie au quotidien. En y réfléchissant, c'est exactement comme cela qu'une bonne partie de ma vie s'est déroulée à l'instar, sans doute, de la plupart des gens. Entre autre en ce qui concerne les sujets sentimentaux et amoureux.

Ma femme, le centre de gravité de ma vie.

J'essaye d'en tenir compte à présent. Mais l'angoisse du futur, du vieillissement est tellement plus forte.

En approchant de la soixantaine, j'admettais comme normal de faire de moins en moins souvent l'amour avec ma femme pour finir par ne presque plus le faire du tout. Je la sentais peu motivée et j'avais mis ça sur l'érosion du désir laminé par l'avancée en âge ; mais il y avait une autre raison. Cachée ! A la fois devant mes yeux et en même temps occultée par mon aveuglement et mes soucis matériels. Il n'y a pas de pire aveugle que celui qui ne veut pas voir ...

Jusqu'à ce jour de juin, le 18, comme l'appel du général. Mais ce n'était pas de Gaulle ! C'était un SMS découvert fortuitement, par hasard, car j'avais, sur la demande de ma femme, emprunté son téléphone portable pour pouvoir le synchroniser avec le système mains libres de notre voiture. Le temps de descendre au parking en sous-sol, in extremis avant qu'il n'y ait plus de réseau, sans doute dans l'ascenseur, l'écran du portable de Bérangère m'annonça un nouveau message. J'ai hésité à le lire. A violer « *son courrier* ». Mais mon intuition et ma curiosité furent plus fortes que mes scrupules. J'ai découvert avec stupéfaction le message suivant :

« Mon amour chéri, j'espère pouvoir très vite te câliner à nouveau ». Signé : CH.

Enfin ! Le hasard, la chance, me donnait une preuve tangible, me dessillait. Mes intuitions redondantes n'étaient pas preuves de paranoïa aiguë ... J'avais été un mari complaisant sans le savoir. Depuis combien de temps ? A ce stade je n'en savais rien encore. Le seul côté positif était que ce malaise diffus, cette intuition que je me forçais à envoyer promener, soudain prenait corps. J'étais dans le concret.

Ainsi donc un homme se permettait d'appeler ma femme « *Mon amour chéri* » et en plus il venait juste, manifestement il y a très peu de temps, de la câliner, traduction : la baiser ; et il veut remettre le couvert dès que possible.

J'ai tout de suite haï cet homme qui avait touché ma femme. L'avait vu nue. L'avait submergé d'un amour de pacotille que j'allais être amené à découvrir avec effarement, par petites touches, l'une après l'autre. Car ce fut le commencement d'une enquête incroyable où, avec un soin masochiste, j'ai défilé, décortiqué, ma vie, notre vie. Où j'ai essayé de rembobiner la bande vidéo de notre existence sur plus de quatre ans.

Je hais ce type d'autant plus qu'il me met face à mes propres manquements. Mes propres stupidités. Pires, mes propres renoncements. Pour ne pas parler de complaisance.

Donc j'aime ma femme, mais elle ne le savait pas ou l'avait oublié. Ou plutôt si, elle le savait, mais avait besoin que je l'exprima. Et donc elle s'était laissé charmer, subjuguer par ce monsieur. Par l'autre ...

<u>Paris 2010. 7éme arrondissement. Un bureau rue de Verneuil.</u>

Le petit garçon de la cour d'école de 1967 est depuis longtemps devenu un homme. Il a 57 ans. Plutôt grand, une certaine prestance, mais les traits du visage assez mous, un peu veules, le nez chaussé de lunettes indispensables derrière lesquelles se cachent deux yeux bleus délavés. Vêtu d'une simple chemise blanche, mais toujours avec son éternelle cravate, il est assis à son bureau sans fenêtre entouré de manière oppressante par une quantité considérable de livres. Son ordinateur est allumé et il travaille une fois de plus sur un bouquin qu'il écrit sur Louis XIV, le grand sujet de sa vie. Mais soudain il change d'avis et bascule sur la consultation d'un site qui permet de retrouver les anciens camarades de classe. Car il n'arrête pas de réfléchir à sa vie, sa triste vie pleine de frustrations. Du moins c'est comme cela qu'il la ressent de manière lancinante et plaintive. A son mariage, surtout, avec une femme qu'il se persuade avoir épousé par dépits, car il n'a pas pu avoir l'autre, son fantasme d'adolescent. Celle dont il repense sans cesse de manière obsessionnelle, la petite fille de ses 14 ans. Bérangère ... elle doit porter un autre nom de famille maintenant, réfléchit-il. Son image flotta dans ses souvenirs, restés très nets, diffusant en lui un sentiment de bonheur intense. Est-elle toujours aussi séduisante, charmante, merveilleuse ? Il n'a aucun doute là-dessus, elle ne peut qu'être restée sublime, se persuade-t-il, malgré les années passées. Souvent même il se l'imagine en pensée, pour alimenter ses fantasmes et ses désirs, assouvissant par l'onanisme un ersatz de jouissance. Jouissance à la fois libératoire mais en même tant extrêmement frustrante. Maintenant, c'est sûr, il a besoin de l'avoir en chaire et en os ; de la posséder réellement.

Il prend donc sa décision ; lourde de conséquences. Il va la retrouver et la contacter. Bien évidemment, elle est surement mariée avec des enfants ; mais qu'importe, c'est lui qui l'aime vraiment. Il a donc tous les droits ; il va trouver un biais pour prendre contact en douceur avec elle et si le terrain s'y prête lui avouer son grand amour et son désir d'elle. Vivre enfin ce qu'il a toujours souhaité. Tant pis si ça doit faire du mal autour d'elle ou autour de lui. Du reste il ne veut même pas y penser. Il veut assouvir son fantasme, séduire la petite fille de 1968, et l'amener dans son lit. Pour cela il faut commencer par la retrouver.

Il va donc fouiller avec son ordinateur grâce à la magie des recherches faciles et rapides sur le Net, via Google, afin de trouver des pistes ; entre autres grâce à ces sites qui offrent aux nostalgiques esseulés ou à ceux qui s'ennuient dans leur vie de tout les jours de retrouver des camarades d'école : « Copains d'avant », « Trombi.com », entre autres ; sites permettant pour certains de renouer d'anciennes amourettes inassouvies ; ou de se faire envoyer aux pelotes, le plus souvent. Des sites plus professionnels aussi, auxquels il a accès à travers ses recherches généalogiques pour savoir, par exemple, qui a épousé qui ; pour connaître les filiations.

Ses investigations, épisodiques, s'étalèrent sur plusieurs mois, jusqu'à une piste qui finie par se préciser. Il découvrit qu'effectivement elle était mariée et que le mari était cinéaste ; et dont les dernières réalisations touchaient à l'Histoire ; des documentaires entre autres ; docu/fiction plus exactement. Il apprit que la femme qu'il recherchait, travaillait avec son mari et était apparemment styliste responsable des costumes. Un fabuleux prétexte pour prendre contact, l'Histoire … il était sur son terrain.

Le temps passant, il creusa plus avant son enquête et découvrit même tout un site dédié aux dernières réalisations du mari. Dont un sujet qui mettait en scène Louis XIV lui-même. Avec une photo, en costume, du comédien ayant interprété le roi. Un Louis XIV minable, trouva-t-il. Loin de la manière dont il se l'imaginait, lui le spécialiste ayant écrit de nombreux ouvrages sur le sujet. Mais en fait, il ne supportait pas, et méprisait même, tous ces gens de cinéma et de télévision qui s'arrogeaient le droit de mettre en scène l'Histoire en utilisant des comédiens accoutrés des costumes de l'époque. Et par-dessus tout il ne supportait pas qu'on touchât à son cher personnage favori. Le grand roi Louis XIV. Qu'on osa l'incarner !

Le site lui offrit même la possibilité de découvrir la tête de son ennemi. Celui qui avait épousé la femme de sa vie. Celui sur qui il allait pouvoir concentrer toute sa haine, toute sa jalousie. Malgré son parti pris contre lui il devait bien reconnaître qu'il était plutôt bel homme à l'aube de la soixantaine. En plus les photos qu'il découvrait étaient sur le mode baroudeur, chapeau façon Indiana Jones vissé sur la tête, appareil photo ou caméra à la main, sur fond de décor exotique. Regard direct, avec une présence physique, un charisme indéniable. Les cheveux encore nombreux, mais déjà gris tendant sur le blanc. Il eut préféré que son « concurrent » fût carrément moche ! Raté !

Mais ce qui l'eut intéressé c'était de découvrir des images de son aimée. Or, malheureusement, il n'en trouva aucune. Comment est-elle maintenant, ressassa-t-il une fois de plus, tout de même inquiet ? Toujours aussi svelte, aussi élancée, ou bien avait-elle, comme la plupart des femmes prise du poids avec l'âge ; comme la sienne ? Comment allait-il réagir en découvrant comment elle avait évolué ? Mais fallait-il encore qu'il obtienne un rendez-vous. Et en évitant le mari. Impératif ! En tous cas il avait devant lui, grâce au site, l'adresse et le numéro de téléphone de leur société de production. Il n'y avait plus qu'à forger un prétexte suffisamment plausible pour entrer en contact avec Bérangère.

<u>Bérangère</u>

Au début il fut prudent, l'autre, très prudent, très respectueux, très poli, très grand siècle. Un 17éme siècle où il vivait au quotidien à travers ses travaux sur Louis XIV. Et, comme le Roi-Soleil, il avait décidé de prendre maîtresse. Mais à ses yeux, pas n'importe quelle maîtresse. Une femme pour lui exceptionnelle, c'est à dire moi ... et c'est ce qui me fit craquer. Il me déifiait.

Tout commença par un appel téléphonique à la production. L'homme, m'avait-il dit, avait vu des documentaires historiques réalisés par mon mari. Du moins c'est ce que je croyais à cette époque-là. Il avait en fait déjà appelé à la société moult fois, laissant des messages en insistant sur le fait qu'il voulait me parler à moi, personnellement. Pour un projet de film historique sur Louis XIV. Je pensais que c'était parce que j'étais la gérante de la société.

Nous en riions avec Kevin, notre collaborateur, qui avait pris les messages. Nous riions de cet homme qui ne se lassait pas d'appeler sans laisser de numéro pour le rappeler ; et je n'étais jamais là au moment où il appelait. Kevin en avait ras le bol de ses appels et m'avait dit pressentir que c'était un « gros nul ». Et donc perte de temps. Pour cette raison il n'en avait même pas parlé à Oscar, mon mari.

Jusqu'au jour où il appela alors que j'étais présente. Kévin me tendit le téléphone en rigolant et avec un clin d'œil. « C'est le nul ! », me dit-il !

L'homme se présenta : M. Levain. Un faux nom en fait, mais proche du sien. Je le découvris plus tard. C'était un spécialiste de Louis XIV. Mais pas un historien ; un documentaliste capable de se prendre la tête à compiler toute la vie du roi soleil jour par jour. Il m'expliqua qu'il voulait faire un documentaire sur Louis XIV d'après une idée à lui. Il y avait un financement potentiel. Du moins c'est ce qu'il me fit croire ...

Et de me faire croire que c'était le hasard qui, à travers ce projet de film, fasse que nous nous rencontrions. Mais c'était bizarre qu'il s'adresse à moi, directement. J'étais bien la gérante de notre société, mais pour les productions et surtout la réalisation, c'était Oscar qui s'en occupait.

Au téléphone, l'homme ne me paraissait pas très sérieux ; mais j'acceptais un rendez-vous. On ne sait jamais dans ce métier, peut-être une occasion à saisir. Ça ne coutait rien d'écouter ce qu'il avait à dire. Nous prîmes rendez-vous pour le vendredi 14 janvier 2011 à 15h30. Au grand café de la place, près de notre société.

J'arrivai un peu en avance à ce rendez-vous ; premier, ce que je n'aurais jamais pu imaginer, d'une longue série. Après un coup d'œil circulaire à la recherche du monsieur, d'autant plus vaine qu'il y avait peu de monde, je m'installai au fond de la salle de manière à avoir une vue panoramique incluant l'extérieur et me permettant d'appréhender quiconque arrive dans le café. Très vite je repérai un homme, plutôt pas mal de sa personne, qui tournait autour de la brasserie d'un pas hésitant essayant vaguement de regarder à l'intérieur. Je me suis tout suite dit que ce pouvait être lui. Mais, peut-être faisais-je erreur, car bien qu'ayant à plusieurs reprises contrôlé le nom de la brasserie le « *Bouquet des Invalides* », il n'entrait pas franchement. Et puis, soudain, il disparut pour s'éloigner et traverser le boulevard. Je me suis trompée, pensais-je, ce n'est pas lui. Je me mis à nouveau à scruter la foule des passants à la recherche d'un nouveau candidat. L'heure de notre rendez-vous étant maintenant franchement passée d'une bonne dizaine de minutes, je pris mon Smartphone au fond de mon sac pour vérifier s'il n'avait pas, par hasard, laissé un message pour se décommander ou prévenir de son retard. C'est à ce moment-là, en relevant les yeux, que je le vis dehors revenir franchement, d'un pas cette fois-ci décidé, vers la brasserie pour entrer. Il m'expliquera plus tard qu'il avait été en fait mort de trouille en se rendant à notre premier rendez-vous et qu'il avait eu un trac intense, face au café, au moment de me rejoindre.

A peine entré, il se dirigea droit vers moi un peu comme l'on se jette à l'eau ; et comme s'il me connaissait ? Cependant, j'étais sans doute la seule à correspondre à ce qu'il recherchait dans ce café peu fréquenté à cette heure hivernale de début d'après-midi suivant le service du déjeuner. J'eus tout de même, fugitivement, le sentiment bizarre qu'il semblait me connaître, ou du moins se comportait comme s'il me connaissait. Ça m'a traversé rapidement l'esprit.

L'homme était plutôt grand, assez massif, la soixantaine ; des traits un peu épais masqués par des lunettes imposantes de myope; habillé d'un costume très classique, plutôt bien coupé, mais totalement démodé, trop ample, et d'une cravate. Je le compris plus tard, il portait toujours une cravate. Il s'approcha de moi et, très protocolairement, pompeusement même, me serra la main, me remercia de ma venue. Alors que je l'invitais à s'asseoir en face de moi, je sentis, sans en être sûre, une émotion intense qui le traversait.

Nous parlâmes de son projet de film. Très vite je sentis que ce n'était pas très sérieux. Tout était flou, il n'y avait pas de dossier, de synopsis, de plan de financement, enfin rien de ce qui ce fait en général. Mais, il me parla d'Histoire, et avec passion de son personnage favori sur lequel il avait beaucoup écrit, Louis XIV. Je compris aussi très vite qu'il était très vieille France, attaché aux valeurs traditionnelles, et même franchement catholique intégriste.

Je lui expliquai que pour développer son projet il me faudrait un dossier un peu plus complet, avec une note d'intention, une description des personnages, de l'époque, un point de vue, etc ... et que pour aller plus loin il convenait qu'il rencontrât mon mari, Oscar, qui était réalisateur et qui pouvait porter le projet, si ça l'intéressait, devant un producteur et une chaîne de TV. Dès que je fis mention de mon mari et qu'il était indispensable qu'il le rencontre pour développer plus avant ce projet, je le sentis se raidir. La mention même de mon mari le crispait. Nous nous quittâmes sur la promesse de se revoir bientôt afin qu'il ait le temps de monter un dossier un peu plus solide pour me le fournir. J'insistai pour le voir avec mon mari, mais il rejeta assez vivement l'idée arguant que ce n'était pas la peine de lui faire perdre son temps à ce stade du projet. Après il verrait, si les financements se confirmaient.

Avais-je assez insisté pour qu'il rencontre mon mari ... peut-être pas ; car c'était vraiment troublant, tout de même, qu'il ne voulut pas rencontrer Oscar, et totalement paradoxal avec le désir de voir aboutir son projet de film. Mais je n'ai pas voulu intellectualiser ! En fait dès ce premier rendez-vous il m'avait contaminé ... car il m'apportait de manière subliminale ce qui, sans m'en rendre compte vraiment, me manquait dans ma vie ... de la prévenance, une mise en valeur, et surtout, surtout, je me sentais à nouveau femme, femme désirable.

Je gardais donc un sentiment partagé suite à cette rencontre d'autant que je ne croyais pas beaucoup en la viabilité du projet. « *Un projet bidon de plus !* », aurait sans doute pu dire Oscar. Est-ce pour cela que je ne lui en ai pas parlé tout de suite ? Où étais-je déjà, depuis le début, sous l'emprise de l'autre sans m'en rendre compte ... M'avait-il séduite dès cette première rencontre ? Je ne sais pas !

Ce n'est que bien plus tard, alors que je savais ce projet n'être un prétexte fallacieux pour me rencontrer, que j'en parlai à mon mari. Celui-ci était débordé et donc n'y fit pas grand attention, habitué qu'il était de ces projets fumeux proposés par tout le monde et n'importe qui. Evidemment il me proposa tout de même de rencontrer cet historien. Or je savais que l'autre ne voulait surtout pas le rencontrer ! Evidemment ! Et que si je forçais les choses je ne pourrais plus développer une relation indépendante ...

Je lui expliquais que c'était trop tôt et sans doute une perte de temps pour lui. Et que si le projet devait prendre corps il serait toujours temps qu'ils se rencontrent. Finalement ça l'arrangeait que je m'en occupe, au cas où ? Sais-t-on jamais ! Ce qui tracassait tout de même mon mari, et cela dura plusieurs années, c'est pourquoi cet homme s'était adressé à notre société alors que nos films avaient été produits par une autre société de production pour laquelle il avait réalisé. Et puis pourquoi cet homme tenait tant à avoir le contact à travers moi.

Le pauvre, s'il avait su ce que tramait ce « *Monsieur Levain* » qui n'avait qu'une obsession en tête, qu'un but, et pas celui de faire un film. D'autant qu'il vouait aux films, à la télévision, et aux gens de spectacles en général, un mépris souverain, ce que je compris plus tard.

Oscar

Je ne parvenais pas à comprendre pourquoi ce Monsieur avait pris contact avec ma femme et pas avec la société de production avec qui à l'époque je travaillais pour mes films de documentaires fictions et qui était très clairement nommée sur mon site professionnel. Mais je me suis dit que parfois les choses et les opportunités peuvent prendre des chemins bizarres et surtout que si c'était l'occasion pour ma femme de se mettre en position de développer un projet de film par elle même c'était formidable tant j'avais conscience de l'importance de son désir de valorisation ; d'exister par elle même.

Je laissai faire, malheureusement, et pour être valorisée, ma femme fut servie. Moi beaucoup moins. Je ne compris que quatre ans plus tard les vraies raisons qui avaient poussé cet homme à contacter ma société et ma femme en particulier et de plus sous un faux nom.

Bérangère

Très vite, lui ayant donné mon numéro de portable personnel, l'autre s'était mis à utiliser des SMS pour communiquer. Je l'ai suivi sur ce terrain, car s'était tellement plus discret que des appels téléphoniques. Extrêmement discret, même en public ; même devant mon mari. Très vite s'en est devenue une sorte de drogue où la moindre occasion, la moindre opportunité, était matière à échange de SMS créant ainsi une sorte de cordon ombilicale addictif permanent entre lui et moi.

Pour me revoir, au début, l'autre était prêt à tout. Et donc c'était moi qui imposait les lieux de rendez-vous en fonction de mon emploi du temps. Et lui il se débrouillait pour me rejoindre. Ainsi la deuxième fois que nous nous revîmes ce fut dans un café à l'angle de la rue du Temple et de la rue de Bretagne. Le Manfred, à 17h. C'était plus pratique pour moi, car j'avais mon bijoutier dans le coin et un rendez-vous juste avant. Et puis c'était notre ancien quartier ; nous avions habité, Oscar et moi, vingt ans non loin de là, rue Froissart. Un quartier que j'adorais et que nous avions quitté dans le cadre d'une opération immobilière avantageuse pour aller dans l'ouest de Paris, dans du moderne, avec ses avantages de parking, d'ascenseur, et de grandes baies vitrées inondant de lumière le salon et la cuisine. Mais je regretterai toujours mon quartier du Marais et j'aime avoir souvent l'occasion de m'y promener.

Comme la première fois il était déjà là quand j'arrivai. Il se dressa debout, avec vivacité, et je perçu une fois encore qu'il semblait être sous le coup de l'émotion en me voyant. Toujours extrêmement bien élevé, onctueux même, j'eus le sentiment qu'il se retenait de ne pas me faire le baise main ...

Il me présenta un commencement de dossier concernant son projet de film, mais je vis très vite que c'était très succin et insuffisant. Bâclé même, dirais-je ! Je réitérais la proposition qu'il rencontre mon mari pour être plus efficace. Constituer un vrai dossier digne de ce nom et voir s'il y avait vraiment possibilité de faire ce film. Dès que je parlais d'Oscar il se rembrunissait. Je compris plus tard qu'il manifestait envers mon mari, qu'il n'avait jamais rencontré, une jalousie viscérale et même une haine, uniquement parce qu'il était mon mari.

Très vite il préféra changer de sujet et me parla de son métier, de ses recherches historiques, et ça m'intéressait. Doucement, il commençait à tisser des liens à travers nos vouvoiements réciproques, exagérés et pompeux. Maintenant je m'en rends compte qu'il voulait avant tout installer une relation suivie avec moi ; une empathie, une proximité. Il avait la technique pour me, disons le mot, « séduire », en me valorisant à l'extrême. Pour clore notre entretien, dans la logique de ce qui était sensé en être le sujet, j'insistais une fois de plus pour qu'il fasse un dossier plus solide pour le projet. Il fit mine d'acquiescer. En fait nous faisions tout deux semblant de croire encore en ce soi-disant projet afin d'avoir un bon prétexte pour nous revoir et développer notre relation ; pour nous découvrir.

Je le revis très vite, moins d'une semaine plus tard le 2 février 2011. Sur son terrain cette fois-ci, première fois d'une longue série. Au Terminus, 5 rue du Bac à 12h20, tout près de la Seine. Cet endroit de Paris allait, en parallèle, devenir mon deuxième quartier pour plus de quatre ans, à l'insu total de mon mari.

Il devenait de plus en plus évident que son fameux projet de film n'était pour lui que secondaire et qu'il ne continuait à en parler qu'uniquement pour avoir un prétexte à me rencontrer. Je m'en rendais compte et en même temps ça ne me gênait pas. Etais-je sous le charme de cet homme je ne sais pas ? Je me repose souvent la question car il n'avait pas vraiment les critères pour m'attirer. Mais il s'intéressait à moi pour moi-même. Ou du moins il en donnait l'impression. En fait, et je le compris plus tard, tout était très étudié chez cet homme. Il mettait toutes les ressources de son intelligence à m'envelopper et à me faire désirer de le revoir la fois suivante. C'est peut-être tout simplement ce qu'on nomme « séduire ». Il testait mes réactions, essayait de comprendre comment je fonctionnais, mes sentiments, mes émotions, avec une grande qualité d'écoute. Et surtout mes désirs les plus profonds ; entre autre celui d'exister par moi-même. Il décela, sans grand mal, la faille. Qu'au niveau professionnel je regrettais de ne vivre que principalement à travers mon mari. Que j'aspirais à être reconnue pour moi-même et non pas dans l'aura et le charisme d'Oscar.

Petit à petit il mettait au point les thèmes et les mots pour m'envoûter, me programmer à penser à lui, le plus souvent possible. A me sentir bien avec lui, épanouie, femme, centre du monde. Je ne comprenais pas que doucement il me prenait dans ses filets pour mieux m'éloigner de mon mari, pour mieux prendre mon contrôle.

Je pensais être maître du jeu, car il semblait totalement dépendant de mes caprices et acceptations de le voir ou non, mais en fait il tirait déjà les ficelles.

<u>Oscar</u>

En ce début d'année 2011 je finissais la postproduction d'une grosse série de documentaires/fictions qui s'étalait sur plusieurs époques de l'Histoire de France. Du Moyen Age au vingtième siècle. J'étais entre autres en plein mixage ; opération qui consiste, comme son nom l'indique, à mixer ensemble les différentes pistes sons qui constituent le montage d'un film. Dialogues, musiques, bruitages, etc … Essentiel de trouver les bons équilibres entre les différentes pistes ; comme par exemple ne pas enterrer une voix off sous la musique ; mais en même temps que la musique n'en disparaisse pas moins ! Subtil équilibre. J'étais donc très occupé et déjà, en parallèle, je m'inquiétais pour trouver de nouveaux sujets et je sollicitais de nombreuses productions.

Donc je ne voyais rien de ce qui était en train de se passer concernant ma femme. Je ne comprenais pas que le diable était entré dans mon couple et allait profiter de toutes mes faiblesses, de toutes mes erreurs, et surtout d'un contexte, par pur hasard, « *d'alignement des planètes* » dirait-on maintenant, exceptionnellement favorable pour son « *entreprise* ». Notre couple avait un cancer qui commençait à le ronger et je ne m'en rendais pas compte. Il s'installais tranquillement et faisait des métastases entre ma femme et moi. Comme la plupart des cancers s'eut été facile de tout stopper au début, mais encore eut-il fallu que je le sache, que je le comprenne. D'autant que cet homme s'était servi de mon métier, de ma passion, pour contacter ma femme. Il avait trouvé mon site internet sur ma série historique, dont un épisode mettait en scène Louis XIV, lui fournissant ainsi un prétexte en or ; j'avais moi-même facilité l'approche du prédateur.

Du reste, comment aurais-je pu voir quoi que ce soit. Voir que cet homme était entré dans ma vie, dans notre vie pour plus de quatre ans … Le peu que j'en su quand ma femme me parlait de lui me paraissait tellement insignifiant que je ne l'ai pas pris en considération. Les bouquins qu'il avait écrits et qu'il donnait à ma femme renforçaient encore mon manque d'intérêt, car il s'agissait d'ouvrages très spécifiques réservés à une utilisation techniques par des historiens, des spécialistes. Cet homme était en fait documentaliste, pas écrivain. Voir ses livres s'accumuler sur nos étagères commençait à m'agacer, mais en même temps ça avait l'air de faire plaisir à ma femme et je trouvais bien qu'elle ait une activité en dehors de moi. Une vie en dehors de nous. J'ai été servi ! Ce fut une véritable vie parallèle dont j'étais exclu qu'elle installa sous l'influence du personnage.

Le pire étant que c'etait par amour pour elle, pour son épanouissement, que j'ai laissé faire, que je me suis voilé la face ; j'avais confiance ...

<u>Bérangère</u>

Je le revis plusieurs fois dans des cafés jusqu'à ce qu'il passe à la vitesse supérieure. Il m'invita à déjeuner pour le 9 mars 2011 dans un restaurant près de son bureau. Pourquoi aurais-je refusé ? Nous avions sympathisé après plusieurs rendez-vous pour parler du soi-disant projet de film et évoquer de nombreux sujets, littéraires, historiques, poétiques, qui nous passionnaient tous deux.

En fait d'un côté cet homme me faisait rire, du moins au début. Pas du tout par son humour, car il en était totalement dénué, mais par son côté trop pompeux, trop grand siècle attardé aux révérences redondantes exagérées. Il semblait agir avec candeur et sa prévenance envers moi était extrême. Je n'arrivais donc pas à le prendre au sérieux et en même temps ça me plaisait, ça me flattait. Et ça m'excitait d'avoir ces rendez-vous « *clandestins* » et de jouer à la productrice, sans Oscar. Lui qui était tout le temps à courir après un film, un projet à faire, j'avais peut-être l'occasion de lui en apporter un sur un plateau, tout cuit. Même si je n'y ai pas vraiment cru au fond de moi-même, je m'en étais persuadée pour ne pas accepter l'idée que je me laissais séduire et que je trahissais d'avantage mon mari, semaine après semaine, rendez-vous après rendez-vous. Car évidemment, je ne l'informais pas de ces rendez-vous, puis des déjeuners, de plus en plus nombreux et réguliers avec l'autre.

Et ce projet de film, même s'il avait vaguement existé et avait été proposé à son cabinet d'expertises historiques, n'était déjà plus qu'un lointain prétexte. Une excellente opportunité pour l'autre, au début, de me contacter puis de continuer à me voir en « *tout bien, tout honneur* ». Nous fîmes donc encore quelque temps semblant de continuer à y croire, mais bien vite, ce projet de film ayant impliqué une confrontation direct avec mon mari, cet l'alibi « Louis XIV » ne tint plus vraiment la route. Nous étions donc dans une impasse ; car il était inenvisageable pour l'autre de rencontrer un homme qu'il haïssait et jalousait, maladivement, pour la seule raison qu'il était mon mari. Maintenant j'ai bien compris, avec le recul, qu'à l'époque il était impératif pour lui, pour atteindre son but, m'entraîner dans son lit, de ne pas rencontrer l'homme à qui il voulait voler la femme ; et même l'amour de sa femme.

Il n'en n'aurait même pas eu le courage ; je me rends bien compte que si je les avais fait se rencontrer, se confronter, l'autre n'aurait pas tenu la route bien longtemps face à mon mari qui l'aurait tout de suite démasqué. Donc, hors de question d'une rencontre avec mon mari ; ce qui, même si j'avais insisté plusieurs fois, finalement m'arrangeait car c'eut été la fin de cette délicieuse vie parallèle clandestine qui occupait une bonne partie de mon temps à travers Paris ! Ce fut du reste l'une des difficultés pour moi face à mon mari ; arriver à justifier de ne pas organiser une rencontre amicale autour d'un verre ou un café et discuter Histoire ...

Il changea donc d'alibi ou plutôt, d'un commun accord, nous changeâmes d'alibi. Il prétendit être intéressé par mes aptitudes de styliste concernant les costumes. J'avais fait plusieurs films historiques avec mon mari, Louis XIV, Bonaparte, Louis XV, etc ... et ça me passionnait. Evidemment je répondis à ses sollicitations. En fait je ne demandais que ça ...

9 mars 2011. C'était un mercredi. J'arrivais au restaurant pour déjeuner avec cet homme que je commençais à bien connaître. Ce coup-ci j'étais sur son « territoire ». Il avait choisi un petit restaurant italien près de son bureau dans le septième arrondissement. Le « Costa d'Amalfi ». J'ai compris très vite que c'était un peu sa cantine.

Ce quartier, que j'adore par ailleurs, allait devenir mon deuxième quartier. Celui de ma deuxième vie. De ma vie parallèle, clandestine. L'ironie de l'histoire est que c'était le quartier d'enfance d'Oscar.

Ce déjeuner fut le premier d'une très longue série où nous allions passer des heures à discuter de son travail, de sa vie, de ma vie. Et même à s'engueuler sur de nombreux sujets sur lesquels nous étions totalement en désaccord ; à contrario d'avec mon mari. L'Europe, le vote, la religion, et bien d'autres choses encore. Rétrospectivement je me demande bien comment il a fait pour m'envouter si longtemps avec ses idées si catho/réac. Et puis l'homme n'était pas vraiment séduisant intrinsèquement. En fait, à priori, rien pour me plaire. Peut-être une certaine prestance, mais poussiéreux dans ses attitudes et sa manière de s'habiller, toujours une cravate, alors que mon mari n'en portait jamais. De grosses lunettes avec des verres en cul de bouteille.

Alors pourquoi ? Peut-être m'émut-il, par sa tristesse sous jacente, par l'évocation de sa vie qu'il me décrivait bien malheureuse. Car il aimait bien s'appesantir sur son sort. Se plaindre jusqu'à même m'entraîner à me mettre dans une position d'infirmière de l'âme pour lui. En fait c'était ça son truc, jusqu'à me culpabiliser si je ne le « *soignais* » pas. Ses manières aussi ; très à l'ancienne.

Comme à son habitude, quand il me vit arriver dans le restaurant, son visage s'illumina ; il se leva tout de suite et me serra la main, très protocolaire, et me présenta avec beaucoup de respect une chaise pour m'asseoir.

Ah j'oubliais, il me vouvoyait. Nous nous vouvoyâmes longtemps.

Avant même que nous ne prîmes connaissance du menu, l'homme me tendit une vieille photo. Oui de ces photos que nous connaissons tous, faites à l'école à chaque fin d'année. Ces photos où l'on pose un peu stupide, rangés en rang d'ognon et par taille. Les plus grand derrière, les plus petits assis devant, de part et d'autre du prof installé au premier rang ! Ces photos enchâssées dans un cartonnage crème avec un rabat. Je ne comprenais pas où il voulait en venir, mais très vite une chose attira mon attention. Le nom de l'école. C'était l'école où j'avais fait mes études durant mes quatorzième et quinzième années. Deux ans.

Il m'expliqua avec son vouvoiement envahissant et sa manière précieuse, presque religieuse même, de prononcer mon prénom ; Bérangère. J'allais découvrir, effarée autant qu'amusée, que cet homme me vouait un véritable culte depuis plus de 40 ans. Il tendit son index pour me désigner un petit garçon au milieu de tous ses camarades.

Je le regardais interrogative.

« *C'est moi* » dit-il !

« *Vous ?* », l'interrogeais-je sans comprendre.

« *Nous étions dans la même école ; en 66 et 67.* », continua-t-il. « *Nous partagions souvent les mêmes cours, les mêmes professeurs.* » Il me cita plusieurs noms et je compris qu'il disait vrai.

Et il me parla, parla, parla, envahit mon cerveau. Oui, je me souvenais vaguement de ce petit garçon sur lequel je n'avais jamais levé les yeux et qui m'était à l'époque totalement indifférent. Il me raconta son désespoir que je ne m'intéresse pas le moins du monde à lui. Il me raconta la fois où il me raccompagna chez moi et où nous discutâmes quelques minutes sur un banc public. Le plus beau jour de sa vie à l'entendre.

Cet homme était amoureux fou de moi depuis notre adolescence. Mais plus que de l'amour, de l'adoration ; une véritable fixation pour ne pas dire obsession. Etrange, ça ne me fit pas peur, ça me flatta, plutôt. Il me raconta, en bredouillant quelque peu, comment il s'était marié à 20 ans, de dépit, et que depuis il n'avait cessé de penser à moi. Incroyable !

Puis, avec hésitation, et en tremblant quelque peu, il sorti de la poche intérieure de sa veste une enveloppe. Sans indication dessus. Il me l'a tendit en m'expliquant que c'était une lettre pour moi. J'en fus quelque peu surprise. Il ne voulait pas que je l'ouvre devant lui, mais plus tard, ailleurs … redoutant sans doute ma réaction. Mais, la larme à l'œil, il m'en évoqua le contenu. Il m'y disait que s'il avait souhaité me revoir après tant d'années il n'avait cependant, bien sûr, rien à espérer de moi si j'étais heureuse avec ma famille, avec mon mari. Sous-entendant que si ce n'était pas le cas … et qu'après plusieurs décennie de mariage ce n'était que rarement totalement le cas !

J'ai éclaté de rire et je me suis moqué de lui ; mais gentiment ; je ne l'ai pas rejeté. Au fond de moi-même j'étais profondément flattée. Il me transformait en déesse de l'amour éternel. Si loin de ce que je pensais être mes rapports avec mon mari.

J'ai éclaté de rire ! Mais je l'ai laissé me submerger par son amour. J'en avais tant besoin. Besoin d'un homme qui me disait qu'il m'aimait, me désirait, me valorisait. J'avais oublié ce que c'était. Et lui il était là, remontant d'un passé lointain dans lequel il n'avait eu aucune place pour moi, mais qui était, à l'entendre, vital pour lui.

Incroyable ! Cet homme m'aimait depuis presque 50 ans, ou du moins s'en était persuadé, et notre rencontre n'avait rien de fortuit. Il m'avoua qu'il m'avait recherchée, chassée, poursuivie, pendant plusieurs années. Qu'après avoir trouvé ma trace il m'avait ensuite reperdue, car entre temps nous avions déménagé. Il était intarissable, mais prenant bien soin de me sonder au fur et à mesure afin de découvrir si j'étais parfaitement heureuse avec mon mari, en espérant très visiblement que ce ne soit pas le cas. Mais que dans cette hypothèse il n'irait pas plus loin. En fait, il tenait à se déculpabiliser tout en m'impliquant à fond ; afin que je prenne mes responsabilités. Bien plus tard il me l'a rappelé, cet avertissement ; jeté à la figure par SMS interposé. Mais, qu'est-ce que le bonheur ? Personne ne peut le dire ! Qui est parfaitement heureux ? Il y a toujours des failles … Et puis le bonheur n'est perceptible qu'à travers des instants fugitifs qui à peine vécus se sont déjà envolés sans même qu'on n'en ai eu la sensation concrète …

Il m'avoua même son vrai nom ; car en fait il m'avait contacté sous un faux nom ! Un faux nom pas très éloigné du sien ; mais un faux nom et un faux prénom tout de même. Pourquoi ? Je ne sais pas. Peut-être avait-il eu peur que je me souvienne du petit garçon qu'il était quand nous étions adolescents et que ça puisse me rebuter pour accepter de le revoir ? L'étrange, encore une fois, est que ça ne m'a pas gêné qu'il m'ait menti dès le début ...

En rentrant à la maison j'ai failli en parler à mon mari; ce que j'aurais sans doute dû faire. Lui raconter cette histoire abracadabrante et plutôt marrante. Ce n'était pas la première fois qu'un homme surgit du passé essayait de me recontacter et je le lui avais dit à chaque fois. Et puis souvent, dans la rue, dans mon ancien quartier, j'avais été sollicité, sans doute comme toute les femmes attirantes ...

Mais en fait ça m'arrangeait de ne voir en tout cela qu'une rigolade sans importance. Un jeu. Mais, je le compris plus tard, un jeu dangereux. Porteur de violences, de souffrances, de combats de mâles génétiquement programmés pour conquérir ou garder la femelle. Ma bouche resta finalement close. J'étais inconsciente car en faisant cela j'avais déjà accepté l'amour de l'autre, j'étais déjà prise dans ses filets. J'acceptais de vivre quelque chose de clandestin par rapport à mon mari, à ma famille, à mes amis. D'autant que j'avais déjà accepté de le voir et revoir sans en informer mon mari. Mais bon, chacun à le droit d'avoir ses petits secrets ...

Et puis je savais aussi que si j'en parlais à mon mari je ne pourrais plus voir cet homme, même amicalement. Jamais il ne l'aurait toléré et il aurait eu raison ; ça avait déjà été trop loin après cette déclaration d'amour. Donc, loin de vouloir imaginer jusqu'où irait cette relation, j'ai préféré la cantonner à un jeu amicale et récréatif, afin qu'elle puisse continuer. J'ai voulu pouvoir continuer à entendre un homme me dire que j'étais la plus belle, la plus merveilleuse, que j'illuminais sa vie. Que j'étais *« magique »*, *« sublime en tous points »* ...

Dès le début, dès notre première rencontre cet homme avait su y faire. Il s'était débrouillé pour me faire rentrer immédiatement en clandestinité par rapport à mon mari. Et donc pour me culpabiliser et me rendre complice sans possibilité de retour en arrière sauf à tout arrêter ... Ainsi, bien avant que les choses n'aillent plus loin il me contraignait, si je voulais continuer à le voir, à organiser tout un discours crédible pour cacher cette aventure. A mentir, donc, au quotidien. Je devenais sa complice en opposition à mon mari.

J'ai réfléchi à sa demande pour savoir si je me sentais vraiment heureuse avec mon mari ; dans ma vie. Et justement non, je ne me sentais surtout pas aimée. J'avais désespérément besoin d'amour et je pensais qu'il avait disparu. Peut-être ai-je plus besoin d'être aimée que d'aimer moi-même. Et surtout d'exister ... Je n'ai pas pensé à essayer de raviver notre amour avec mon mari. J'ai choisi la facilité, mais aussi l'excitation d'une nouvelle aventure d'autant qu'elle resta longtemps platonique. Une aventure qui me confrontait à cette histoire incroyable d'un homme m'ayant aimé dans l'ombre depuis plus de quarante ans. Comment résister à cela ? Et puis, plus tard, je compris que cet homme n'était pas vraiment amoureux de la femme de 60 ans que j'étais devenue, mais plutôt toujours de la petite fille des années 60 ! En fait, amoureux d'un fantasme qu'il s'était forgé ! Car enfin, pourquoi n'avait-il pas essayé de me revoir au lieu de se marier à 20 ans avec une femme plus âgée que lui et qu'il me disait ne pas aimer d'amour ; mais qu'en même temps il m'affirmait n'avoir aucune intention de quitter ! Drôle de type, prisonnier de son ego et de son premier élan amoureux.

En attendant, il m'inondait de messages, de SMS, et aussi plus particulièrement de ce courriel suite à sa « *déclaration*» au restaurant où il m'avait dévoilé sa véritable identité et son amour éternel et cosmique.

« ce 10 mars, à 19 h 20

La magie, cher amour, cela fut d'abord votre merveilleuse indulgence pour le gros ours qui a fait ce qu'il a pu pour vous donner en retour quelques miettes de l'immense bonheur que vous lui avez prodigué avec tant de générosité. Vous fûtes sublime en tous points, comme ne pouvait pas ne pas l'être celle à qui j'ai voué tout mon amour depuis plus de quarante ans et à qui je le conserverai toujours, quoiqu'il puisse advenir, aucune personne – corps, esprit et âme – ne pouvant en être plus digne.

En repensant à tout ce que vous m'avez dit de gentil, d'aimable, de charmant, de plaisant ou d'amoureux, je n'ai que l'embarras du choix pour y puiser tel ou tel souvenir qui va définitivement égayer ma vie, la transformer, l'adoucir et l'embellir. Pour cela aussi, je vous rends mille et mille grâces et plus encore.

Ch. »

En termes pompeux et grandiloquents, il mettait ainsi ses aveux et sentiments amoureux éternels par écrit, sans gêne ni complexe. Ce courriel que je découvris le soir même, chez moi en famille, resta coincé dans la mémoire de mon ordinateur plus de quatre ans ... jusqu'à ce qu'Oscar ne l'exhume dans sa quête de tout découvrir et comprendre ce qui s'était réellement passé. Dans sa quête d'essayer de me comprendre, aussi, je pense.

Après ces aveux improbables, les rendez-vous du début pour prendre un café rapide devinrent donc des déjeuners de plus en plus réguliers, de plus en plus longs. Deux heures, parfois même trois heures ... C'est même l'époque où je me mis à boire régulièrement du vin. Il m'y poussait et ça devenait un cérémonial automatique quand nous nous retrouvions au restaurant. Cependant, nous n'étions pas tout à fait sur la même longueur d'onde au sujet du vin, car il ne buvait que du blanc et moi du rouge. L'on peut y voir une discordance symbolique ? Parallèlement mon mari s'étonnait de ce soudain désir de vin, pour ne pas dire dépendance, car j'étais de plus en plus demandeuse à la maison le soir.

Oscar :

Mai 2011, anniversaire de notre fils cadet. Réunion familiale à cinq, avec nos fils et la belle-mère, autour d'un déjeuner dans un super restaurant de l'ile Saint-Germain à Issy-les-Moulineaux. C'est un pavillon époque Napoléon III où se mêlent sans complexe le fer et le verre. Bord de Seine et charme assuré. Il faisait très beau et j'avais retenu une table sur la grande terrasse dehors. Et maintenant que j'y pense, avec le recul et aussi la vision de quelques photos retrouvées prises à cet instant, ma femme avait changé. Son comportement était, comment dire, plus distant, plus arrogant, avec une prise de hauteur. Ce comportement que l'on peut avoir quand on se sent transcendée, désirée, courtisée. Que l'on a un recul hautain sur les choses avec le sentiment qu'on est intouchable. Quand on se sent exister tout simplement. Evidemment à l'époque c'était indéchiffrable pour moi, mais maintenant que j'ai la grille de lecture c'est évident. Particulièrement sur une photo où elle est en train de jouer avec son téléphone, très attentive à l'écran. Je l'imagine en train de lire un SMS de l'autre ou pire, en train de lui en envoyer un ... en pleine réunion familiale.

Mais, à l'époque, je n'avais qu'un sentiment diffus, confus, qu'il se passait quelque chose. Je sentais ma femme de plus en plus distante ; ou du moins bizarre. Et puis aussi des changements dans ses habitudes comme son appétence à boire du vin de plus en plus souvent. Elle en buvait déjà avant, de temps en temps au restaurant, mais maintenant elle réclamait de plus en plus systématiquement, quotidiennement. Souvent en fin de journée avant le dîner plus que pendant. Petit à petit ce devint un rite, qui nous est resté d'ailleurs. En fait je ne peux pas dire que ça me déplaisait, au contraire. C'était sympa. Mais je n'ose imaginer le nombre de fois où nous trinquâmes de concert, à l'apéro, en fin d'une journée qu'elle avait passée avec l'autre ...

Cela pris de longs mois ; il était très prudent ; tel un chat n'avançant sa patte qu'avec précaution. Il ne voulait surtout pas me brusquer. Et moi je me moquais de lui et de son soi-disant grand amour pour moi. Ce qui provoquait immanquablement de nouvelles affirmations amoureuses de sa part ; exactement ce que je souhaitais entendre. Je m'amusais alors souvent à le mettre face à ses contradictions concernant sa femme. Une femme qu'il disait ne plus supporter, mais qu'il n'envisageait en aucune manière de quitter ; et donc qu'en fait à qui il tenait. Une femme avec qui soi-disant il ne faisait plus l'amour depuis la naissance de leur premier et unique fils ... difficile à croire ! Mais il savait ce qu'il faisait en se mettant en position sans cesse de victime de la vie, en se plaignant pour montrer son grand besoin de réconfort. Il me mettait ainsi dans une position « *d'assistance de personne en danger* » ! Difficile donc d'y mettre un terme.

Et même si je me gaussais de son grand amour éternel, en même temps je m'y plongeais avec délectation. Quelqu'un qui m'aimait vraiment, enfin ! Pas comme mon mari qui ne me regardait même plus, qui ne me désirait plus, pensais-je ! Qui avait une répulsion pour mon sexe, m'étais-je persuadé, et pour moi-même ... Car il fallait bien pour justifier ma conduite que je puisse reprocher plein de choses à mon mari. Que je me rassure comme ça. Il fallait que ce fût lui le coupable. Je ne faisais que réagir à ses comportements, dans un instinct de survie, de quête d'un certain épanouissement.

Les semaines passaient et l'autre, voyant bien que la proie était ferrée, n'avait de cesse de renforcer son emprise. Ses messages SMS me sollicitaient en permanence, plusieurs fois par jour, comme au cours d'une pêche au moulinet, petit à petit remonter le poisson vers soi. Et depuis la grande déclaration avec la photo de classe et le courriel amoureux du 10 mars, il n'hésitait pas à m'appeler son amour, son amour chéri. En fait je n'y prêtais pas vraiment attention. Pour moi ce n'était que des mots. Qui me faisaient rire et que j'effaçais à peine les avais-je reçu. Pas seulement pour qu'il n'en reste pas de trace, mais parce que pour moi c'était sans importance. Du moins me persuadais-je que ce n'était pas important. Ce qui était important, par contre, c'était tout ce qu'il disait de valorisant de moi. Et qu'il ait tellement envie d'être avec moi et de me raconter son travail. Et puis la « poésie ». Il m'a entraîné, comme on le verra plus tard, dans un jeu de rôle poétique soi-disant innocent … En fait je devenais totalement dépendante de ce flot de messages sur mon Smartphone. Si dépendante que je le consultais de manière compulsive, guettant sans cesse un nouveau message, comme si s'était vital. Mon entourage s'en plaignait du reste, mon mari en premier lieu évidemment, de me voir sans cesse, partout, en train de sortir ce maudit instrument. De nombreuses photos prises au cours de ces dernières années, au restaurant, en voyage, me montrent presque systématiquement avec mon portable à la main, le regard scotchée à son écran lumineux.

Je me laissais donc, semaine après semaine, mois après mois, couvrir de compliments par lui, autant sur ma personnalité, mon charme, que sur mon physique malgré mon approche de la soixantaine. Miroir, miroir, dis moi que je suis la plus belle … et quand le miroir est le regard d'un homme paraissant si sincère, si passionné … Si loin de l'image que j'avais de mon mari, usée par près de 35 ans de mariage…

Je ne me rendais pas compte, comme me l'a souligné plus tard Oscar, qu'en le laissant utiliser jour après jour par la parole et par l'écrit les mots, « *mon amour* », « *mon amour chéri* », et en ne les rejetant pas, bien évidemment je les acceptais implicitement. Je l'encourageais même. Bien qu'encore très loin de céder à ses demandes d'amour physique, je lui laissais ainsi clairement entendre que tôt ou tard j'y viendrais. En fait dès le début, sans m'en rendre compte, j'avais accepté son amour. Et donc j'en devenais en quelque sorte responsable.

Je savais bien que je mettais petit à petit, de plus en plus, les pieds en territoire défendu. Mon mari connaissait l'existence et le nom de l'autre, était au courant de ce fumeux projet de film, mais ne comprenait pas, le pauvre, pourquoi je n'organisais pas une rencontre avec cet historien. Ce n'était pas logique. Je fus bien obligée de lui dire que le projet était caduc ; tombé à l'eau. Ça arrive si souvent dans ce métier qu'il n'en fut pas surpris. Et puis il n'y avait jamais vraiment cru. Mais il admit l'idée que j'avais sympathisée et que j'allais de temps en temps à son bureau pour parler Histoire et vieux bouquins. Et moi je me gardais bien de lui dire que je voyais l'autre de plus en plus souvent, et pas qu'à son bureau. Que désormais je déjeunais avec lui régulièrement.

Oscar voyait des bouquins écrits par l'autre arriver à la maison. Et même, en cadeau, toute une collection des « *Mémoires de Saint Simon* » le biographe historique du Grand Roi. Que l'autre finira un jour par prendre, au sens propre, en plein visage ... En fait Oscar était un peu dérouté. Il était bien loin d'imaginer autre chose qu'un contact professionnel et disons culturel. J'ai compris par la suite qu'en même temps il était content que je puisse m'épanouir par ces contacts. Que j'ai une occupation maintenant qu'on avait arrêté notre société ... Car j'avais aussi cité les noms des amis entourant l'autre, pour noyer le poisson ; qu'il ne comprenne pas que je focalisais sur l'autre. J'avais insisté, aussi, sur les caractères très jaloux de leurs femmes, dont celle de l'autre. Ça l'avait rassuré ; perplexe, mais rassuré !

Ce qui n'était pas entièrement faux sinon que l'épouse de l'autre ne faisait pas le poids face à son mari qui lui imposait son bon vouloir. Et ainsi ces fameux *«jeux de rôles amoureux»* ; dont sa femme eu vent ! Pour lui ça lui permettait de me parler comme un amant sans en être soi-disant un. Et moi je jouais le jeu, car ça m'amusait et je faisais semblant de ne pas comprendre tout ce que cet état des choses avait d'hypocrite.

A l'approche du printemps 2011 sa femme tomba par hasard sur l'un de mes textes que je lui avais envoyés ! Catastrophe ! Il fallait trouver le moyen de la rassurer. La parade était l'alibi du jeu de rôle poétique. Une tactique qu'il essaya, sans succès, d'utiliser plus tard avec mon mari lors d'une conversation téléphonique. Il fut gonflé, car il me demanda ni plus ni moins de l'aider à s'en sortir, car sinon nous ne pourrions plus nous voir. Je lui écrivis donc un courriel, qu'il puisse montrer à sa femme. Texte où j'expliquais que je m'étais laissé emporter. Que c'était un de mes travers liés à mon métier et à la fréquentation des comédiens. Je justifiais même par le fait que mon mari m'en faisait souvent le reproche ... ce qui était totalement faux.

Cher Ch ...

Je viens de lire votre message et je suis absolument désolée que cet exercice d'écriture, qui n'est qu'un jeu avec les mots de la langue française en leur laissant dire des choses qui n'ont aucune raison d'être, ait été mal interprété par votre épouse, mais je la comprends tout à fait. Etant habituée à jouer de cette manière avec des amis auteurs, comédiens, il est vrai que l'on finit par ne plus faire attention à la portée de ce que l'on écrit et aux conséquences que cela peut avoir sur des personnes extérieures non averties du côté ludique comme les jeux de Rôles.

Mon mari m'a aussi dit que je devais faire attention et que mon humour et mon goût pour le jeu pouvaient ne pas être bien interprétés par tout le monde, et vous savez qu'il est proche de moi, que nous travaillons ensemble et que nous avons des amis communs avec qui j'ai aussi une grande liberté d'écriture. Je crains vous avoir entraîné dans les délires de cette profession, mais qui sont un bon moyen d'évacuer le stress accumulé.

En espérant que votre épouse à qui vous m'avez dit être très attachée ne vous tiendra pas rigueur de cette légèreté de ton sans conséquence aucune, mais qui peut paraitre curieux quand on ignore de ce dont il s'agit.

Sachez que je suis absolument navré pour vous et votre famille.

Bérangère

<u>Oscar :</u>

« Mal nommer les choses, rajoute au malheur du monde ».

Avait écrit Albert Camus, je crois. Souvent je le rappelle à ma femme et ça l'horripile. Mais que c'est vrai. Et elle ose écrire :

« ... cet exercice d'écriture, qui n'est qu'un jeu avec les mots de la langue française en leur laissant dire des choses qui n'ont aucune raison d'être, ... »

Les mots ont un sens, il ne faut jamais l'oublier. Ils peuvent apporter le bonheur, la connaissance, mais aussi faire mal, être de véritables armes, et tromper, induire en erreur. Ils sont donc à manier avec précaution, telles des fioles de nitroglycérine. Ils peuvent même être plus dangereux que des armes ; ils ont déclenché bien des révolutions, bien des guerres.

J'ai toujours pensé que ma femme pouvait dépenser des trésors d'intelligence pour me rouler dans la farine ; moi et d'autres. En l'occurrence, son message pour rassurer la femme de l'autre est édifiant. Et tout cela se passait sans que j'en eusse la moindre idée. La femme de l'autre sentait très bien qu'il se passait quelque chose ; elle me l'a confirmé plus tard, lors d'une conversation au téléphone. Son mari ne lui cachait même pas ses nombreux et réguliers déjeuners avec ma femme. Mais, soit elle fut rassurée, soit elle n'eut pas les arguments, la force, pour arrêter les turpitudes de son mari. J'ai même pensé que d'une certaine manière, pas forcément avouée, par forcément intellectualisée, ça ai pu l'arranger... un arrangement entre eux deux. Une complaisance, un *« arrangement »* dans lequel elle trouvait ses avantages, ne serait-ce que celui de ne plus avoir à accomplir son devoir conjugal. Déléguant, en quelque sorte, la corvée de coucher avec cet homme à une autre ...

<u>Bérangère :</u>

L'autre m'a tellement manipulé, je le compris plus tard, m'a tellement raconté de conneries, de mensonges, pour que je le prenne en pitié, pour que je le console que je ne sais pas ? Mais c'était peut-être vrai ce qu'il m'avait dit. Que sa femme ne voulait plus d'amour physique avec lui depuis plus de vingt ans, depuis la naissance de leur fils. Difficile à croire tout de même, mais si finalement c'était le cas j'étais une bonne opportunité pour elle. Je faisais ou plutôt j'allais faire le boulot à sa place.

En tout état de cause cette relation régulière me sortait de mon quotidien, me sortait de ce que je qualifiais l'emprise de mon mari. J'avais besoin de vivre quelque chose par moi même. Totalement indépendamment d'Oscar. Petit à petit, j'acceptais l'amour de l'autre et m'éloignais de mon mari tout en conservant totalement, pour lui, les apparences de la vie de tous les jours. En fait pas totalement, car je me transformais de manière insidieuse. Me fabriquant de plus en plus une image négative de mon mari. Je lui mettais de plus en plus de reproches sur le dos pour me justifier. Sans m'en rendre compte, je prenais mes distances de plus en plus; jusqu'à faire de lui, au bout de quelque temps, plus un frère qu'un mari. L'autre obtenait, petit à petit, ce qu'il voulait. Que je me sépare de mon mari. Non pas factuellement, mais intellectuellement, émotionnellement. Chaque fois qu'Oscar voulait me prendre dans ses bras, en regardant un film à la télévision par exemple, j'étais mal à l'aise et je me mettais à l'autre bout du canapé. Et ça allait en s'accentuant et Oscar n'y comprenait plus rien, mais finalement acceptait. Il acceptait, car je faisais tout de même le service minimum pour que ça n'éclate pas. Et puis nous en vînmes à ne plus du tout faire l'amour ensemble. Et il s'y résignait, mettant cette situation sur notre âge, sur la durée de notre mariage. Etrange, c'était comme si lui aussi ça l'arrangeait ...

Mais toutes ces justifications, qui me permettaient de construire cette liaison avec un autre homme, était une facilité intellectuelle, j'en ai bien conscience maintenant. Je ne me suis pas battue pour l'harmonie de notre couple. Je choisissais la solution de facilité consistant à céder à l'autre et à son torrent dégoulinant de sentiments exacerbés que je ne cherchais pas à analyser, bien que complètement exagérés, surréalistes. Puisque ça m'arrangeait. Un torrent très facilement possible grâce aux SMS, particulièrement. Terrifiant SMS qui permettent à un amant de souhaiter bonne nuit à sa maîtresse alors qu'elle est dans son lit conjugal à côté de son mari. Qui permettent d'être présent en permanence. Au déjeuner par exemple, chez soit ou au restaurant devant mon conjoint qui subissait, même s'il ne se privait pas de râler, mes manipulations avec mon Smartphone.

Oscar :

Je lui disais : « *Arrête de jouer avec ton téléphone* ». Sur différents tons ; du rigolard à l'exacerbé. Mais son regard était tellement dur quand je lui disais cela, comme si je l'empêchais de vivre (ce qui était un peu le cas), qu'elle arrivait à me culpabiliser. Que je me disais que c'était moi qui étais « *dictatorial* » ! En fait quand on y réfléchit c'était d'une impolitesse, d'une incorrection incroyable ... même si c'est malheureusement de plus en plus fréquent chez beaucoup de gens. Messieurs, si votre femme est plus intéressée par son Smartphone que par vous quand vous allez au restaurant, méfiez-vous ! Ceci est vrai dans les deux sens ...

Je retrouve encore maintenant de nombreuses photos d'elle au cours de nos nombreux voyages et déplacements où je la vois avec son Smartphone à la main, obnubilée par l'écran. Alors évidemment c'était supposé être les copines ou des recherches sur le Net ... j'aurais dû être plus malin, mais cela impliquait d'être inquisitorial ! De rentrer dans une logique de polémique que je ne souhaitais pas.

Bérangère :

C'était fascinant de recevoir constamment des messages SMS. De savoir que presque a chaque fois que je consultais ma messagerie j'avais un message pour moi. Que quelqu'un pensait constamment à moi et m'écrivait ... cela me faisait planer au-dessus des contingences quotidiennes. Il faut le reconnaître ; les messages électroniques ont remis le goût de l'écris à la mode.

En tout état de cause, mauvaise ou bonne, cet homme m'apportait une solution à mes problèmes, à mes désirs, à mes frustrations, sans que j'aie le moindre effort à faire sinon mentir au quotidien et aménager mon emploi du temps. Trouver des réponses toutes faites aux interrogations de mon mari, par exemple quand je partais juste avant le déjeuner et qu'il s'inquiétait pour ma santé, inquiet que je saute le repas ...

Ma phrase toute faite était :

« Si je pars après le déjeuner je ne fais plus rien de ma journée ! ».

Le pire est que ça marchait ! Comme il savait que je pouvais déjeuner d'un rien, d'un unique pamplemousse, il n'imaginait pas que j'allais me précipiter au restaurant pour retrouver quelqu'un d'autre.

Et ces déjeuners devinrent de plus en plus fréquents puis, finalement, beaucoup plus tard, l'hôtel. Créant ainsi une nouvelle routine à côté de celle de mon couple, de mon appartement, de ma famille. J'avais mes habitudes dans le quartier du bureau de l'autre. Rue de Verneuil, rue du Bac, le Bon-Marché, le Quai Voltaire ...

Les semaines et les mois passèrent. Alternées par nos voyages dans le midi avec mon mari, par les tournages, par les problèmes de nos enfants, par nos craintes. Et je pris l'habitude de revoir l'autre de plus en plus souvent. Parfois je l'appelais, mais le plus souvent c'était lui. Il commençait à tenir sa proie, il n'était pas question qu'il la lâche. Il avait bien compris mon mal-être et il s'y engouffrait avec avidité en l'amplifiant en même temps. Il était à la fois la maladie, le parasite et même un cancer pour notre couple, dira plus tard mon mari, et une thérapie, pour moi. Mais une thérapie délétère ...

Il se plaignit plusieurs fois de ne pas avoir de photo de moi et me tanna pour que je lui en fournisse une. Mais j'ai un rapport spécial avec les photos de moi et je ne m'y trouve jamais assez bien, jamais assez à mon avantage avec l'âge avançant. Cependant une me plaisait bien, datant de deux trois ans auparavant. Problème, j'y figurais en même temps que mon mari, l'encerclant de mes deux bras et dans une attitude plutôt amoureuse. C'était ma meilleure copine, Béatrice, qui l'avait prise lors de l'un de nos voyages en commun à trois. Qu'à cela ne tienne, j'ai fait simple ! J'ai chargé la photo sur un logiciel de traitement d'image et l'ai coupé en deux pour en exclure mon mari et m'extraire moi-même seule, tout à mon avantage. Et je l'ai envoyé à l'autre par courriel. Sans me rendre compte de la terrible portée symbolique de ma décision, du geste que je venais d'accomplir. En fait je résolvais simplement un problème ! L'autre me tannait pour avoir une photo de moi ; je lui en envoyais une ; problème réglé, et je gommais !

Pour être toujours présent à mon esprit, pour me tenir quasiment en laisse virtuelle, sa technique d'utiliser à outrance des SMS était d'une efficacité redoutable. Evidemment il y avait le danger que mon mari tombât par hasard sur l'un de ses messages amoureux. D'autant qu'il m'aidait souvent à résoudre des problèmes techniques de réglages sur l'engin. C'était même lui qui, très gentiment pour me faire plaisir, faisait le nécessaire pour me brancher sur les différents réseaux wifi des hôtels où nous descendions ! S'il avait su l'usage principal que j'en faisais ...

<u>Oscar :</u>

Je me souviens très bien de toutes ces situations à l'étranger où Bérangère était tellement avide de connexion wifi, de connexion au net. Par exemple lors de notre voyage en Toscane où à chaque arrivée dans un hôtel il était pour elle de « *première importance* » de pouvoir relever ses messages. Et moi ça me faisait plaisir de l'aider à se connecter. Ca me plaisait d'avoir une femme moderne qui utilise les nouvelles technologies sans tabous. Sur le bateau aussi, au Sénégal, où nous fûmes hors connexion pendant plusieurs jours jusqu'à notre retour à Saint-Louis et où, esclaves de notre addiction moderne, ce fut comme une « *libération* » d'enfin pouvoir se reconnecter à notre arrivée au port. Je m'en souviens d'autant mieux que ça me permit d'apprendre une bonne nouvelle concernant l'avancement de l'un de mes projets de films.

<u>Bérangère</u> :

Lors de ce voyage au Sénégal, que nous fîmes avec des amis en mars 2012, mes échanges avec l'autre furent plus sporadiques, car il n'y avait pas de wifi sur le bateau tout au long du fleuve Sénégal jusqu'à Saint Louis. Mais, par contre, d'autant plus intenses dès que les conditions techniques le permettaient et nous échangeâmes de nombreux SMS, par à coup, tout au long de ce voyage. L'un des prétextes de l'autre étant qu'il était inquiet pour moi. Si loin, sur ce fleuve servant de frontière à la Mauritanie plus ou moins en conflit larvé. D'autant que l'autre ne sortait jamais de l'hexagone, donc l'étranger lui faisait peur, l'Afrique à fortiori, avec ses tendances racistes et xénophobes ...

<u>L'autre</u> :

Printemps 2012. Il est dans son bureau, face à une carte du Sénégal s'étalant sur son écran d'ordinateur. Ce nouveau voyage à l'étranger de celle qu'il convoitait depuis si longtemps l'horripilait. Pour des tas de raisons ; il ne pouvait plus la voir régulièrement ; il craignait que ce fût propice à un rapprochement avec son mari ; et puis c'était dangereux d'aller dans ces pays barbares pleins de Nègres et d'Arabes assoiffés de sang. Son mari était totalement inconscient d'emmener une femme si douce, si fragile, dans des aventures pareilles. Evidemment, même s'il ne voulait pas se l'avouer, il était doublement jaloux. Jaloux de son mari, et jaloux de ne pas vivre pareilles aventures ... un peu comme la moto. Elle lui avait dit que son mari était motard et qu'elle aimait bien faire des balades, des voyages même, en moto avec lui. Il l'imaginait derrière lui, coller contre son mari ! Quelle horreur ! Et lui n'en avait jamais fait ! Jamais osé ! Jamais eu l'occasion ! Il aurait bien aimé, mais sa vie … Allez il commençait à nouveau à se plaindre sur son sort, son travers principal. Mais tout de même il n'avait pas eu de chance. Enfant abandonné, élevé par la Ddass, épousant à 20 ans une femme qu'il n'aimait pas, travaillant comme un rat plusieurs jours de la semaine dans un bureau borgne minuscule et dans la poussière des livres antiques …

Pendant ce temps elle était au bout du monde avec son mari, au soleil et entourée d'amis …

Mais une idée plus que tout le taraudait. Une crainte incommensurable. Et s'il lui arrivait quelque chose dans ces pays sauvages ? Un enlèvement, un accident, une maladie ? Tout son travail d'emprise sur elle depuis un an et demi serait foutu. Toute sa quête d'une vie serait foutue ! Alors qu'il n'avait toujours pas abouti. Toujours pas osé l'entraîner à l'hôtel d'à côté de son bureau comme il l'avait planifié depuis longtemps. Et pourtant, il le sentait maintenant, sa proie commençait à être mure ! Sans doute pas avant l'été et son départ en famille dans sa fichue villa du Var. Mais sans doute à la rentrée. A l'automne. Et pour cela il lui fallait sans discontinuer la tenir en laisse par les SMS. Sacrée invention tout de même. Par nature conservateur et méfiant des différentes formes du progrès et de l'informatique, il devait reconnaître que jamais il n'aurait pu allez si loin sans cet outil. Des SMS amoureux bien sûr, mais aussi des prétextes de travail, d'Histoire, de littérature, de poésie, pour lui donner le sentiment de ne pas seulement exister par le désir qu'il avait d'elle, mais aussi pour lui montrer qu'il prenait en considération son intelligence, sa culture. Et tout était prétexte. Le bouquin qu'il écrivait, Louis XIV, les costumes, des poèmes, etc …

<u>Bérangère :</u>

Notre voyage au Sénégal fut très sympa. Cela consistait à prendre l'avion jusqu'à Dakar puis le car jusqu'à Saint Louis à l'estuaire du fleuve Sénégal, là où il se jette dans l'atlantique. Puis à nouveau le car jusqu'à Podor, l'ancienne capitale d'un des premiers royaumes de la région, au onzième siècle, à 200 km en amont du fleuve. Et une fois à Podor, à embarquer sur un vieux bateau, construit en 1954, le Bou El Mogdad, pour en quelques jours et quelques escales descendre le fleuve pour revenir à notre destination de départ, Saint Louis. Un fleuve Sénégal bordé sur son flan sud par le Sénégal et son flan nord la Mauritanie.

<u>Oscar :</u>

Nous naviguions à bord de ce bateau où flottait un petit parfum d'ambiance coloniale. Sa grande terrasse sur son pont supérieur permettait tout en sirotant l'apéro de découvrir sur la droite la Mauritanie en imaginant ses dangers et violences, paraît-il, et sur la gauche le Sénégal. Le fleuve Sénégal étant une frontière naturelle entre les deux pays.

Quels regrets j'ai, et ce n'est pas le dernier, de n'avoir pas su comprendre ma femme. Elle ne m'aidait pas beaucoup pour cela, c'est vrai, mais je n'aurais pas dû abdiquer. J'aurais dû lui parler, tranquillement. Essayer de comprendre où en était notre couple. Si nous nous aimions toujours, si elle avait envie d'amour physique ou pas. Si cette situation la satisfaisait ou pas ... Mais, et maintenant tout est clair avec la grille de lecture apportée par la connaissance de l'existence de l'autre, de ses manoeuvres et de ses SMS, je ne suis pas entré dans ce processus. Je m'en veux beaucoup. Nous avons gâché de belles années à ne pas nous aimer assez, et même passionnément. Ce qui est possible puisque c'est le cas maintenant, à plus de soixante ans.

Et les rives du Sénégal et de la Mauritanie défilaient de part et d'autre de notre bateau, séparant les deux pays non seulement physiquement, mais aussi politiquement et culturellement. Métaphore, peut-être, d'une frontière qui s'instillait entre nous sans qu'on en ait vraiment conscience. Nous, notre séparation était presque invisible, mais s'amplifiait de jour en jour sous l'action de l'autre et de, sans en avoir pris conscience, ma capitulation. D'avoir soixante ans m'avait anesthésié, avec l'acceptation de me sentir vieux, donc plus très bon pour les choses de l'amour, tant physiques que séductrices.

Je serais tombé par hasard sur un signe, un indice concret, un SMS qu'elle n'aurait pas eu le temps d'effacer, la problématique m'aurait sauté aux yeux. C'eut été un incident déclencheur qui aurait pu enclencher un tsunami entre nous et en même temps nous rapprocher passionnément. C'est ce qui arriva, mais bien plus tard. Malheureusement beaucoup plus tard !

<u>Bérangère :</u>

Ce voyage au Sénégal fut, une fois de plus, une occasion manquée pour qu'on se retrouve mon mari et moi. En n'en parlant plus tard avec lui il m'expliqua que, comme moi, il se disait à chaque départ, à chaque nouvelle destination, que c'était l'occasion pour nous refaire la cour l'un à l'autre, pour refaire l'amour, pour nous retrouver et parler.

Mais en fait, avec la présence incessante de l'autre à mon esprit, avec les comparaisons induites qui s'imposaient à moi et que l'autre savait très habilement susciter, c'était très difficile. De ma part en tout cas je ne fis aucun effort. Mais le voulais-je seulement un peu ? Et quant à Oscar il sentait bien que je ne n'étais pas disponible. Il n'a pas compris que j'avais besoin du grand jeu ! Qu'il me fasse rire, comme il sait très bien le faire, qu'il me rende amoureuse, qu'il me fasse une cour ostensible, même en rigolant. Ça aurait marché ! Mais pour cela il eût fallu un incident déclencheur. Que tout d'un coup il comprenne qu'il me perdait. Que si nous ne faisions que très rarement l'amour ce n'était pas, comme il le croyait, parce que ça ne m'intéressait plus en ayant pris de l'âge. Au contraire je crois que ça m'intéresse même davantage. Peut-être comme un pied de nez à la vie qui avance, au corps qui vieillit. Mais, pour que nous ayons un rapprochement physique, il fallait surtout qu'il me courtisât. Qu'il montre aux autres, devant tout le monde, combien il m'aimait me cajolait. Qu'il me le dise, qu'il me le montra. Je suis sûr que s'il avait fait ça j'aurais repoussé l'autre et ses SMS. L'autre et ses désirs pressants. L'autre et ses flagorneries. Je n'aurais pas répondu à ses messages, malgré ses points d'interrogation qu'il m'envoyait en rafale, quand je tardais à le faire. Malgré ses injonctions m'intimant de répondre, de donner signe de vie. De lui confirmer son pouvoir sur moi ...

Et, en arrivant à la fin de la croisière, de retour à Saint-Louis du Sénégal dans une zone couverte par le wifi, ce fut un déluge de SMS qui arrivèrent d'un coup après les quelques jours hors réseau tout le long du fleuve Sénégal. Un mélange d'inquiétude exacerbée et de déclarations d'amour envahissantes. Incapable de comprendre les aléas des communications au cours d'un voyage en brousse, il avait dû imaginer, sans réponse de ma part, que je lui avais échappée. Je lui ai répondu ... et nous entamâmes notre voyage de retour vers la France.

A peine revenue à Paris les déjeuners aux restaurants dans le septième arrondissement reprirent ; jusqu'à la grande coupure de l'été. Si ce n'est que par une facétie du calendrier, une ironie de la vie, c'est avec lui, l'autre, que je fis en juin le voyage jusqu'à notre villa dans le Var. Car mon mari devait y descendre avec l'un de ses collaborateurs dans un camion pour descendre du matériel de prises de vues. Le hasard de calendrier donc, peut-être aussi un peu manipulé, faisait que l'autre descendait en voiture à la même date dans le midi où il avait également une maison de village sur la côte, non loin de la nôtre. Nous étions sur son chemin ; c'était très pratique et ça m'évitait de descendre en camion de manière inconfortable ou de prendre le train. Evidemment l'autre a sauté sur l'occasion de pouvoir voyager avec moi.

Bien obligée de mettre mon mari au courant ; je lui avais demandé son accord. Mais en lui mentant, prétextant que nous faisions le voyage à trois, avec la femme de l'autre. Il hésita. Ça ne lui plaisait pas beaucoup. Il avait quand même un certain ressentiment, une méfiance envers cet homme dont je lui avais souvent parlé, mais que je ne lui avais pas présenté. Mais c'était très pratique pour notre organisation et il ne voulait pas m'imposer le voyage inconfortable en camion ; et du coup ça évitait le coût d'un billet de train. Et donc, rassuré, et même conforté par la présence de l'épouse, il accepta. Très longtemps je lui ai caché ce mensonge. Dont du reste il ne découvrit la réalité que beaucoup plus tard de la bouche même de l'autre …

Oscar :

Ça ne me plaisait pas ce voyage de plus de 800 km en compagnie et dans la voiture de cet homme. Et en plus ils devaient, sa femme et lui, coucher une nuit dans notre villa. Moi j'arrivais le soir suivant avec mon collaborateur, Kévin, dans un camion bourré de matériel.

Mais en même temps je me disais que si elle passait tout ce temps en voyage en compagnie de la femme de l'autre et que cette femme venait chez nous avec son mari c'est que tout était normal. S'il y avait quelque chose entre cet homme et ma femme, ils ne feraient pas le voyage tous les trois ensemble. Donc paradoxalement ça ma rassuré ! Et j'avais raison sur le principe. Sauf que mon adorable femme sait très bien mentir et m'avait totalement enfumé ; ils n'étaient que tous les deux …

Bérangère :

Il ne se passa rien dans notre villa. D'abord j'étais bien loin d'avoir fait la démarche d'accepter une relation physique avec cet homme, mais jamais je ne l'aurais fait dans notre villa. Et puis il avait été un peu malade tout au long du voyage ce jour-là. Et donc plutôt mal en point à l'arrivée, à la villa. Le « Don Juan » était fatigué … ! Le lendemain ce trouvait être le jour de mon anniversaire ; l'autre parti pour sa maison de Bormes les Mimosas, raison de son voyage qui avait si bien coïncidé avec mon planning.

Une semaine plus tard, mon mari m'emmena dans un fameux grand restaurant de la région, « Chez Bruno », pour fêter mon anniversaire. Une ambiance formidable ce restaurant. La déco très Rome décadente, le service impeccable sans être intrusif, et puis les menus aux truffes.

Il m'offrit une superbe montre qui allait plus tard faire tiquer de jalousie l'autre quand à la rentrée de septembre il l'aurait vu à mon poigné; indice manifeste et désagréable pour lui que mon mari tenait à moi. En fait, à chaque fois qu'il percevait un signe indiquant que mon mari était proche de moi il tiquait. Car il voulait se persuader que rien n'allait plus entre mon mari et moi. J'ai compris plus tard qu'il s'était même convaincu que nous étions en instance de divorce ! Ça devait l'aider, le déculpabiliser d'imaginer cela. Comme si on pouvait être en instance de divorce et voyager ensemble régulièrement au bout du monde. Et se faire des cadeaux ...

Etais-je heureuse en cette soirée d'anniversaire ? Oui sans doute. En tous cas les photos prisent par mon mari et que j'ai revu plus tard le laisse penser. Ça aurait été parfait si mon mari m'avait fait la cour. M'avait dit qu'il m'aimait et ne pouvait se passer de moi. Et s'il m'avait fait l'amour. Mais de mon côté quels signes lui ais-je donné ?

<u>Oscar :</u>

Je me souviens très bien de ce dîner au restaurant « Chez Bruno », dans ce décor de décadence romaine. Rien ne me laissait présager de la menace qui rodait sur mon couple depuis un an et demi. Ma femme était souriante et paraissait heureuse. Nous avions tout pour être heureux. D'autant que je venais d'avoir la bonne nouvelle du démarrage d'une nouvelle réalisation de documentaire historique sur lequel nous allions travailler tous les deux, main dans la main. Mais il m'a manqué les mots, les gestes, peut-être trop pris que j'étais par mes préoccupations d'ordre quotidiennes, professionnelles, et matérielles ...

<u>Bérangère :</u>

L'été se déroula calmement. Oscar s'occupait à trier et ranger tout le matériel récupéré suite à l'arrêt de notre société et au déménagement de nos locaux professionnels. Et puis, il était en train de concrétiser une autre idée qui lui trottait dans la tête depuis longtemps. Détruire notre cheminée actuelle que nous trouvions très moche et en reconstruire une neuve, beaucoup plus grande, avec un double foyer donnant d'un côté sur le salon et de l'autre sur la cuisine. Donc il avait eu plusieurs rendez-vous avec différents fournisseurs qui étaient venus à notre villa pour voir ce qui était possible ou pas et nous faire des devis. Avant j'aurais été très proche de lui dans cette recherche ; mais là mon esprit était ailleurs. Je ne m'y intéressais pas vraiment. Je faisais juste le service minimum laissant à Oscar le soin de décider la plupart des choses. Il s'en étonnait d'ailleurs, mais ne s'en offusqua pas. Il tenait à sa nouvelle cheminée et à réaménager complètement le salon et tant que je ne lui disais pas non, tant que je le laissais faire, il avançait sur son projet. Sans doute tout de même un peu déçu que je ne montrasse pas plus d'enthousiasme.

En fait, nous commencions, sans nous en rendre compte vraiment, à diverger, même sur les choses que nous partagions ensemble étroitement avant. Et ça n'allait faire qu'empirer. Mais toujours en demi-teinte, sans clash, sans esclandre, en catimini ... Sournoisement sous l'influence du flot de messages amoureux de l'autre ...

C'est alors qu'il me proposa que nous réalisions enfin l'un de nos projets récurrents de voyages. La Toscane ! Facile à improviser, car pas loin de notre Provence. Au début j'étais moyennement partante. D'autant que nous étions fin aout et qu'il faisait vraiment très chaud. Et peut-être déjà, sans m'en rendre compte, j'avais envie de revenir vite à Paris. Je ne sais pas ; mais ce que je sais c'est que ça lui faisait tellement plaisir. J'ai accepté, et j'ai bien fait. Nous fîmes un superbe voyage. Un voyage qui aurait pu, qui aurait dû, nous rapprocher, mais qui finalement ne changea rien. Et même qui, sans doute, dans mon esprit m'éloigna encore plus de lui, car là-bas nous n'étions pas seuls. Les SMS allaient nous y poursuivre créant dans mon esprit une sorte de comparaison permanente de comportement « *romantique* » entre les deux hommes.

Oscar

Ah la Toscane ! Ça faisait une éternité que je voulais y aller. Plusieurs fois nous y avions songé, toujours remis. Nous nous décidâmes malgré la canicule de cette fin de mois d'aout 2012 en France et donc plus particulièrement encore en Italie. Mais qu'importe, nous avions un créneau, nous partîmes. Florence, Siennes, Montepulciano, Monteriggioni avec ses remparts, San Gimignano, les paysages de Toscanes, le Chianti et surtout les innombrables musées avec tous les tableaux représentant de non moins innombrables « *Madonna con el bambino* ». Des vierges à l'enfant, thème extrêmement récurrent chez les peintres italiens. Si récurrent et pour dire si monotones que ça en était devenu un sujet d'amusement et de franche rigolade ... J'ai pensé que c'était sans doute, pour les peintres de l'époque, leur seul moyen d'avoir l'autorisation d'exprimer, par l'image, par la peinture, leurs désirs, leurs besoins viscéraux de montrer la féminité. De montrer la beauté, le charme, la volupté de la femme. Grâce à l'alibi religieux de la vierge avec son enfant Jésus ! Car souvent ces tableaux montraient des femmes très sensuelles, très sexuées. Sachant juste s'arrêter à temps pour ne pas déclencher les foudres de l'Eglise.

Je ne dirais pas que j'ai été déçu par Florence, mais par contre j'ai été particulièrement impressionné par Siennes et son plan circulaire hélicoïdale. Et par sa magnifique et majestueuse place centrale, en demi-cercle, descendant en entonnoir, avec dans le creux l'hôtel de ville et sa haute tour. Place où a lieu, chaque année, les fameuses courses de chevaux, le Palio de Siennes ; avec ses différents clans qui paradent fièrement en faisant claquer leurs étendards dans le vent à travers les ruelles moyenâgeuses étroites de la ville. Mais surtout cette place m'a semblée être l'expression incarnée de la théâtralisation du pouvoir. La forme en entonnoir du lieu forme un gradin naturel où l'on imagine, aux siècles anciens, le peuple se réunissant face à ses dirigeants les haranguant du haut des balcons de l'hôtel de ville centre de tous les pouvoirs. L'on sent ces lieux chargés d'Histoire résonnant encore des conflits passés avec l'éternelle sœur ennemie, Florence.

Je fis beaucoup de photos. J'essayais en fait un nouveau boitier photo qui avait pour nouveauté de pouvoir également filmer en vidéo dans une excellente définition. Peut-être trop de photos et, elle me l'a dit plus tard, je n'ai sans doute pas été assez attentionné avec ma femme. Je ne lui ai pas parlé d'amour. Je n'ai pas été assez attentif. D'autant que dans son esprit et l'expression de sa féminité elle était, dans ce contexte d'Italie, de Toscane, avide d'amour romantique. Elle en a conçu par réaction un rejet de moi. Moi qui ne voyais rien et avais le sentiment que tout allait bien. Je n'avais pas conscience que pour ma femme nous n'étions pas en « *osmose* », comme elle me l'exprimera plus tard, beaucoup plus tard ...

<u>Bérangère :</u>

Très sympa ce voyage en Italie, que mon mari désirait faire depuis si longtemps. Nous avions déjà souvent été au bout du monde, mais pas fichu d'aller à quelque centaines de kilomètres de la France ; en Italie. Sympa, mais sans le déclic que j'espérais inconsciemment se déclencher. Sans cette « *osmose* » entre nous que j'appelais de mes souhaits. Pour moi, sans doute, Italie était synonyme d'amour romantique et j'espérais peut-être, sans m'en rendre compte, qu'il se passe quelque chose de fort entre mon mari et moi-même qui me permette d'arrêter ma relation avec l'autre. Et du coup, bien évidemment, j'étais très exigeante. Je voulais qu'il me fasse la cour, me couvre de baisers et me dise que j'étais la plus belle, la plus merveilleuse ... d'autant que j'avais en permanence l'autre qui m'inondait de SMS de plus en plus audacieux, de plus en plus flatteurs.

A longueur de journée, sur les terrasses ensoleillées, dans les musées, les restaurants, arrivaient à jet continu les messages de l'autre que je lisais sans vergogne devant Oscar qui, même s'il me montrait son énervement à me voir «*jouer*» avec mon téléphone, n'était absolument pas conscient de ce que cela cachait. Et cette correspondance numérique secrète se faisait de plus en plus pressante. De plus en plus impatiente de me revoir à mon retour après ces, pour lui, trop longues semaines d'été. Il piaffait littéralement, m'interrogeant sans cesse sur ma date de retour et m'affirmant avec toute simplicité qu'il ne pouvait vivre sans me voir. Et comme toujours, je m'en rends compte maintenant, il faisait tout pour me garder dans ses filets, tout pour s'assurer de son emprise sur moi et qu'il arriverait à ses fins. Tout pour me hisser sur un petit nuage d'auto satisfaction nombriliste. Accélérant parfois pour mieux freiner et prendre du recul s'il avait le sentiment de s'être montré trop audacieux. Alternant déclarations enflammées et emphatiques et considérations sur ses travaux en cours et même sur le temps qu'il faisait ... Il avait sans doute peur que la sauce romantique toscane ravive quelque chose entre mon mari et moi !

<u>Oscar :</u>

En Italie, je l'ai compris plus tard, elle était déjà totalement contaminée par l'autre et son flot incessant de messages et donc, forcément, sans s'en rendre compte, elle me comparaît, elle me mettait en compétition avec les déclarations enflammées qui bien entendu ne cessaient d'arriver à flot par SMS. Mais une compétition dont je n'avais aucune idée, et donc aucun moyen de réagir à armes égales ; de me battre. Je n'avais aucune chance sans connaissance de l'attaque continue, perverse, ciblée et extrêmement efficace de l'autre qui peu à peu prenait possession de l'esprit de ma femme. Je n'avais pas compris ce qu'elle désirait, confrontée à cette entreprise de séduction massive et sans vergogne; que je la courtise à nouveau. Que je secoue le poids des années du vivre ensemble et de la routine. Que nous jouions les Roméo et Juliette dans cette ambiance toscane.

Mais elle-même ne manifestait ostensiblement aucun manque ni aucune demande. Ni tentative, car en fait elle avait déjà fait son choix de céder. Peut-être, aussi, ai-je été bien aveugle et pas assez à son écoute, à l'écoute de ces signaux faibles mais extrêmement nombreux. Et pourquoi n'ai-je pas explosé à la voir en permanence et de manière indécente tapoter sur son foutu téléphone. Et tandis que nous explorions cette région bénie des dieux qu'est la Toscane, elle continuait à se faire contaminer, de l'extérieur à plus de 1600 kilomètres, par un homme qui continuait son travail de sape contre notre couple pour la détacher de moi, pour qu'elle finisse par céder à ses avances. Un homme qui jour après jour la noyait de son amour poisseux, visqueux. Telle une araignée il tissait sa toile, lui injectait son poison flagorneur, patiemment, afin de la rendre consentante en lui fournissant des raisons à son abandon. Des raisons essentiellement axées sur des reproches qu'elle pouvait me faire, à tort ou à raison, mais jamais exprimées d'une manière ouverte qui m'aurait permis de réagir, de prouver mon amour. La bête était tapie dans l'ombre où que nous soyons sur cette planète par la sorcellerie high-tech de ces foutus SMS.

Lui, partout, de son bureau, de chez lui face à sa propre épouse, de n'importe quel restaurant, communiquait avec ma femme au-dessus de moi. Je la voyais « *jouer* » avec son Smartphone sans me douter que l'autre lui faisait une cour éhontée devant moi, à mon insu.

<u>Bérangère</u>

C'est vrai qu'il me harcelait ; et parfois même ça m'irritait ; c'était trop. Et en même temps j'adorais ça. J'étais le centre du monde pour cet homme qui disait ne penser qu'à moi. Qui me disait que j'étais une merveille. J'aurais tant aimé que mon mari me dise les mêmes mots, qu'il me dise qu'il m'aime et ne pouvait se passer de moi. C'est vrai, j'aurais aussi pu lui dire, pu lui exprimer mon manque pour voir comment il réagirait. Au lieu de ça j'ai laissé faire le train-train quotidien. Ce voyage en Toscane fut très agréable et plein de découvertes, mais submergé par l'omniprésence de l'autre à mon esprit.

Cela faisait déjà un an et demi qu'il m'avait contacté. Déjà ! En fait nous étions devenus très intimes avec tous ces déjeuners et rendez-vous frappés du sceau de la clandestinité, de l'interdit, accentuant notre complicité l'autre m'ayant bien manipulé pour dès le départ créer cette relation clandestine avec moi, excluant mon mari. Car bien évidemment à partir du moment où, au début, j'avais pris le parti de n'en rien dire à Oscar, je m'enfonçais chaque fois un peu plus dans la culpabilité et le mensonge. Je ne pouvais me résoudre à arrêter une relation qui je pensais me faisait du bien, alors que c'était devenu une drogue délétère. Je savais que si mon mari en avait conscience, tout s'arrêterait. Il ne l'aurait pas, à juste titre, toléré ; ou il m'aurait demandé de choisir ! Entre lui et l'autre ! Et je ne voulais plus me passer de cette douce drogue qui s'infiltrait en moi jour après jour, heure après heure ... Plus me passer de cette relation épistolaire via mon téléphone et qui rythmait mes journées. Dès lors je ne pouvais plus me raccrocher à Oscar qui était le seul qui aurait pu m'arracher à cette attraction. J'en avais conscience, mais j'avançais droit dans le mur sans vouloir réfléchir aux implications, au futur, aux drames dont cette relation était porteuse potentiellement.

Ma bonne copine Béatrice avec qui « *on se dit tout* » aurait, elle, peut-être pu m'aider à discerner tous les dangers de cette relation dont je lui avais fait part à demi-mot. A demi-mot, mais en fait elle avait déjà tout compris avec son esprit cynique acéré quand je lui avais tout simplement dit que « *j'avais rencontré quelqu'un* ».

Esprit cynique acéré, car elle même empêtrée dans les souvenirs de ses anciennes aventures adultères, elle avait fait l'amalgame. Alors que ça n'avait rien à voir. Et puis elle respectait aussi sans doute trop mon libre arbitre. Pourtant elle avait conscience du mal que j'étais en train de faire à mon mari, du risque que je faisais prendre à mon couple, des risques que je prenais pour ma vie, mon bonheur. Plusieurs fois elle m'avait alerté ; fait gaffe : « *Il est sensible ton Oscar. Tu vas lui faire du mal. Et il t'aime et toi aussi tu l'aime* ». Je ne l'ai pas écouté ; elle n'a pas souhaité être plus intrusive, plus directive, plus conseillère. Et elle ne m'a pas trahi face à Oscar. Ce qu'elle aurait peut-être dû faire, à contrario de ma demande, en comprenant que c'était mieux pour notre couple plutôt que de couvrir cette relation qui ne menait à rien. Ou du moins essayer de nous rapprocher, de trouver une voie sans trahir sa promesse ... une promesse qui n'eut finalement qu'un bénéficiaire ; l'autre !

C'était un jeu, pour moi, et j'étais totalement inconsciente, ou du moins voulais l'être, du mal que j'étais en train de faire à mon couple et des risques que je prenais. Et du mal que je faisais à mon mari, de la souffrance qu'il aurait quand il comprendrait tout. Mais je m'étais persuadée qu'il ne saurait jamais ... oubliant que dans la vie tout se sait un jour ou l'autre, tout se paye un jour ou l'autre. Je n'avais pas conscience que je fabriquais jour après jour autant de bombes à retardement pour notre couple, quand Oscar comprendrait que durant tous ces voyages je n'étais pas vraiment avec lui, mais d'esprit ailleurs, avec l'autre via les SMS à toutes heures du jour et même de la nuit.

<u>Oscar :</u>

Le paradoxal, est que par ma femme cet homme connaissait énormément de choses de moi, et moi presque rien de lui ! Et ce pendant des années. D'autant que, malgré ses activités d'écrivain et d'historien, il était quasiment absent du net. Impossible, par exemple, de trouver une photo de lui en le googlisant. Seulement était fait mention, via ses éditeurs, des livres qu'il avait écrits. Livres de compilation d'évènements réservés à des spécialistes et donc de peu d'intérêt pour la plupart des gens. Pas des livres qu'on lit, mais plutôt qu'on consulte tels des dictionnaires. Ça ne m'avait pas donné l'envie d'insister auprès de Bérangère pour le rencontrer. J'aurais dû !

<u>Bérangère</u>

Je ne pense pas avoir été réellement amoureuse de l'autre même si j'ai agi comme telle. En aucun cas ce n'était de l'amour en ce qui me concerne. Plutôt de l'amour de moi-même à travers l'image de moi qu'il me renvoyait et qui me rassurait. De fait, qu'il est merveilleux d'être ainsi adulée même quand on sait bien, au fond de soit même, que c'est purement factice.

Donc, tout ce voyage en Toscane fut très bizarre pour moi. Et progressivement j'acquérais le sentiment très égoïste du besoin et du droit de tromper mon mari. De vivre ma vie en dehors de lui. Pas de le quitter, non, surtout pas ! Il était ma vie, ma famille, le père de mes enfants, mon confort au quotidien, ma protection. Et puis au fond de moi-même je savais bien que je tenais à lui. Mais, tout au long de ce voyage italien s'effondraient au fur et à mesure en moi les derniers obstacles pour franchir le pas. Pour m'absoudre de bientôt céder à la tentation. Je me déculpabilisais préventivement pour finir à terme par céder aux avances de plus en plus insistantes de l'autre.

Mon erreur était de ne pas m'être ouverte à Oscar de mes frustrations, de mes besoins de sa tendresse et de son amour exprimés, vécus au quotidien. En un certain sens de mon désir qu'il me refasse la cour malgré toutes les années passées. Et même, surement, à cause de ces années. Je lui en voulais de ne pas me donner ça, ne tenant pas compte du piège que représente tout ce temps passé à vivre ensemble, au quotidien, à travers les épreuves et les difficultés, les joies et les espérances. Je ne lui ai pas laissé la chance de prouver son amour par des paroles et des actes autres que ceux de m'assurer mon confort quotidien et le partage de ces voyages que nous faisions souvent.

J'aurais dû le mettre sur la piste pour voir sa réaction et lui donner une chance ! Je ne l'ai pas fait. Et du coup, sans nous en rendre compte, nous nous éloignions de plus en plus l'un l'autre alors même que nous étions très souvent ensemble, très proches, et que nous faisions plein de choses tous les deux. Mais nous ne parlions ni lui, ni moi, des choses importantes pour notre intimité. Nous ne nous posions pas les bonnes questions. Et l'autre l'avait très bien compris, sachant trouver les mots pour dire combien il aurait été meilleur compagnon qu'Oscar, comment il aurait aimé être à la place mon époux, comment il se serait occupé de moi, de m'aimer, de me câliner ... Il avait une telle assurance de lui-même et de son soi-disant amour pour moi, et en même temps un tel dédain pour mon mari ...

Bref j'étais mûre pour céder à sa pression de plus en plus importante. Impossible de résister sans un élément extérieur puissant ; par exemple comme si Oscar s'était douté de quelque chose. Peut-être même, au fond de moi-même, souhaitais-je qu'il y ai un clash ; qu'il se passe quelque chose ! Qu'Oscar se réveille, me pousse dans mes retranchements et dise stop !

Oscar

Florence, Siennes, Montepulciano, San Gimignano, Monteriggioni, Volterra ... J'ai adoré ce voyage en Italie, et je n'ai rien compris à ce qui se tramait dans la tête de ma femme manipulée à distance, via les SMS tel un pantin par des fils invisibles, par un autre homme réminiscence d'un passé lointain et juvénile. Quel regret de n'être pas passé en mode « *romantique* » alors que je ne demandais que ça. Messieurs, n'oubliez jamais de dire à votre femme que vous l'aimez. N'oubliez jamais de lui faire la cour. Sinon, quittez là ! Avant qu'elle ne vous quitte ...

Bérangère

Automne 2012. Retour à Paris. J'ai eu des discussions avec ma grande copine Béatrice lui exprimant mes sentiments de frustrations concernant ce voyage merveilleux en Toscane, mais dépourvu de romantisme, d'amour, de passion ... D'où la frustration latente qui s'était insinuée en moi et que je lui exprimais. Mais, pour être honnête, sans lui révéler l'ampleur de mes communications avec l'autre pendant ce voyage, au nez et à la barbe d'Oscar. Mais peut-être ce goût amer post-voyage était le poison que je me distillais moi-même pour mieux à terme justifier mes actes. Et que m'avait distillé l'autre ... Car, en effet, je ne pouvais guère me rapprocher de mon mari tant que l'autre me gardait sous son influence délétère et ne me lâchait pas.

Et puis Béatrice était extrêmement gênée par cette affaire, car touchant Oscar qui était aussi son ami. Elle était prise entre deux feux. Elle décida donc que ça l'énervait et devint de plus en plus hostile à ce qu'on en parle, et donc à s'impliquer. Car s'impliquer voulait dire qu'elle soit complice de cette relation dont elle n'informait pas, ne mettait pas en garde, mon mari. Mais qu'elle le veuille ou non c'était bien le cas ; et tel Pilate elle s'en lava les mains ...

Pendant ce temps-là la cadence des SMS de l'autre ne tarissait pas. Impossible d'y échapper. La drogue devenait de plus en plus une drogue dure. D'autant qu'il n'était pas avare d'expressions amoureuses. « *Mon amour chéri ...* » et d'expressions dithyrambiques, un peu ridicules avec le recul, me portant aux nues. Si je décidais de résister, parfois, de ne pas répondre pendant un certain temps, il n'avait de cesse de me relancer avec des expressions telles que « *Toujours vivante ?* » ou plus simplement des « ??? » jusqu'à ce qu'il obtienne une réponse. Il ne m'a laissé aucun répit; hors de question de me laisser m'échapper. Je m'en rends très bien compte maintenant que tout est fini, mais à l'époque je n'en étais pas consciente.

Jeudi 13 septembre. Notre premier rendez-vous depuis mon retour de Toscane. Notre relation jusqu'à présent platonique allait donc survivre à l'été et c'était donc à nouveau parti pour un tour. Une nouvelle séquence parisienne dans le septième arrondissement ... De plus, le hasard de la vie fit que je me retrouvais très libre en cette fin d'année 2012. Nous avions vendu notre société et Oscar travaillait comme réalisateur indépendant pour une autre société de production. Très libre et, de plus, pas de soucis directs et pressant d'argent.

Mais contraintes pour cette vie parallèle étaient les mêmes que celles de l'autre. Nous étions libres de nos après-midi, mais pas de nos soirées et de nos week-ends. Donc, en restant dans ces plages horaires, très facile de ne pas attirer l'attention, car pour l'adultère on ne pense pas assez à l'option « *l'amour l'après-midi* » comme s'était intitulé un film d'Eric Rohmer en 1972. D'autant moins risqué qu'il n'existait aucun « *pont* » entre nos deux univers ; personne ne connaissant à la fois l'un et l'autre ; donc peu de risque d'être démasqué. Nous étions à égalité ; nous prenions plaisir à nous voir très souvent à déjeuner, mais avec en parallèle le confort de nos couples réciproques.

Tous les cafés et restaurants autour de son bureau dans le septième arrondissement de Paris y passaient. Des heures s'écoulaient au café à l'écouter parler de son travail, de ses recherches. J'avais l'impression de revivre. Et surtout de vivre par moi-même. De vivre une nouvelle vie. Même si, maintenant, je me rends compte qu'il profita beaucoup plus de moi que moi de lui. Je lui servais de muse, de copine à déjeuner, de personne à qui se plaindre de sa vie, de sa femme qu'il décrivait tel un dragon, de son travail, de la malchance de sa vie. Se plaindre de son existence était sa tendance la plus courante. Son « *sport* » préféré ! Même si, moi, jamais je ne me suis plains à lui de mon mari, de mon existence. Mais moi ce n'est pas mon style de me plaindre ...

L'ironie de la situation était que parmi nos sujets de conversations les plus récurrents lors de nos nombreux déjeuners ensemble, c'était de parler de nos conjoints réciproques. Eh oui, on parle principalement de se que l'on connaît, donc de sa vie et de son quotidien. De son mari à son amant, de sa femme à sa maîtresse ... Et moi, ma vraie vie et mon vrai quotidien, c'était Oscar et ses activités ; et nos activités communes tant personnelles que professionnelles. Et sur ces sujets, chaque fois je sentais sourdre chez l'autre son hostilité, sa jalousie viscérale envers mon mari, envers ce qu'il représentait. Les autres sujets étaient souvent motifs de désaccord. Son catholicisme intégriste le poussait à détester le nouveau pape François qui moi me plaisait bien par sa tolérance et son ouverture. Au niveau politique l'autre était contre voter, contre l'Europe, souverainiste, royaliste en fait. Il détestait l'expression de la démocratie.

Il m'a même communiqué son échange de courriel, plutôt alambiqué, qu'il eut une fois avec la rédaction politique du Monde pour affirmer ses choix de ne pas voter à la présidentielle de 2012.

« ... Je veux souligner l'insignifiance des scores atteints par les deux grands partis politiques qui se partagent actuellement le pouvoir par rapport au nombre d'électeurs inscrits, ... / ... je dois vous rappeler que s'il est certain que de nombreux non-inscrits le sont sans aucun doute par désintérêt profond envers tout ce qui ressort de la vie sociale, il en est d'autres, auxquels j'appartiens, qui refusent de jouer à ce jeu fallacieux, ne s'opposant pas à tel ou tel parti, mais, rejetant en totalité le système politique actuel, excluent toute possibilité de voter pour de multiples raisons ... »

« Rejetant en totalité le système politique actuel ! » ; rien moins que ça et sans rien d'autre à proposer que peut-être un retour à la royauté ; rien de tel qu'un roturier pour aspirer un retour au système féodale ! Tout mon contraire et celui d'Oscar, ayant toujours tous deux essayé d'inculquer un certain état d'esprit civique et républicain à nos enfants malgré les difficultés actuelles de la France. Croyance en la République; malgré tout ! Même si ça devient de plus en plus difficile de croire en la démocratie quand on voit de quoi elle accouche, élections après élections, en France et ailleurs ! Mais n'est-ce pas : *« le pire système à l'exclusion de tous les autres »*. Bel aphorisme churchillien et lieu commun dont les politiques usent et abusent ...

Comment ais-je pu supporter les propos de l'autre, totalement à l'antithèse de mes propres convictions ? Mystère ? Où peut-être justement à travers nos nombreuses et houleuses discussions, engueulades même parfois, me donnait-il l'occasion de défendre mes valeurs me permettant ainsi de m'affirmer; d'exister par moi-même ; me valoriser à mes propres yeux ?

La pression qu'il exerçait sur moi afin de passer à une relation physique augmentait à chacune de nos rencontres; toujours avec ses mots choisis, châtiés, par petite touche, avec une élégance surannée, mais allant tout de même jusqu'à m'expliquer qu'il se faisait lui-même plaisir en pensant à moi, tout seul, jusqu'à la jouissance. Pour appeler les choses par leur nom, qu'il se masturbait en pensant à moi, mais sans le courage d'utiliser ce mot explicitement. Curieusement cette évocation m'excita plus qu'elle ne m'offusqua malgré un sentiment sourd de culpabilité mais toujours balancé par le plaisir de l'interdit et de se sentir désirée, même et surtout, à mon âge.

En parallèle j'avais un grand besoin de ne pas rester chez moi, car notre fils cadet pour des questions de manque de travail était revenu dans notre appartement et squattait la chambre qui me servait de bureau. Donc, pas vraiment d'endroit pour moi dans l'appartement. De plus, à cette époque, mon mari était aussi souvent présent, travaillant à l'écriture de son nouveau documentaire/fiction sur Alexandre le Grand pour France 3.

L'ambiance était donc plutôt lourde avec notre fils plus ou moins en recherche de travail et qui vivait la nuit pour émerger à midi. Sans parler des repas avec sermons énervés redondants de mon mari face à notre fils qui n'en pouvait mais. J'étouffais un peu et même beaucoup. Et plus de bureau à notre société. Donc, tout naturellement, j'allais de plus en plus souvent à la société de l'autre pour m'y installer et y travailler avec mon ordinateur portable MacBook. D'autant que j'avais du travail par et pour mon mari pour la préparation de son nouveau film en écriture. Du travail de recherche de costumes et d'accessoires qui me passionnait.

L'ambiance était sereine au cabinet d'expertise de livres anciens de l'autre qui était évidemment ravi de me voir si souvent avec un bon alibi professionnel pour ma présence. Et, évidemment, il se fit d'autant plus pressant. Ironiquement le travail que j'avais à faire pour le film de mon mari se mariait très bien avec son environnement « *historique* ». C'était aussi une excellente occasion d'exister en lui montrant que j'avais un travail qui me passionnait. Et aussi l'occasion de le questionner, de lui demander son avis. Même s'il méprisait fortement tout ce qui avait à voir avec la télévision et le cinéma. Tout ce qui avait à voir, de près ou de loin, avec de la vulgarisation. Qu'elle soit de qualité ou non.

Mais je sentais bien, tout de même, le côté ambigu de la situation. Mon mari connaissait l'existence de l'autre. Mais pensait à une relation amicale épisodique et mêlée à d'autres amis. Plusieurs fois, évidemment, il avait souhaité rencontrer ces « *amis* », et ce « *Monsieur* ». Ce que je savais impossible si je voulais continuer à vivre ma relation « *amicale* ». Je lui avais fait avaler la pilule en lui mettant en avant son charisme trop fort qui pouvait m'étouffer. Que s'il rencontrait « *mes amis* » je n'existerais plus par moi-même en leur sein. Il se laissa enfumer ; peut-être même ça le flatta et sans–doute ça l'arrangeait car il s'était un peu renseigné sur l'autre, avait rapidement jeté un coup d'œil sur ses livres que j'avais rapportés à la maison, dictionnaires, chronographies, et n'y avait pas trouvés grand intérêt de son point de vue. Donc, il avait développé un certain mépris et un total manque d'intérêt pour l'autre et acceptait mon caprice n'ayant aucune idée de la fréquence de nos rendez-vous. N'ayant aucune idée que nous déjeunions souvent ensemble depuis presque deux ans. Il n'a strictement rien compris, même si ça l'énervait d'évidence. En fait ça le « *gonflait* » même ! Il sentait bien une ombre maléfique se glisser entre nous, mais pas jusqu'à se déclencher en mode reproche, en mode polémique. Et puis, il me l'avoua plus tard, ça le rassurait que j'aie des occupations, que je bouge, que je ne reste pas cloîtrée à la maison. Que l'on ne soit pas tout le temps l'un sur l'autre.

<u>Oscar :</u>

Oui, je sentais une ombre noire planer sur nous. Mais en même temps je voulais faire confiance à ma femme et n'avait aucune envie de jouer les inquisiteurs. Que ce soit directement en la prenant de front, ou indirectement en jouant les flics pour fouiller dans son emploi du temps. Ce qui m'aurait été extrêmement facile ayant accès à ses comptes en banque, ses relevés téléphoniques, son téléphone, son ordinateur et, je ne le compris que plus tard, à tous ses déplacements. Et puis, naïvement, c'était hors de ma sphère de compréhension que ma femme, ma chère petite femme, puisse avoir une relation suivie avec un autre. Quelle fatuité de ma part !

<u>Bérangère :</u>

Fin octobre 2012. Nous revenions de notre villa dans le Var. Paris était triste et pluvieux.

Jour après jour je voyais mon mari absorbé par ses problèmes de travail, d'argent, et son irritation grandir face au problème que représentait notre fils cadet sans travail, sans occupation, potentiellement sans avenir, et habitant chez nous. Un « *Tanguy* » comme on les appelle depuis le succès du film homonyme et très symptomatique de notre époque. Le pire étant qu'il nous privait d'intimité. J'étouffais, j'avais besoin de m'extraire de tout cela. L'autre m'apportait donc une solution facile pour vivre une vie parallèle à mon quotidien, pour m'en extraire.

Et, ce jeudi 25 octobre, nous avions une fois de plus rendez-vous pour déjeuner, au café-restaurant le Voltaire, juste devant la Seine. Je partis de chez moi vers midi, prétextant des courses à faire et laissant mon mari déjeuner seul et face à son travail d'écriture pour son nouveau film documentaire historique. A l'instant précis où j'ai franchi la porte de mon appartement, quittant le domicile conjugal, je n'imaginais pas la brusque accélération qu'allait connaître ma relation avec l'autre ... Que le soir de ce jour je rentrerai différente chez moi.

<u>Bureau de l'autre :</u>

Midi ! Elle devait être sur le point de quitter son domicile, de s'arracher à son mari, pensa-t-il. Il saisit son téléphone portable pour accéder à sa messagerie SMS. Ses doigts trop gros pour le petit clavier virtuel coururent sur l'écran lumineux :

« *Café Voltaire 13h* » tapa-t-il.

Le SMS partit avec sa petite musique spécifique et rassurante. Aujourd'hui était un grand jour ; il en était sûr ; elle était mûre ; il allait conclure. Et il fallait qu'il soit en forme. Il fouilla dans son tiroir pour en extraire une petit boite de médicament parmi d'autres. Il en sortit des cachets bleus encapsulés sur une petite plaquette. A priori il n'en avait pas besoin, mais c'était plus sûr ; à l'approche de la soixantaine, ça le rassurait ; hors de question de ne pas être à la hauteur ! Il regarda sa montre ; il était temps. Après avoir extrait un cachet il l'avala avec une gorgée d'eau d'un verre qu'il avait posé préventivement à cet effet sur son bureau. Puis fouillant à nouveau dans son tiroir il prit un petit sachet métallique parmi d'autre, marqué d'une grande marque de préservatif.

<u>Bérangère :</u>

Comme d'habitude le SMS arriva vers midi cinq, m'indiquant à quel restaurant nous allions nous retrouver sans passer par la « *case bureau* ». Une fois de plus le café Voltaire. Depuis quelque temps il aimait bien qu'on se retrouve dans ce café-restaurant traditionnel donnant sur les Quais de Seine.

Comme d'habitude, je pris le métro à la station près de chez moi pour relier la station « *Solférino* », la plus proche du bureau de l'autre et de notre terrain de jeu, resto-cafés.

Comme d'habitude je parcourus les quelques centaines de mètres pour arriver jusqu'au café Voltaire. Il m'attendait au fond du restaurant.

Comme d'habitude il était en avance, toujours là avant moi, même quand j'étais à l'heure. Depuis quelque temps, contrairement au début, nous avions par précaution pris l'habitude de nous tenir systématiquement au fond des restaurants ou des cafés pour ne pas risquer d'être vus par hasard, de l'extérieur, par une connaissance. Particulièrement sur ce quai Voltaire qui draine énormément de passage. Ce qui incidemment me permettait d'échapper à l'odeur de ses affreux petits cigares.

Comme d'habitude nous commandâmes du vin au verre, blanc pour lui, rouge pour moi. Ma fréquentation régulière de l'autre au restaurant avait considérablement augmentée mon appétence pour boire du vin. Ce qui n'avait pas échappé à mon mari du reste ! Maintenant que j'y pense, il me fit boire plus que d'habitude. Il savait ce qu'il faisait, ce qu'il voulait, en me poussant à la consommation. Mais ce jour-là je devais en avoir particulièrement besoin. Besoin que la tête me tourne un peu ...

Nous déjeunâmes frugalement puis soudain, alors qu'il venait de commander deux cafés, son visage s'empourpra légèrement. Dans une gestuelle automatique, au-delà de sa volonté, pour se donner une contenance, il se saisit d'un de ses éternels petits cigares et l'alluma. Je vis sa main qui tremblait en poussant la flamme de son briquet vers son visage qui sortit de l'ombre dévoilant avec précision ses traits en accentuant les plis de son visage. Il tira une grande bouffée, pour se donner du courage, me sembla-t-il, puis soudain, après un regard circulaire, il se souvint qu'il était interdit de fumer à l'intérieur du café et d'un geste nerveux il écrasa dans un cendrier le bout du cigarillo qui avait à peine commencé à rougir. Puis il rapprocha son visage du mien et dans un souffle, osant à peine formuler les mots, il me confia qu'il avait retenu une chambre à l'hôtel voisin, l'hôtel du Quai Voltaire à une centaine de mètres de nous. Il m'expliqua qu'ainsi nous pourrions mieux discuter et travailler sur ses différentes poésies. Nous avions l'après-midi devant nous ... Nous serions plus tranquilles pour parler, sans l'agitation habituelle d'un café ou d'un restaurant ...

Les cafés arrivèrent à ce moment-là m'offrant l'opportunité de ne pas répondre immédiatement. De peur que ma réponse puisse être négative, il préféra continuer à parler pour qu'aucune parole ne sorte de ma bouche. Et j'eus le droit à une litanie dont il m'avait habitué, toujours avec ses tournures de phrases d'un autre siècle, extrêmement maniérées et démodées, mais qui je l'ai déjà dit, ne me déplaisait pas. Il se laissa aller à se lamenter qu'il n'en pouvait plus, tellement il avait envie de moi. Envie de me prendre dans ses bras, de m'embrasser, de me faire l'amour ... Qu'il était au supplice de me voir si souvent sans pouvoir me serrer contre lui alors que toutes les nuits j'étais dans le lit de mon mari.

Je fus un peu subjuguée sur le moment bien que je m'y attendisse depuis longtemps. Le vin avait agi et je n'avais plus totalement mon contrôle. Je fis semblant de croire au prétexte de la poésie pour ne pas avoir le temps de penser à l'impact que ça allait pouvoir avoir à terme sur mon couple, sur mon mari ; et tout simplement sur moi-même ; sur la mise en danger que ça représentait pour moi. Un éventuel divorce, une séparation, beaucoup de dégâts, psychologiques et matériels. Mais non ; j'étais comme dans un état de second. Et puis c'était trop tard ; j'en étais arrivé à un point où soit notre relation passait au stade physique, soit nous arrêtions de nous voir, définitivement. Et ça, c'était au-dessus de mes forces.

J'étais un peu soule ; je n'ai pas vraiment réfléchi ; j'ai rit pour détendre l'atmosphère face à cette proposition. Je lui ai fait un grand sourire et j'ai accepté. Son visage a rayonné. Il m'a affirmé que c'était le plus beau jour de sa vie et s'est empressé de demander l'addition pour pouvoir m'entraîner à l'hôtel avant que je ne change d'avis. Et puis il m'exposa son « *plan de bataille* ». La procédure ...

Il m'expliqua qu'il ne fallait pas qu'on nous voie ensemble entrer dans cet hôtel. Qu'il allait y aller d'abord, en premier. Puis qu'il m'enverrait un SMS quelques minutes plus tard pour m'indiquer le numéro de la chambre afin que je n'aie pas à parler au réceptionniste et que je puisse le rejoindre directement dans la chambre. Il se leva donc et sortit du café pour prendre sur la droite et mon esprit l'imagina remonter le trottoir vers l'hôtel du Quai Voltaire à quelques pas.

J'étais donc seule dans ce café « *Le Voltaire* » à attendre ce SMS. Tout se bousculait dans ma tête et en même temps j'étais hors sol. Comme si j'étais une autre. Comme si je regardais un film ; comme si je voyais un personnage me ressemblant, attablé au fond de ce café. Je pouvais encore changer d'avis, fuir. Je n'étais plus sous la pression immédiate de ses yeux bleus délavés et de son emprise. Que serait-il advenu si le hasard avait fait qu'Oscar m'appelât juste pendant ce court laps de temps où mon esprit vagabondait ?

J'essaye souvent de me rappeler mon état d'esprit à ce moment précis ; vide, je dirais ... non ! Des flashs passaient à travers mon esprit légèrement embrumé par l'alcool ... Aimais-je cet homme auquel j'étais prête à me donner ? Pourrais-je un jour vivre avec lui ? Quitter mon mari ? Mais non, j'avais été claire, à ce sujet. Il n'était pas question que je quitte Oscar. C'était du reste aussi son cas. Il était hors de question qu'il quitte un jour sa femme même si à l'entendre, paradoxe ou mensonge éhonté, il vivait l'enfer avec elle ; et bien qu'il m'avait tout de même affirmé à plusieurs reprises que c'était un cordon-bleu ! Il me disait même être terrorisé à l'idée qu'elle puisse être au courant de notre liaison. Etrange tout de même ; il n'a cessé de me dire que j'étais l'amour de sa vie et il voulait se contenter que je ne sois que sa maîtresse, qu'on ne se voit qu'en cachette au restaurant et à l'hôtel ...

Et puis il était très catholique ; intégriste dur même. Il allait à la messe tous les dimanches. Ce fut l'un de mes sujets de moquerie favoris. D'autant qu'il m'avoua, après que nous ayons couchés ensemble, qu'étant en état de péché d'adultère il avait arrêté de communier à l'office. J'ai hurlé de rire ; quelle hypocrisie !

Et puis le SMS arriva. Mes pensées ne firent qu'un tour. Quelle importance tout cela, me dis-je ! Vivre le moment présent était la bonne chose à faire. Comme on dit : « *vivre comme si l'on allait mourir demain !* » Et puis je me suis dit que si j'acceptais l'amour physique, le rendez-vous à l'hôtel, c'était seulement, en fait, pour « *tirer mon coup* » comme disent les hommes. J'en avais besoin. Et il en avait tant envie. Et il avait si bien su prendre sa tête de gros nounours malheureux, victime de la vie, méritant un réconfort pour prendre sa revanche de tout ce qu'il aurait subit. Son passé d'enfant de la Ddass, son mariage sans amour, etc ... je ne pouvais pas le décevoir ; j'avais envie de lui faire plaisir ; de nous faire plaisir !

Donc le SMS. Mon cœur se mit à battre plus fort. Juste un numéro, le 31 ; je crois me souvenir. Au troisième étage donc. Le film dans lequel j'avais décidé de jouer mon propre rôle avait aussi un petit arrière-goût genre espionnage. Mon futur amant, avec ses stratagèmes, son organisation, montrait qu'il avait un vrai goût du secret, de la dissimulation. En fait c'était très excitant.

Je pris mon temps avant de me décider à partir pour essayer de faire le vide dans mon esprit ; j'avais toujours la tête qui tournait un peu, suite aux verres de vin rouge. Puis je me levais, attrapais mon sac, et me mis en route pour les quelques dizaines de mètres qui me séparait de cet hôtel. Sans nouveaux états d'âme. Le pied léger. Comme si j'allais chez le médecin ; l'un de mes alibis redondants face à mon mari.

Cet hôtel du Quai Voltaire a une situation exceptionnelle, juste devant la Seine, vue sur le Louvre et de l'autre côté de la rue les pittoresques bouquinistes avec leurs échoppes accrochées à l'épais mur ancestral plongeant sur la Seine.

J'ai un peu hésité devant la façade de l'hôtel. L'enseigne en arc de cercle était flanquée de chaque côté de magnifiques lanternes accrochées au mur avec des potences en spirales. L'espace d'un instant j'ai pensé à Oscar qui fait une fixation sur les lanternes en fer forgées dont il est en recherche permanente pour notre villa du midi. Notre villa du midi ...

A la droite d'une des lanternes une vieille plaque en marbre grisâtre annonce fièrement les hôtes illustres ayant résidé en ce lieu : Jean Sibelius, Richard Wagner, Oscar Wilde, Charles Baudelaire. Avec en bonus une citation de celui-ci :

« L'aurore grelottant en robe rose et verte s'avançait lentement sur la seine déserte et le sombre Paris, en se frottant les yeux, empoignait ses outils, vieillard laborieux ».

J'ai pénétré d'un pas décidé dans cet endroit qui allait devenir en quelque sorte ma deuxième adresse ; ma vie parallèle. En entrant, face à mois, j'ai découvert directement le comptoir de la réception en marbre beige. Il n'y avait personne derrière le comptoir. Tant mieux ! J'ai avancé rapidement alors que les images du lieu se gravaient dans mon esprit au milieu d'une brume dans laquelle je flottais. Un coup d'œil à gauche puis à droite ; il m'avait dit à droite. Un escalier très classique m'offrait ses premières marches jusqu'à un petit palier. A droite un lutrin offrait aux clients la possibilité de s'exprimer sur un livre d'or ; pas pour moi, pensais-je fugitivement. J'ai commencé à gravir les premières marches. Une grosse boule en cuivre me renvoya mon propre reflet déformé. Je suis monté, posant par intermittence ma main gauche sur la vieille rampe en bois lustré. Je baissais le regard, mes yeux accrochant le tapis bleu foncé à motifs dorés, très vieille France, très royaliste. Ca va bien avec lui me dis-je
…

J'arrivais au troisième étage, un peu essoufflée, pour m'engager dans un couloir et très vite repérer le numéro 31 sur une porte. Je fis le vide en moi-même et j'ai frappé à la porte.

Il m'ouvrit très vite. Il se tenait dans la petite entrée attenant à la chambre que j'entrapercevais derrière sa silhouette massive. Littéralement rayonnant. D'évidence c'était le plus beau jour de sa vie. Un jour qu'il avait attendu quarante quatre ans ! Il m'a pris dans ses bras et m'y a serré brièvement, maladroitement, posant sur mes lèvre un rapide baiser. Il avait la tête d'un gamin découvrant ses cadeaux au pied du sapin de Noël. J'ai ri pour me donner une constance et j'ai embrayé sur une boutade : alors, ça ne m'étonne pas de toi ! Mais tu me l'avais caché ? Devant son air étonné et déstabilisé, j'ai embrayé : Baudelaire !

Il me fit : *« Oui, oui, Baudelaire ! Effectivement il a logé ici. Plus d'un an si je me souviens bien. Pour finir d'y écrire Les fleurs du mal ».*

Toujours pour me donner une constance, je me suis faufilé entre lui et le mur de l'étroit couloir pour accéder à la chambre. Moquette rouge, rideau et tête de lit rouge. Un fauteuil à gauche de la fenêtre et une table à droite. Genre rustique Louis XIII et qui me paraissait d'époque. Une gravure la surmontait au côté d'une petite télévision plate, totalement incongrue en ce lieu ; tribut payé à la modernité. Je me suis dirigé vers la fenêtre pour écarter légèrement les voilages et découvrir la vue. Paris était gris, mais la vue impressionnante.

« *Magnifique vue !* » lui dis-je alors qu'il se tenait à bonne distance de l'autre côté du lit. Il se rapprocha alors de moi, m'enlaça en me mettant les mains sur les fesses, m'embrassa furtivement et me déclara qu'il allait prendre sa douche. Il était visiblement ému et dans le même temps attendrissant par son apparente fragilité. J'acquiesçais en riant et le vis disparaître à travers la porte de la salle de bain.

Restée seule dans la chambre je posais mon sac sur la table rustique puis me retournais à nouveau vers la fenêtre. J'appuyais mon front contre la vitre froide et mon haleine ne tarda pas à en auréoler la surface lisse. Mon regard couru vers le Paris froid et gris qui s'étalait devant moi. Une idée me monta à l'esprit : « *Qu'est-ce que je fous ici ?* » me demandais-je l'espace d'un bref instant. Puis je me mis à analyser le décor du Paris romantique qui s'étalait devant moi tout en imaginant Baudelaire, à ma place, ses notes d'écrivain posées sur la table aux pieds torsadés.

Derrière les arbres décharnés, privés de leur parure, le Louvre s'étalait de toute sa longueur de l'autre côté de la Seine. Au premier plan, sur ma droite, le pont du Carrousel enjambait majestueusement la Seine laissant, au-delà, discerner la fameuse passerelle des Arts avec ses dizaines de milliers de cadenas d'amour, disparus depuis. Sur ma gauche, par delà la potence d'un gros réverbère accroché au mur de l'hôtel, je pouvais voir le pont Royal. Juste en face de moi, mon regard tomba sur les échoppes des bouquinistes, accrochées, agrippées, en applique sur l'épais parapet du quai de Seine.

Mais je n'étais pas venu pour contempler la vue. Et le son de la porte de la salle de bain me ramena à la réalité. L'autre était drapé dans un peignoir blanc que j'ai supposé fourni par l'hôtel. Il m'a souri et m'a dit d'une manière faussement enjouée : « *A toi de jouer maintenant … !* ». J'ai ri et me suis dirigé sans un mot, le frôlant au passage, vers la salle de bain.

Elle était étroite et plutôt pas terrible. Très basique et même pas très propre. On n'aurait pu s'attendre à mieux pour cet hôtel et pour le prix. Sans doute se reposaient-ils sur leurs principaux atouts ; leur situation exceptionnelle et leur charme historique. Je me suis déshabillée entièrement et ai pris ma douche. Je ne sais pas pourquoi, mais un souvenir m'est resté imprimé dans ma mémoire. Les petits savons ronds avec imprimé « *Welcome* » dans leur petit panier d'osier en forme de bol. Peut-être parce que j'avais l'habitude quand nous voyagions avec mon mari de « *piquer* » systématiquement ces petits savons pour les rapporter chez moi.

Pas cette fois-ci, pas de trace, songeais-je en attrapant le peignoir blanc pendu au mur que j'ai commencé à enfiler. Mais j'ai interrompu mon geste pour le raccrocher sur sa patère. Je me suis redressée pour me contempler dans le petit miroir carré. La lumière était crue, diffusée par un tube fluo. J'avoue que j'ai beaucoup de mal à accepter de vieillir, mais le reflet qui me fut renvoyé n'était pas si mal pour une femme de soixante ans. J'étais élancée, mince ; j'avais gardé ma silhouette de jeune femme me disait souvent mon mari. Bon, évidemment, la peau n'avait plus le même éclat, la même finesse, le même velouté qu'à vingt ans, mais je devais bien pouvoir encore arriver à faire bander un homme. C'est du reste bien ce qui m'intéressait vu qu'à l'expérience ça ne marchait plus vraiment avec mon mari. Je m'étais persuadé que je ne l'intéressais plus. Et même que je le dégoutais. Ce qui, dans ma tête, m'avait fait vieillir d'un coup ; et qui le fit bondir d'horreur à cette évocation, plus tard, quand je lui avouais avoir eu ce sentiment.

D'un coup, je réalisais aussi que c'était la première fois, depuis bien longtemps, que je ne m'étais pas mise nue devant un homme autre que mon mari ou un médecin. Et évidemment, pour moi, c'était une première à l'aube de ma soixantaine devant finalement un inconnu qui s'était parachuté dans ma vie sous prétexte que nous avions été à l'école ensemble quarante-cinq ans auparavant. J'ai pensé à ma grande copine Béatrice qui me disait, à son âge, appréhender de se déshabiller devant un homme ... moi ça ne me dérangeait pas. Je décidais de sortir ainsi de la petite salle de bain. Toute nue, directement, sans peignoir transitoire. Tant qu'a faire de se jeter dans le bain autant y aller franco.

Je franchis donc le Rubicon. Ce ne fut pas un problème. Il était de dos, face à la fenêtre, contemplant l'irrésistible vu. Il se retourna et resta un moment subjugué devant le spectacle que j'offrais. Spectacle qu'il espérait depuis si longtemps. Il se retourna à nouveau vivement pour fermer les rideaux puis revint poser son regard sur moi. J'ai ri et lui ai fait une mini danse en tournant sur moi-même pour qu'il puisse m'admirer. Après avoir accompli plusieurs rotations et trémoussements, je le vis laisser choir son peignoir.

Je le découvris nu ; il bandait déjà. Je fus impressionnée par la dimension de son sexe. Hors norme. L'intellectuel à lunette, l'universitaire poussiéreux qui ne quittait jamais les bibliothèques, ne voyageait jamais à l'étranger, était monté comme un acteur de film porno. Au lieu de s'approcher tout de suite de moi il saisit quelque chose dans une poche de son veston posé sur la chaise devant la table. Je compris que ce qu'il tenait dans les mains était tout simplement un préservatif. Il avait bien tout prévu, dont mon éventuelle crainte d'une maladie sexuellement transmissible. Il sortit le préservatif de sa protection et se l'enfila avec ostentation pour bien prouver qu'il s'inquiétait de ma santé. Plus tard, il m'expliqua qu'il ferait des tests, dont celui du sida. Des tests qu'il me donnerait à consulter afin de pouvoir faire l'impasse sur l'utilisation d'une protection.

Nous fîmes l'amour. Très vite je m'empalais sur lui, direct. J'ai beaucoup joui. Plusieurs fois. A répétition. Il en fut étonné, agréablement étonné ... mais j'avais beaucoup de retard et donc de frustration, ma vie sexuelle conjugale étant devenue un désert. Ce qui était bizarre c'est que je n'avais pas le sentiment de trahir puisqu'à cette époque, à tort, je croyais qu'Oscar n'avait plus de désir pour moi. Ce fut assez rapide et intense. Il explosa en moi très vite.

Et puis nous discutâmes tout l'après-midi, dans cette chambre d'hôtel, comme dans une bulle protégée du monde. Comme s'il n'y avait plus de famille, plus d'amis, plus d'enfants et surtout plus mon mari, plus sa femme. Il me racontait tout de lui. Me montrant sa vie sous un angle bien misérable ; mais une fois de plus, je pense, avant tout pour se faire plaindre et du coup se faire consoler.

Ce dont je ne me rendais pas encore compte c'est qu'au-delà de l'aspect physique la relation que j'avais avec cet homme me mettait en position de dépendance. Ses propos, sa philosophie, me contaminaient et m'éloignaient chaque jour davantage de mon mari. L'autre allait prendre de plus en plus de place au détriment d'Oscar qui, pendant très longtemps le pauvre, ne comprendrait rien à ce qui se passait.

Cet hôtel à côté du bureau de l'autre et à deux pas du café Le Voltaire était bien pratique et devint, à Paris, ma deuxième chambre, mon deuxième appartement, pour près de deux ans et demi. Quand j'étais à Paris, le jeudi allait devenir environ deux fois par mois le jour de l'hôtel du Quai Voltaire. A l'époque, le calendrier de mon téléphone portable marquait ces jeudis du mot « *exposition* ». Ce fut mon code, pour quelque temps, dans mon calendrier pour marquer ces rendez-vous à l'hôtel avec cet homme. Indices numériques parmi d'autres de ma double vie. Sans vraiment prendre conscience de la souffrance que ça pouvait entraîner pour Oscar ... j'étais hors sol !

Etonnamment, même si j'étais mal à l'aise, je ne me sentis pas coupable le soir en rentrant chez moi pour retrouver mon mari. Aucun sentiment de trahison ! Plutôt une excitation de vivre par moi-même, du plaisir de transgresser l'interdit. Le plaisir de vivre une expérience totalement en dehors de la sphère de mon mari. L'aimais-je encore ? Je ne sais pas, mais sans doute oui, d'une autre manière. En même temps, sans m'en rendre compte, je m'éloignais de lui. Mes pensées étaient ailleurs ... Et j'eu bien du mal à me lover contre lui sur le canapé, comme il m'y incitait.

Se rendait-il compte de quelque chose ? Confusément oui, surement, mais il me l'a dit plus tard ; il avait confiance en moi ; et donc ne rentrait pas dans une logique de suspicion qui aurait, comme ce fut le cas plus tard, entraînée un processus d'investigation et de confrontation. Mais en même temps, comment peut-on avoir confiance en une femme qu'on délaisse physiquement ? Sans doute pour lui, par inconscience, par fatuité, il lui était inimaginable que je puisse le tromper, que je puisse me donner à un autre homme. Vivre quelque chose en dehors de lui ! Et puis sans doute pensait-il que j'avais passé l'âge pour ce genre de sport ...

<u>Oscar</u>

Immense malaise ce jeudi d'octobre. La pendule tourne, l'heure avance ... Il est tard et ma femme ne rentre pas. Comme depuis que nous avons vendu notre société je travaille chez moi, dans mon bureau, à écrire ou faire du montage, je m'en rends compte. Pas comme avant où souvent je rentrais tard moi-même. J'ai un nœud dans le ventre ; un mauvais pressentiment. Mais, conscient de ma tendance paranoïaque pour beaucoup de choses, l'argent, arriver à temps à la gare, à l'aéroport, les encombrements, etc ... j'ai voulu me maîtriser, me persuader que je m'en faisais pour rien ; faire un travail sur moi-même. A tort, je le regrette amèrement maintenant.

Je me suis donc auto-calmé. Je me suis imposé plein de raisons pour me rassurer. Son âge, quelle erreur ; son manque, apparent, de désir sexuel depuis pas mal de temps ; ses divers problèmes de santé impliquant de fréquentes visites à de nombreux médecins et spécialistes ; ses visites chez sa mère très âgée ; et tant d'autres raisons... Mais comment aurais-je pu imaginer cette histoire d'amoureux adolescent transi revenant d'un passé scolaire remontant à plus de quarante ans ...

J'aurais dû écouter mes intuitions ...

J'aurais dû écouter mon cœur ...

J'aurais dû lui parler …

J'aurais dû la caresser …

J'aurais dû lui dire que je l'aimais …

J'aurais dû l'appeler, lui laisser un message. Des messages, mille messages, mille SMS … Lui dire qu'elle me manquait.

Et puis elle est arrivée. Vers 19h30, 20h, je ne m'en souviens plus exactement… juste à temps pour que je ne bascule pas en mode ultra méfiance, en mode guerre… Par contre j'étais carrément en mode inquiétude !

Avec le recul, je comprends que son comportement en soi même était un aveu criant, d'une transparence limpide ! Comme si elle m'avait jeté ces mots au visage :

« Voilà, c'est bien fait, je te trompe. C'est consommé ! »

Déjà pas d'explications, le visage fermé, l'attitude lointaine. Au lieu de venir me rejoindre, contre moi sur le canapé, elle s'est assise dans un fauteuil le plus loin possible, dans une attitude négative. Comme je ne comprenais pas, j'ai insisté.

« Pourquoi ne viens-tu pas m'embrasser ? »

Elle me répondit nerveusement, désagréablement, m'envoyant bouler ! Me disant qu'elle était très bien comme ça ! Puis elle a fini par venir, sans enthousiasme, contre moi, pour éviter que ça dégénère. Service minimum ! Evidemment, maintenant, je comprends bien pourquoi.

<u>Bérangère :</u>

Oscar s'est donné du mal pour me dérider. M'a proposé un verre de vin, a essayé de me parler de l'avancement de son écriture de scénario du moment, sur Alexandre le Grand ; mais sans succès.

En fait j'étais très mal à l'aise. Pas culpabilisée du tout, mais mal à l'aise. On le serait à moins. Je sortais littéralement des bras de mon amant, après un après-midi d'amour à l'hôtel, et j'étais encore, naturellement, dans son orbite physique et sentimentale. Imbibée de lui dans tous les sens du terme !

Donc très difficile de faire semblant et d'aller me coller contre mon mari pour un câlin que je ne désirais pas et qui eut été hypocrite. J'ai joué la mauvaise humeur ; en fait j'étais vraiment de mauvaise humeur. Sans doute surtout en colère contre moi-même qui ne se plaisait pas trop dans ce rôle de trahison. J'ai aussi joué celle qui n'était pas bien. Ça m'arrivait assez souvent « *pour de vrai* », donc c'était très crédible. Et puis je me suis couchée très tôt après le diner.

<u>Oscar :</u>

J'aurais dû réagir, lui poser des questions sur sa journée, lui exprimer mon incompréhension. Mais elle était tellement fermée, verrouillée même, que je n'ai pas eu le courage de risquer la polémique stérile. J'aurais peut-être dû passer en mode guerre ... mais pour moi, à cette époque, cela voulait dire défiance, paranoïa, recherche de preuves, interrogatoires, polémiques, dénégations vraies ou fausses, inquisitions de toutes sortes, énervements, haussements de voix, pleurs peut-être. Toutes choses rebutantes ... En fait j'aurais dû tout simplement essayer de parler, de m'ouvrir à elle au sujet de mes angoisses, de mes doutes, essayer de la comprendre, mais je sais qu'elle aurait alors été très forte pour me rassurer et balayer mes peurs, mes soupçons. Et puis je ne pouvais imaginer que ma petite femme chérie me trompait avec un autre homme à soixante ans passés, après trente cinq ans de mariage...

Et pourtant elle m'en parlait de cet homme. Je vivais pratiquement avec lui, avec ses bouquins, avec son associé, avec sa femme. Car pour rendre les choses plus plausibles il y avait l'alibi du travail, des recherches historiques. Sans que je ne demande rien, elle le mit à contribution pour obtenir des documents, pour soi-disant m'aider dans mon propre travail. Et moi j'acceptais, ou plutôt je subissais, sans comprendre. En fait elle m'énervait, car je ne comprenais rien à son attitude n'ayant pas la clé de décodage ; la grille de lecture. Donc je baissais les bras et rentrais dans une attitude sur le mode : c'est son problème, qu'elle fasse ce qu'elle veut ... etc. Et plus elle agissait comme cela, plus je prenais mes distances ... nous entrions donc dans un cercle vicieux centrifuge où plus le temps passait plus nous nous éloignions l'un de l'autre tout en vivant sous un même toit et en partageant énormément de choses.

Tant et si bien que j'étais presque soulagé quand elle partait, souvent vers midi, avant le déjeuner. Evidemment je m'interrogeais, je l'interrogeais. Tu ne déjeunes pas ? Tu ne déjeunes pas avec moi ? J'étais même inquiet pour sa santé de la voir se priver de déjeuner. Mais en même temps c'était crédible, car souvent elle se contentait de très peu à déjeuner, un pamplemousse par exemple.

Et pour répondre à mes interrogations à ce sujet, sa grande phrase rituelle était :

« Si je pars après le déjeuner je ne fais plus rien de ma journée ».

J'ai donc marché, sujet à une cécité incompréhensible ; stupide ! Je l'ai cru ... je lui ai fait confiance ... mais n'est-ce pas le propre de vivre ensemble que de se faire confiance !

Souvent je sortais pour marcher, marcher. Quand on écrit, ce qui implique être vissé sur une chaise sans bouger, on a besoin de souvent marcher, et de marcher beaucoup ne serait-ce que pour la santé. Souvent jusqu'aux jardins des serres d'Auteuil où je m'arrêtais sur un banc. Parfois pour y déjeuner, frugalement, de quelques sushis achetés au Carrefour qui jouxte le périphérique. Et surtout pour y lire et y travailler, écrire sur mon Mac Book. De très nombreuses fois, souvent les jeudis ! Car non seulement ma femme était absente, mais de plus il y avait la femme de ménage qui venait faire le ménage à l'appartement. Tous ces jeudis, donc, j'ai fait souvent ce chemin, j'ai lu, j'ai écrit ... sans jamais imaginer ... imaginer que ma femme était en train de déjeuner avec son amant en prélude à aller se faire sauter à l'hôtel ! Quel naïf j'ai pu être ! Quel crétin surtout, presque jusqu'à la complaisance ! En fait j'étais bêtement confiant, anesthésié par la certitude que je l'a retrouverais le soir, à la maison.

Stupidement, je n'ai jamais pensé à l'appeler, à lui envoyer un SMS, juste pour lui faire un petit coucou, car je savais qu'on se revoyait le soir comme tout vieux couple. M'intéresser à ce qu'elle faisait ? Evidement elle n'aurait pas répondu. Du reste maintenant je me rappelle qu'elle ne répondait à personne à cette époque, ou difficilement. Nos fils lui en faisaient le reproche. L'on mettait ça sur le compte du téléphone au fond du sac, et qu'elle n'entendait pas. Ça fait parti des grands mystères de la vie féminine ; les sacs féminins sont ainsi faits que leurs fonds peuvent se confondre avec l'abîme. Particulièrement avec ma femme ; elle ne retrouve jamais rien dans son sac. Parce que c'est toujours au fond ! Incroyable, non ?

Maintenant tout a changé. Je suis en train d'écrire dans ce même jardin et elle vient de m'appeler et on s'est fait des bisous à distance ...

<u>Paris, 8éme arrondissement. Quartier de l'Europe :</u>

L'ancien petit garçon de l'école du 17éme arrondissement, savourant sa victoire, était resté un peu dans la chambre après le départ de sa toute nouvelle maîtresse ; pour ne pas qu'on les voie ensemble dans le hall de l'hôtel ou devant celui-ci ; plus tard il sera moins prudent. Puis il avait quitté l'hôtel du Quai Voltaire pour aller prendre son autobus habituel, le N° 95 à la station Pont du Carrousel-Quai Voltaire. Bus qui avait traversé la place de la Concorde, remonté l'avenue de l'Opéra, traversé le boulevard Haussmann ...

Le Paris nocturne défile sous ses yeux à travers les grandes baies vitrées de l'autobus. Jamais il ne prend le métro, trop « *peuple* » pour lui ; et puis il aime voir la ville. Son esprit vagabonde anticipant les minutes à venir ; il va descendre à la station Bucarest pour rentrer chez lui et retrouver sa femme qu'il vient de tromper. Physiquement, car en esprit il la trompe depuis leur mariage, quarante ans plus tôt ; état de fait qu'elle connaît; il n'a guère pu le lui cacher ... Depuis qu'il l'a épousée par défaut, n'ayant pas essayé à l'époque de conquérir celle qu'il s'imaginait aimer plus que tout. Mais il n'en à cure ! Il est rayonnant. Il exulte. C'est un triomphe.

Il se repasse en esprit tout le film de cette aventure. Tout son travail de recherche, depuis plusieurs années, de son amour fantasmé d'adolescent a payé. Il a retrouvé la petite fille devenue femme. Pour constater, avec émerveillement, qu'elle avait bien vieilli. Qu'elle avait gardé sa silhouette élancée de jeune fille. Bref, qu'elle était toujours à son goût. Pas devenue grosse et difforme comme beaucoup de femmes après la cinquantaine. Mais il ne pouvait en être autrement pour un être aussi exceptionnel à qui il avait dédié depuis toujours tout son amour. Toujours sexy, toujours désirable. Il a réussi à la revoir en s'appuyant sur une raison fallacieuse et un faux nom, par précaution, avant de tout lui révéler; et elle a marché. Il a tout compris de ses ressorts psychologiques, de ses frustrations, de son besoin d'exister par elle-même et surtout de s'entendre dire des choses agréables, valorisantes, de se rassurer malgré son âge sur sa puissance de séduction. Il a jugé qu'il fallait mettre le paquet pour la séduire, en faire énormément, des tonnes. Et ça, il sait faire ; c'est même dans sa nature l'emploi de superlatifs et conjuguer les mots d'amour à tous les temps, à toutes les sauces, sans aucune pudeur. Et même sous forme de poèmes ... car il s'imagine volontiers poète, éditant même des recueils de poésie à compte d'auteur.

Son excellente analyse des ressorts psychologiques intimes de cette femme lui a permis de s'imposer à son esprit. A en prendre possession, à la manipuler, à l'éloigner de son mari. Dans un cadre limité bien entendu ; en semaine, déjeuners, après-midis... Son activité lui laisse cette liberté quitte à ce que le travail en pâtisse un peu. Et même l'aide dans son entreprise puisque son bureau, cet antre borgne remplie jusqu'à l'étouffement de bouquin poussiéreux, devient le centre névralgique de son entreprise de vie parallèle. De coercition systématique de cette femme dont il ne peut plus se passer. Dont il s'est créé une drogue ; une drogue qui soigne sa grande détresse existentielle originelle.

De toute manière, il sait aussi qu'il ne peut pas, qu'il ne veut pas lui en donner plus, lui en demander plus. Pas de perspective de refaire sa vie avec elle. De toute manière il sait très bien que ce serait le meilleur moyen de la perdre, car qu'il le veuille ou non elle reste très attachée à son mari, à sa famille. C'est sa vie ! Ce sera donc une relation épisodique, clandestine, adultère, aux heures ou personne ne se méfie. De pur plaisir sans contrainte, sans inconvénients ! Déjeuner et après-midi ! Leurs emplois du temps correspondent. Leurs libertés d'action correspondent. Et puis, s'il veut être honnête avec lui-même, c'est en fait exactement ce qu'il souhaite ; ne prendre que le meilleur d'une relation amoureuse. La crème ! Pas plus ! Il tient à garder son épouse et sa petite vie tranquille. D'autant qu'il est catholique pratiquant et donc contre tout divorce. Donc, ce qu'il imagine pour le futur de leur relation est parfait. Pourvu que ça dure ... ! Déjeuner environ deux fois par semaine avec sa « *copine* » et la baiser à l'hôtel tous les quinze jours. Peut-être plus souvent, mais il doute qu'elle accepte une redondance plus rapide. Et puis le budget hôtel/restaurants allait prendre une ampleur importante. Et il devait faire attention aux sous, tout de même. Il n'était pas si riche. Il devait penser à lui faire partager l'adition de l'hôtel dans le futur ; comme pour les restaurants. Elle semblait en avoir les moyens de plus ; et ça semblait lui plaire de souvent, à son tour, payer le restaurant ; de pouvoir montrer qu'elle ne souhaitait pas jouer la femme entretenue, marquant ainsi son indépendance. Donc, pourquoi se priver de la faire casquer ? Et puis partager la rendait encore plus complice, encore plus impliquée dans leur relation.

Il se rengorge ; il est vraiment fier de lui. Tout son être se remplit de bien-être. Quelle efficacité. Effacées les frustrations du petit garçon tétanisé devant le bel oiseau objet de tous ses désirs. D'accord, il a mis plus de 40 ans, mais voilà il a atteint son but. Cette journée est la plus belle de sa vie. Et il sait qu'il va y en avoir d'autres, beaucoup d'autres, s'il sait y faire. S'il ne la brusque pas trop.

Toujours trouver les mots qui conviennent, qui circonviennent même
...

Attention à ne pas trop lui laisser transparaitre sa jalousie maladive qu'il a envers le mari. Cet homme qu'il déteste, qu'il hait, sans l'avoir jamais rencontré. Cet usurpateur qui l'a épousé à sa place, à lui. C'est lui, lui, qui aurait dû vivre avec elle, qui devrait l'avoir tous les soirs dans son lit. Il ne veut même pas se souvenir qu'à l'époque où il a épousé une autre, à l'âge de 20 ans, l'objet de tous ses désirs n'était elle-même pas encore mariée ; donc disponible ... Bérangère lui en a fait à plusieurs reprises la remarque. Que n'a-t-il au moins essayé ... A cette remarque il baisse à chaque fois la tête. Et reviennent en lui toutes ses frustrations d'enfant abandonné, d'enfant adopté. D'homme sans passé, sans arbre généalogique, alors que c'est pour lui si important qu'il en a fait son travail pour d'autres qui eux ont une ascendance à l'arborescence parfois très ancienne. Comme sa chère Bérangère, du reste, pour laquelle il est en train de faire des recherches qui l'entraineraient même, en aidant un peu, jusqu'au grand roi ! Pas mal s'il lui annonçait qu'elle descende de Louis XIV, même par des voies détournées ... Toute sa vie, depuis toujours, a été sous-tendue par ce traumatisme originel, ce sentiment de néant de n'avoir aucunes racines identifiées. Et il se complaît à se vautrer dans cette attitude de victimisation qui lui permet de justifier toutes ses turpitudes.

Mais à contrario ce complexe originel ne l'empêche pas d'avoir un ego et un amour de lui-même surdimensionnés vécus comme une revanche sur son destin. Ainsi il s'attribue à lui-même, grâce à son seul mérite, à son seul pouvoir de séduction, la réussite de son entreprise de conquête. Il n'a pas compris qu'il n'était arrivé à son but que par défaut. Qu'il avait profité d'un moment de vide et d'incompréhension dans un couple, manque de communication, passage à la soixantaine, désir de cette femme d'exister par elle même, disponibilité totale liée à l'arrêt d'une activité, présence lourde à domicile d'un fils en recherche de travail. Moment disruptif dans la vie de ce couple pour employer un mot terriblement à la mode et terriblement rébarbatif à l'oreille.

Et puis, bien qu'il déteste la modernité et tous ses gadgets, il doit reconnaître l'extrême efficacité de la technologie SMS qui lui a permis, et va lui permettre, de maintenir, jusqu'à l'indécence, la pression en permanence sur sa proie, où qu'elle soit. Et ce sans vergogne, car il pense sincèrement que leur amour est réciproque, que cette femme l'aime. Qu'elle s'est trompée en n'en épousant un autre. Que les choses, grâce à son action, sont seulement remises en place. Alors qu'importe ses croyances, sa foi, sa religion, malgré son importance pour lui. Elle est devant Dieu sa seule et unique femme puisqu'il l'aime et ne peut sans passer. Il n'a que cette pensée en tête. Il va seulement, pour rester en accord avec sa foi, éviter de se confesser, de communier quelque temps … il verra jusqu'à quand !

C'est en marchant comme sur un nuage qu'il franchit la porte de son immeuble et en monte l'escalier. Mais, maintenant, il doit penser à se composer une tête à présenter à sa femme, une bonne figure de brave mari rentrant du travail, pour qu'elle ne sente pas sa jubilation d'avoir vécu cette journée. Il sait que l'intuition des femmes, surtout dans ce genre de domaine, est redoutable. Il faut qu'il arrive à lui cacher l'allégresse d'avoir fait l'amour avec l'ancienne petite fille, l'ancienne camarade d'école, qu'il dévorait des yeux pendant les cours et à la récréation.

<u>Bérangère :</u>

Les jours passaient ; les mois passaient. L'affaire était devenue organisée ; institutionnalisée, ritualisée, même. Une moyenne de deux déjeuners par semaine et de deux rendez-vous à l'hôtel par mois. Je ne voulais pas plus. Je ne sais pas pourquoi, mais je ne voulais pas plus. Pourtant l'autre me tannait, insistait. Mais non, jamais plus d'une fois toutes les quinze jours, pour l'hôtel. Quand nous étions à Paris, évidemment, mais systématiquement dès que j'y étais … c'est peut-être pour cela que ça a duré si longtemps. Les longues périodes redondantes où j'étais absente de Paris, dans notre villa du Var, ou en voyage au bout du monde, contribuaient sans doute à aviver la relation avec ses nombreuses séparations et ses nombreuses retrouvailles, tout en éloignant la lassitude. Le tout cimenté par le flot ininterrompu de SMS où que je sois sur terre ... Flot qui m'agaçait par un certain côté et en même temps dont je ne pouvais plus me passer, me donnant réellement un sentiment d'exister pour quelqu'un.

Je pensais qu'il m'apportait beaucoup. J'aimais son univers fait de bouquins et de recherches historiques. Et il me disait que j'étais sa muse. Ça me faisait fondre. Je me sentais valorisée, utile, aimée pour moi-même. Il me disait que je savais écrire, analyser des textes. Il m'impliquait dans son travail. Il me faisait découvrir la richesse des bouquinistes en face de l'hôtel, le long de la Seine où nous flânions tous les deux non loin de la passerelle des arts et de notre hôtel. Mon mari était étonné que je rapporte de nombreux livres anciens ... Pourquoi ne disait-il rien ? Pourquoi ne réagissait-il pas ? Sans doute pensais-je qu'il n'en avait rien à faire de moi ?

Et je lisais énormément. A aucun moment je ne me disais que toutes ces flatteries, ces *« je t'aime, mon amour chéri, etc ... »*, ces valorisations, étaient surtout un moyen de garder la main sur moi, de me contrôler, de m'empêcher d'être dans un état d'esprit pour revenir vers Oscar. Et ça marchait ; ça marchait grâce à cette invention diabolique que sont les SMS. Evidemment, je les effaçais au fur et à mesure pour qu'ils ne soient pas découverts, par hasard, par Oscar. Car sans cesse l'autre me poursuivait de ses messages texto. Sans ces SMS peut-être serais-je revenu plutôt dans les bras de mon mari ; plus tôt aurais-je compris qu'il était malheureux et qu'il avait un grand besoin de moi.

En vacance, en voyage, loin de Paris, quand je ne répondais pas pendant plusieurs jours aux SMS de l'autre il continuait toujours à me relancer en m'envoyant des points d'interrogation et la fameuse phrase : *« Toujours en vie ? »*. Lui qui ne voyageait jamais était terrorisé par les dangers de l'Afrique, de l'Asie. Et donc il en jouait pour se répandre en m'expliquant qu'il était inquiet pour moi ; pour ma santé. Quand nous avions fait, mon mari et moi, notre voyage sur le fleuve Sénégal, l'autre s'inquiétait de tout ; des maladies, des animaux exotiques, des plantes toxiques, des accidents, du terrorisme ... En fait il était surtout inquiet de perdre son jouet... de me perdre. J'étais devenu sa chose. Il me considérait comme sa femme, sa propriété.

Maintenant, avec le recul, je m'imagine caricaturée en pantin, manipulée par un marionnettiste dont les fils auraient été remplacés par des SMS.

<u>Oscar :</u>

Ah les SMS ! Je propose aux académiciens une définition pour le dictionnaire : *« Invention diabolique permettant à quelqu'un d'être physiquement en face de vous et d'être en même temps intellectuellement et émotionnellement avec quelqu'un d'autre. Don d'ubiquité numérique, littéralement ! ».* Chez soit, au restaurant, au cinéma, dans la voiture, à l'autre bout du monde, sur une plage, dans notre lit ... Je la voyais souvent faire ! Il m'en reste même des photos !

Par exemple au cinéma ; nous y allions souvent et je me rappelle d'un complexe dont les salles sont au sous-sol. L'on n'y descend par un grand et long escalator ; en bas plus de réseaux mobiles. Eh bien, s'il restait du temps avant que la séance ne commence, elle préférait souvent remonter à la surface, comme un poisson qui va chercher de l'air indispensable à sa survie, pour jusqu'au dernier moment attraper le réseau. Récupérer in extremis ses derniers messages; voir si elle avait des SMS en attente. L'alibi c'était évidemment les copines, les enfants, sa mère ... tout se passait devant mes yeux. Et si je disais quelque chose, si j'émettais des reproches, je n'arrivais qu'à l'énerver contre moi, et moi contre elle.

Le pire c'est que, technologie pour technologie, j'avais à portée de la main tout pour savoir de ce qu'elle faisait ou, du moins, où elle allait. Une technologie diabolique, *« vos trajets »* de GoogleMap qui permet de vous tracer, de vous montrer l'historique de tous vos déplacements, des mois, des années, en arrière et évidemment aussi sur l'instant présent. Avec le nom des restaurants, des hôtels, des magasins, des divers lieux où vous êtes passé, et combien de temps vous vous y êtes arrêté avec une marge d'erreur très faible. Peu de gens le savent ou sinon pensent que c'est réservé à des experts et aux séries télévision policières américaines. Autour de moi je connais des spécialistes de l'informatique qui n'ont pas vraiment pleinement conscience que ça existe concrètement. Et c'est en fait très simple, à la portée de tout le monde. En même temps je n'avais aucune intention de rentrer dans une paranoïa consistant à épier les faits et gestes de ma femme. J'avais confiance.

<u>Bureau de l'autre, 7éme arrondissement :</u>

Au milieu du bric-à-brac étroitement oppressant de son lieu de travail, l'ex-petit écolier amoureux obsessionnel regarde sa montre. Il l'attend pour déjeuner; elle ne devrait pas tarder. Ils vont, une fois de plus, aller au petit restaurant italien, le Costa d'Amalfi. Il s'imagine déjà, fier de marcher dans la rue à ses côtés. Si fier de s'exhiber avec elle dans tous ces restaurants où il était connu comme le loup blanc par le personnel.

Pour calmer son impatience de la voir arriver, maintenant qu'elle est devenue sa maîtresse, il affiche sur l'écran de son ordinateur une photo de l'être aimé. Une photo qu'il a prise ici même, à son bureau, avec son Smartphone. D'elle en train de travailler sur une recherche de costumes. Une photo floue ; il n'a jamais été très doué avec la technique. Comme à chaque fois qu'il voit cette photo ou qu'il pense à elle, un flot de dopamine inonde ses veines. Une autosatisfaction intense se diffuse à travers tout son corps diffusant une jubilation intense. Son esprit se remplit de bonheur devant cette image et, une fois de plus dans un exercice d'autosatisfaction bien rodé, il se remémore l'incroyable série d'événements qui ont rendu cette photo possible ; qui l'ont mené jusqu'à maintenant depuis qu'il a décidé de faire ses recherches pour la retrouver. Il ne peut que se féliciter. Chapeau l'artiste ! Il a drôlement bien manœuvré ! Ça a presque été trop facile. Tout son plan a marché à merveille.

Même si l'objet de son amour éternel a mis beaucoup trop de temps à son goût pour accepter l'amour charnel, il a tout de même atteint son but. Il avait tout fait pour cela. Déclaration d'amour, flagornerie, amplifiant le sentiment de s'intéresser à elle, trouvé des sujets d'intérêts culturels toujours renouvelés à partager, livres glanés chez les boutiquiers de la Seine, soigné sa manière châtiée de parler en jouant à fond la galanterie à l'ancienne, etc ... La pousser à écrire aussi, pour la flatter, bien qu'il doute qu'elle en fût vraiment capable, mais il pouvait toujours essayer. Et puis, surtout, l'impliquer dans ses propres projets personnels d'écriture en quémandant ses avis, ses critiques, pour la valoriser. L'objectif, maintenant, est de durer, de prolonger cette liaison forcément fragile, éphémère sans doute, aussi longtemps que possible. Il compte même les jours, maintenant, à partir de cette date historique pour lui où il avait réussit à l'entraîner à l'hôtel.

Ces rendez-vous à l'hôtel, qu'il veut redondant et réguliers, sont vitaux et indispensables pour lui, agissant telle une véritable cure de jouvence et surtout une revanche sur sa vie qu'il a toujours estimé ratée. Il doit en profiter au maximum car, malgré son amour propre aveugle au service de son bien-être, de sa libido, il est bien conscient, malgré tout le travail de sape qu'il a déjà accompli, que ça ne pourra pas vraiment durer très longtemps ; il a la lucidité, même si ça lui fait très mal, de comprendre qu'elle tient en fait beaucoup à son mari.

Il se mit donc à réfléchir à ce qu'il pouvait faire de plus. Ce qu'il allait pouvoir dire de plus dans quelques minutes quand il serait à nouveau en sa compagnie, face à elle au restaurant. Il fallait que patiemment, petite touche après petite touche, il discrédite encore davantage ce mari gênant ; mais attention, sans en faire trop. Afin qu'elle soit toute à lui le plus souvent possible. Afin que son mari arrête de l'emmener trop souvent en voyage à l'autre bout du monde, ou surtout dans leur foutue villa en Provence. Il fallait qu'elle résiste pour qu'il ne la bloque pas là bas, régulièrement, pendant plusieurs semaines.

Pour ce faire il chercha les mots à lui distiller pour qu'elle se rebelle, sans s'en rendre compte, contre son mari. Pour qu'elle le culpabilise en lui reprochant de décider tout seul des dates de départs et de séjours dans le midi. Pas facile, car elle adorait sa villa de Cotignac. Mais faisable en suscitant ses désirs d'indépendance et d'exister par elle-même ; sentiments forts qu'il avait très vite perçus être un point pivot de frustration chez elle. Il fallait qu'elle se rebelle face à son mari à chaque fois que celui-ci voulait partir avec elle en Provence. Ne serait-ce, déjà, qu'en ayant un calendrier fixé longtemps à l'avance de rendez-vous amoureux à l'hôtel. Ainsi chaque demande de départ de son mari se heurterait à ce planning préétabli et difficilement bousculable, ne serait-ce qu'en raison des arrhes versées pour retenir l'hôtel et qui seraient perdues ; pour tous les deux. Et elle serait donc à chaque fois obligée de consulter son agenda pour répondre à son mari, perdant ainsi toute spontanéité. Excellent pour semer la discorde dans le couple, provoquer leur éloignement progressif.

<u>Bérangère :</u>

Je m'éloignais psychologiquement de plus en plus d'Oscar; notre relation quotidienne n'était plus qu'un ronron quotidien. La seule chose qui m'intéressait était la perspective de partir de chez moi plusieurs fois par semaine et de retrouver l'autre à déjeuner et pour nos rendez-vous amoureux à l'hôtel. Je guettais ses messages SMS plusieurs fois par jour jusque dans mon lit. Je me noyais dans les projets de l'autre, projets d'écritures historiques ou poétiques, me persuadant que j'apprenais plein de choses. Qu'un vaste champ de connaissances s'ouvrait devant moi grâce à lui.

J'en devenais, sans m'en rendre compte, assez agressive avec Oscar. Le faisant passer systématiquement en deuxième plan. Je ne comprenais pas que je le rendais maladroit envers moi, et surtout malheureux. Totalement incompréhensif à ce qui se passait réellement. En fait je m'en foutais, je vivais ma vie, ma double vie, mon adultère, sans vouloir en reconnaître la teneur, à fond. Et en même temps mon subconscient travaillait. Des cauchemars me hantaient. Sans m'en rendre compte, je me torturais et vivait très mal cet état de fait, de mensonges et de roueries. Je dormais mal ; mes insomnies étaient fréquentes et, aux grands désespoirs et inquiétudes d'Oscar, je marchais aux somnifères tous les soirs. Me recroquevillant à l'autre extrême bout du lit en lui tournant le dos.

<u>Oscar :</u>

J'étais très inquiet de la propension qu'avait Bérangère à quasi systématiquement prendre des somnifères pour dormir. Des Stylnox ! Très efficace et excellent pour un usage ponctuel, en voyage par exemple pour dormir dans l'avion, mais à proscrire pour une utilisation quotidienne. Effet psychologique néfaste à terme et dépendance assurée, car très vite on n'imagine même plus pouvoir s'en passer. De pouvoir dormir sans y avoir recours. De plus ce somnifère a tendance à transformer celui qui l'utilise en zombie s'il ne se couche pas très vite après l'avoir ingurgité. Ce qui arrivait souvent à ma femme. Sans que je le comprenne, au début, elle avalait ce somnifère, mais sans se coucher et vaquait encore quelque temps à ses occupations. Résultat, je la voyais tourner en rond dans l'appartement sans arriver à se coucher. En fait elle agissait comme une somnambule. Et totalement malléable ; dans une demi-consciente, mais totalement soumise. Cet état de fait me paniquait. Je ne savais pas quelle attitude prendre à part celle évidente de la forcer à se mettre au lit ; parfois je l'y ai même porté ! Mais parfois aussi elle se relevait d'elle même. Tout cela en tenant des propos incohérents, la tête dans les nuages, souriante béatement, comme si elle était soule. Le plus étonnant c'est que le lendemain matin elle ne se souvenait strictement de rien. Un peu comme sous l'emprise du GHB, la drogue du viol.

Maintenant je comprends que ces insomnies masquaient en fait une forme de dépression. Elle n'était pas bien du tout dans sa peau avec sa vie parallèle et ses mensonges quotidiens sous l'influence délétère de l'autre. Heureusement tout ça est bien fini maintenant.

<u>Bérangère :</u>

Les mois passèrent ; les saisons passèrent. Ma double vie avait pris son régime de croisière. Je m'étais accoutumée à cette double vie ; à ces après-midi parallèles qui s'étaient maintenant inscrits dans la normalité de mon quotidien. Mais en même temps je commençais tout de même à ressentir un malaise croissant. A chaque fois, par exemple, que j'abandonnais mon mari juste avant le déjeuner en lui mentant les yeux dans les yeux ; en prétextant d'aller faire des courses, d'aller me balader. Je me déculpabilisais en me disant qu'il n'en avait rien à foutre de moi et qu'il préférait rester seul.

Que ne m'a-t-il retenu tendrement... peut-être aurais-je laissé tomber mon rendez-vous avec l'autre ? Que ne m'a-t-il ouvert grand les bras avec son sourire craquant comme il sait si bien le faire ? Mais aussi je n'avais pas compris que mon comportement avait induit celui de Oscar qui du coup voulait se donner une attitude de celui qui se débrouillait tout seul ; d'autant qu'il pensait qu'il ne fallait pas être trop souvent l'un sur l'autre ; qu'il fallait se donner de l'air ; que pour un couple c'était important d'avoir aussi des activités séparées. Il a été servi ! Evidemment, il n'imaginait pas lesquelles !

Mais, au fil du temps, le pire pour moi c'était le retour à la maison tard en fin d'après-midi après l'hôtel. Passer d'un univers sentimental à un autre n'était pas si simple. La seule solution pour moi, gommer ! Le déni ! Boire un verre de vin et ne surtout pas commencer à phosphorer sur le sujet. Sinon je risquais de péter les plombs, écartelée comme je l'étais. Plus tard, en termes de justification, j'ai expliqué à Oscar que cette période n'avait pas été facile pour moi ! Interloqué, il m'a répondu avec à propos et bon sens : « *T'avais qu'à arrêter !* ». Parfaitement cohérent, mais la vie ne l'est pas souvent, et j'étais sous influence ...

<u>Oscar :</u>

Ce jeudi midi, juste avant l'heure de déjeuner, ma femme est partie faire des courses dans Paris. Je me suis fait une omelette pour déjeuner et puis je suis sorti faire ma marche quotidienne jusqu'au jardin public voisin pour mieux réfléchir et prendre un peu de distance avec ce que je suis en train d'écrire ; le scénario d'un nouveau documentaire-fiction historique sur Alexandre le Grand. Je m'assois sur un banc pour mieux laisser mon esprit divaguer tout en jouant avec mon Smartphone.

Google Map ! Je découvre un peu par hasard la fonction « vos trajets ». Incroyable ! Je peux voir tous mes déplacements et les endroits où j'ai été depuis que j'ai abandonné l'iPhone pour le Samsung et le système d'exploitation iOS pour Android. Non seulement aujourd'hui, mais aussi hier, avant hier, l'année dernière … en France, en Thaïlande, à Istanbul, en Espagne, au Maroc et puis tout simplement en France. Avec une précision diabolique. Les noms des restaurants, des cafés, des hôtels apparaissent, avec les heures d'arrivées, de départs.

Très vite une idée me traverse l'esprit, nourrie par cette intuition, ce sentiment, que ma femme ne tourne pas rond, qu'elle s'éloigne de moi. Qu'on n'est tout le temps ensemble, mais qu'on ne fait plus rien ensemble. Que fait-elle de tous ses après-midis où elle va courir dans Paris, partant souvent juste avant l'heure de déjeuner ? Cette application Google Map, puisque ça marche pour moi, ça doit marcher pour ma femme me dis-je ? Evidemment, il faut son numéro de téléphone et son code. Mais ce code je l'ai, car c'est moi qui m'occupe de son informatique, de ses accès au net. D'autant qu'elle perd régulièrement ses codes …

Et donc je tâtonne un moment et puis ça marche. Magique ! Magique et tragique. Je ne vous conseille pas l'expérience. Le ciel me tombe sur la tête ; mes mains se mettent à trembler de manière incontrôlée ; l'air me manque. Je découvre qu'elle est, juste à cet instant, dans un hôtel, l'hôtel du quai Voltaire. Et en remontant dans le temps je vois se dérouler les petits serpents bleus zigzagants de ses trajets qui mènent, deux fois par semaine, dans des cafés, dans des restaurants, tous autour du cabinet d'expertise, rue de Verneuil, l'antre du diable.

Ma peau est moite, mon cœur s'accélère. Ce n'est pas possible ? Qu'est-ce qu'elle fout dans un hôtel. Pourquoi tous ces noms de restaurants qui apparaissent à rythme régulier, comme une litanie délétère. Ma vie s'écroule. Que fais-je ? Je l'appelle. Elle ne répond pas … évidemment !

Je fonce ; je retourne chez moi en transe ; je peux faire une bêtise. Mes mains tremblent. La moto. Oui la moto. Je me précipite au parking ; je rejoins ma moto ; je mets mon casque, mes gants ; je démarre ; grand coup d'accélérateur ; le moteur rugit. Je sais très bien, par expérience, qu'il ne faut jamais conduire une moto quand on est en état de stress, de gros soucis. Le risque d'accident dans Paris est multiplié par cent. Tant pis.

J'essaye de me dominer. La moto bondit hors du parking. J'essaye de ne pas aller trop vite, de me calmer. Le nom de l'hôtel tourne dans ma tête dans une sarabande infernale. Je traite mentalement ma femme de salope ; de pute ; je la déteste ; l'incompréhension est totale. Et en même temps tout s'éclaire ; tout devient cristallin, translucide ; les morceaux du puzzles se mettent un à un à leur place jusqu'à composer l'image finale. J'ai maintenant une grille de lecture pour tous ces petits moments de la vie qui vous allument une étincelle interrogative au fond de vos neurones sans qu'on sache très bien à quoi les relier. Tout s'explique enfin !

Mes interrogations, mes incompréhensions, de notre vie de ces dernières années, trouvent des réponses petit à petit à travers les connections des neurones et synapses de mon cerveau qui font des étincelles, façons feu d'artifice, tandis que mes yeux scrutent en automatique, à travers la visière de mon casque, la route qui mène à cet hôtel. La voie sur berge, les tunnels, le radar près du grand palais, le boulevard St-Germain, la rue du Bac, le Quai Voltaire. Miracle je suis en vie ; mes automatismes ont joué ; je n'ai pas eu d'accident ; je m'arrête ; je monte sur le trottoir ; je béquille ; j'enlève mon casque ; je le mets dans mon top case.

J'essaye de maîtriser les battements de mon cœur. J'imagine ma femme dans une chambre de cet hôtel qui est là, juste devant moi. Je scrute les fenêtres, essayant d'imaginer quelle peut être celle derrière laquelle elle se cache ; ils se cachent. Comment vais-je m'y prendre. En tremblant, je saisis mon téléphone. Il m'échappe des mains et s'éclate sur le trottoir. Pas grave ; c'est un Note 2 Samsung, ça m'est arrivé souvent. Je remets la batterie ; je remets le capot arrière et redémarre l'engin ; je m'approche de la porte de l'hôtel ; j'essaye de me calmer. Mes mains tremblent ; je cherche dans les favoris le prénom de ma femme. Ma femme ? L'est-elle encore ?

Ça sonne, ça sonne, ça sonne. Messagerie. Je lui laisse un message ou pas ? Oui. Ma voix tremble légèrement :

« Ma chérie, je suis devant l'hôtel du Quai Voltaire. Je rentre. Je viens te chercher. »

Et je rentre. Le réceptionniste est là, au fond, derrière son comptoir. Il me regarde d'un drôle d'air. Je dois faire peur à voir. Je demande la chambre au nom du Monsieur que je sais, maintenant, être son amant. Il me répond qu'il n'y a personne à ce nom actuellement dans l'hôtel. Evidemment, suis-je bête, il s'est inscrit sous un faux nom. Je n'hésite pas alors à lui expliquer la situation ; il a dû en voir d'autres ! Je lui décris donc ma femme ; mieux je lui montre une photo d'elle sur mon Smartphone. Aussitôt, je vois bien à son attitude qu'il l'a reconnue ; mais il hésite, danse d'un pied sur l'autre ; commence par dire non, qu'il ne voit pas ... Le billet de cinquante euros que je fais miroiter devant ses yeux fait aussitôt un miracle.

Il l'attrape avec la vivacité d'une langue de caméléon et, le regard torve, lâche en saisissant son téléphone :

« Je vais voir si cette Dame est dans sa chambre ».

Ca sonne plusieurs fois, mais ça fini par répondre. Je lui arrache le combiné des mains. Une voix d'homme, dont les consonances traînantes et suffisantes me sont immédiatement désagréables, répond manifestement irritée d'être dérangée. Je marque un temps, encore étonné par l'inéluctable, devant la concrétisation formelle de mes appréhensions les plus folles. Il s'énerve et demande pourquoi on le dérange.

« Monsieur Levain ? » demandé-je ; après une légère hésitation il acquiesce ; je me présente ; un grand silence lourd s'en suit ; je martèle alors à travers l'appareil téléphonique :

« Monsieur, j'exige de parler à ma femme » ; nouveau silence à peine troublé par la respiration lourde de quiconque qui, prit en flagrant délit, réfléchi à toute vitesse. « Monsieur ... » insisté-je.

Panique à l'autre bout du fil ; il bredouille, dit qu'il ne comprend pas ; j'insiste. Le réceptionniste est inquiet ; ne sais quoi faire. Puis j'entends derrière, étouffée, une voix féminine : « Que se passe-t-il ? Qui est-ce ? ». Je reconnais la voix de ma femme ; mon sang ne fait qu'un tour : « J'arrive » dis-je à la voix au téléphone.

Je rends le combiné au réceptionniste. « Quel numéro de chambre ? » demandé-je. Evidemment, il refuse de me répondre paniqué devant mon état. Il menace d'appeler la police en cas d'esclandre. Mon regard est attiré par le tableau des clés. Nous sommes au milieu de l'après-midi. La plupart des clients sont dehors. Des touristes qui découvrent la capitale en amoureux. En amoureux !... En fait il ne manque que deux clés.

La 13 et la 31. Je laisse en plan l'homme derrière son comptoir et fonce pour monter quatre à quatre l'escalier. Palier du premier étage ; je tente le 13 ; une grosse femme m'ouvre la porte, interrogative ; pas de chance ; je m'excuse. L'escalier à nouveau ; la porte de la chambre 31 ; je frappe ; je frappe ; je frappe. Soudain la porte s'entrouvre ; ma femme apparaît, livide ; en peignoir.

« Mon chéri » me dit-elle ... « Calme-toi ... »

Je voudrais la faire sortir, l'épargner, mais elle n'est même pas habillée. Elle porte un peignoir blanc. Je la pousse et je rentre. L'homme est là. Massif, de petits yeux bleus délavés à travers de grosses lunettes *de myope. Pas très sexy, ai-je le temps de me consoler l'espace d'une pensée fugace.*

J'ai du mal à contenir ma rage et à ne pas exploser : « Habille-toi, s'il te plait ma chérie » dis-je à ma femme. Elle saisit ses vêtements et se réfugie dans la salle de bain. Et là, ce que je n'ai jamais fait de ma vie, je le fais. Mon poing droit part directement et vient percuter le visage de l'homme. Ses lunettes valsent et il tombe à la renverse sur le lit ; il est complètement désemparé sans ses lunettes et je comprends très vite qu'il ne voit rien, qu'il est perdu … Je continue à frapper, jusqu'à voir du sang. Je n'ai jamais fait ça de ma vie … »

Mais ça ne s'est pas passé du tout comme cela ; ce ne fut qu'une mauvaise nuit, qu'un cauchemar, qu'un fantasme, qu'un regret, l'expression d'une frustration ! Dommage ! Mais il s'en est fallu de peu pour que ça arrive …

<u>Bérangère :</u>

Donc, vie à mi-temps partagée entre deux hommes à Paris et à plein temps ailleurs avec un seul, mon mari, en Provence ou lors des nombreux voyages que nous fîmes durant cette période. La Thaïlande, Istanbul, l'Espagne, Lisbonne … 2013, 2014 … À plein temps, mais sans amour !

La Thaïlande ! Quatre semaines dans ce pays avec ses plages et ses eaux aux températures de rêve ! Quatre semaines où nous étions à la fois très proches tous les deux et en même temps si éloignés. Quatre semaines sans amour physique alors que tout concourait à se laisser aller aux plaisirs sensuels ! Qu'avons-nous été bêtes, l'un et l'autre. Stupides même. Bloqués ! Nous nous étions désexualisés !

J'aurais dû faire un geste vers lui ; tendre la main vers son corps alors que nous étions tous deux au sein du même lit ; lui il aurait dû me parler, casser ce mur psychologique que nous avions construit entre nous, pierre après pierre, sans rien faire contre. Nous aurions dû tout mettre à plat, sur la table, faire le point de notre relation tant physique que sentimentale. Nous avions tout notre temps pour nous occuper que de nous, là-bas, éloignés de plusieurs milliers de kilomètres de la France et de la rue de Verneuil ; malgré cela j'étais toujours sous l'emprise de l'autre. Et Oscar, lui, n'osait pas venir vers moi ; me re-séduire ; me reconquérir ! En fait « *nous* » re-séduire ... En Thaïlande, nous n'avions vraiment que ça à faire ... Mais non ! Dommage ! Un beau gâchis ! Une belle occasion manquée !

A notre retour à Paris, en ce début de l'année 2014, deux bonnes nouvelles nous attendaient. Premièrement un éditeur avait contacté mon mari pour éditer son bouquin tiré de l'un de ses scénarios, une grande fresque historique, et deuxièmement notre fils cadet avait trouvé du boulot, enfin trouvé sa voie, ce qui entraînait comme conséquence très positive qu'il pouvait avoir son propre logement et que nous allions, enfin, récupérer notre intimité totale dans notre appartement. Manque d'intimité et présence porteuse d'incessants conflits entre le père et le fils ayant sans doute été l'un des facteurs m'ayant poussé à chercher de l'air frais ailleurs ... Ce pouvait être l'occasion de nous retrouver. En tous cas, ça m'enlevait l'une de mes justifications à ma double vie.

<u>Oscar :</u>

Deux excellentes nouvelles sur des plans totalement différents. Que notre fils prenne enfin son envol fut une divine surprise ; enfin l'on pouvait être fier de lui. J'avais tout de même dû donner un coup de pouce pour l'aider, pour son logement, mais enfin il embrayait sur la vie en sortant de l'impasse dans laquelle il s'était enfermé et qui avait eu pour conséquence de nous imposer sa présence depuis plusieurs années alors qu'il approchait de la trentaine. Présence ayant sans contexte contribué à une spirale délétère entre Bérengère et moi avec son cortège d'inquiétudes concernant l'avenir de notre fils.

Malheureusement ce séisme positif et les efforts financiers que je fis pour l'amplifier, en aidant notre fils à ce bien loger et de facto nous permettre de retrouver notre intimité quotidienne, ne créèrent pas le rapprochement qu'il aurait dû entre Bérangère et moi. Pourtant nous avions ensemble, avec connivence, longuement, patiemment, activement, participé à sa recherche d'un studio sympa. Et malgré cette proximité conjointe ciblée vers ce but commun, elle resta distante ; toujours sous influence. Elle continua comme avant à courir Paris toute la semaine ... J'avoue qu'avec le recul j'en ai un grand regret et un grand sentiment d'injustice.

<u>Bérangère :</u>

Oui, c'est vrai ; Oscar avait été formidable pour aider notre fils ce qui, bien évidemment, était et est toujours de première importance pour moi en tant que mère. Ça aurait dû me pousser à prendre une décision radicale ; à regarder ma vie en face avec ses voies parallèles et contradictoires ; à tirer un trait définitif sur l'autre qui n'était qu'une voie sans issue sur la carte de ma vie et en rien une solution ou un futur désirable. Même à estimer que cette affaire ait pu avoir pour moi un côté positif d'épanouissement, manifestement cela avait trop duré et du coup avait perdu son attrait principal ; le gout sucré de la nouveauté commençait à laisser place au gout amer de la routine.

Bizarre, donc, que j'ai laissé durer si longtemps cette liaison, car, étrangement, on s'engueulait souvent l'autre et moi. Malgré l'emprise qu'il avait sur moi je ne supportais pas ses prises de positions sur quantité de sujets importants. Beaucoup de ses idées étaient contraires aux miennes. Il était contre l'Europe, contre l'Euro, contre voter aux élections, pour une religion catholique intégriste, contre l'avortement, etc ... Un sale type me dira plus tard mon mari dont les opinions sont diamétralement opposées ; laïque, très européen, insistant sur l'importance de voter jusqu'à en souler à répétition nos deux fils pour qu'ils fassent leurs devoirs de citoyens. Un sale type ! Opinion sans doute argumentée, mais aussi entachée d'un manque total d'objectivité de sa part, bien pardonnable vu le contexte.

L'ironie étant que sur tous ces sujets, à contrario, nous étions sur la même longueur d'onde, celui que j'appelais « *Monsieur mon mari* » et moi-même. En fait, pouvais-je m'interroger, qu'est-ce que je foutais à perdre mon temps et mon esprit avec l'autre ? L'âme féminine est impénétrable, aurait pu aussi dire mon mari chéri ... car je sais maintenant, et même j'ai toujours su, que c'est mon mari chéri. Et que c'est lui qui est important. C'est lui qui m'aime, qui me protège, qui me rassure, c'est lui que j'aime vraiment. Avec du recul je peux considérer maintenant que toute cette aventure a été un gigantesque malentendu, une gigantesque erreur ...

<u>Oscar :</u>

Eté 2014. Nous sommes arrivés à Cotignac dans notre villa pour cinq semaines, entre deux locations saisonnières que nous faisions pour supporter les taxes locales toujours plus lourdes et les travaux d'entretien toujours redondants et indispensables. Ce qui permettait d'équilibrer nos comptes concernant le coût de cette villa tout en n'en profitant pour nous assez largement. Maintenant que je repense à ces périodes d'été alors que nous étions tous les deux là-bas, ma femme était différente qu'à Paris. Pendant ces « *trêves* » elle était plus libre, moins enchaînée à ses foutus SMS ; plus elle-même. L'autre lui laissait un peu plus d'air. Mais par contre, au niveau rapprochement amoureux et sexuel c'était toujours le calme plat. Mais bon, elle était beaucoup moins sous influence et nous avions de quoi nous occuper.

De la villa, du jardin, des courses, et puis nous recevions de la famille, nos enfants, etc ... Nous cherchions des fleurs ou de nouvelles plantes à installer. Nous améliorions la déco, de l'intérieur, mais aussi des terrasses, autour de la piscine. La piscine aussi avec tout son lot de problèmes et d'entretien. Nous étions malgré tout très proches dans toute cette organisation.

Après la famille, c'est Béatrice « *la grande copine de ma femme* » qui débarqua pour une dizaine de jours. Ce n'était pas la première fois. Depuis plusieurs années déjà, elle venait nous voir en aout pour environ une semaine ; c'était très sympa, car nous nous entendions très bien tous les trois. Ballades, restaurants, piscine, bord de mer du côté de Sainte-Maxime.

Avec le recul de nombreuses situations ou phrases s'éclairent maintenant que j'en ai la grille de lecture. Car Béatrice était au courant de la liaison de ma femme. Situation qui, je l'ai bien compris plus tard, la mettait particulièrement mal à l'aise. Car elle nous aimait beaucoup tous les deux et se voir prise en étau dans notre problème de couple et surtout de se retrouver à son insu confidente et complice de Bérangère l'énervait au plus haut point. Mais elle lui avait promis son silence ; de ne rien me dire. Solidarité féminine. Seules certaines choses qu'elle lâchait, sans s'en rendre vraiment compte, étaient des indices qui auraient pu m'éclairer si j'avais été moins stupide, moins aveugle, moins prétentieux. Et surtout à l'écoute.

Car je m'inquiétais de la santé et du comportement de ma femme depuis deux ou trois ans. Je la sentais relativement distante, nerveuse, susceptible, souvent prête à polémiquer avec moi pour des bêtises sans importance. Ce que relevait systématiquement Béatrice qui avait pris le parti d'en rire. Moi je me disais que pour un vieux couple comme nous s'était normal de souvent se crêper le chignon ... Je mettais aussi ça sur le compte de ses soucis de santé. Ses problèmes de mélanome entre autres, qui l'empêchait de se mettre au soleil, de se faire bronzer ; ce qu'elle adorait faire autrefois. Du coup elle était obligée de se tartiner de crème pour se protéger du moindre rayon de soleil et de porter systématiquement des chapeaux aux larges bords. De vêtir aussi systématiquement des tenues la protégeant des agressions du soleil.

Bérangère préférant la plupart du temps rester à la villa plutôt que de marcher, nous eûmes tous les deux, Béatrice et moi, l'occasion de faire de grandes balades à travers forêts et collines de Provence autour de notre villa. C'était l'occasion idéale pour parler et m'ouvrir à Béatrice au sujet de mes inquiétudes concernant les problèmes de santé et les comportements bizarres de ma femme. Puisque les deux femmes étaient censées se dire tout, toutes les deux, en tant que grandes copines, je me suis dit que Béatrice devait savoir, comprendre, des choses qui m'échappaient avec mon côté rustre de mâle obtus concernant les subtilités féminines.

Je m'en veux beaucoup de ne pas avoir su déceler à cette époque la clé de l'énigme que représentait à mes yeux ma femme, même si j'ai largement exprimé mes inquiétudes auprès de Béatrice alors que nous marchions, que nous grimpions le longs de sentiers escarpés parmi les éboulis de pierres. Je lui ai confié mon désarroi face aux comportements bizarres de Bérangère vis à vis de moi ; de sa manie de passer un temps fou à consulter son téléphone mobile ; de mon étonnement quand à Paris elle partait juste avant le déjeuner pour aller se balader, faire des courses ; de sa tendance à rechigner à venir dans notre villa du Var et jamais plus de quinze jours ; de ses reproches de mauvaise foi déstabilisante m'accusant de tout décider sur tout sans la consulter; de mon étonnement face à sa nouvelle propension à boire du vin, m'interrogeant sur ce qui avait bien pu la changer, etc...

Et, pour résumer, j'avais le sentiment d'horripiler en permanence ma femme ; que je lui devenais insupportable. J'expliquais même à Béatrice que le pire était que je me trouvais à moi-même des raisons de me culpabiliser et penser que tout ça venait de moi ! Que c'était ma faute ! Qu'il fallait que je fasse un travail sur moi-même ! Quel crétin je faisais !

Face à ma détresse, Béatrice, tout en marchant, acquiesçait au fur et à mesure de mes épanchements verbaux et je me souviens très bien qu'au milieu d'un chemin, une fois fini le déroulement de mes interrogations concernant les comportements bizarres de ma femme, nous marquâmes une pose. Le cerveau est parfois étonnant, car le lieu exact, précisément là où elle me répondit, j'en ai encore la vision figée dans ma mémoire photographique neuronale. Béatrice ne me laissa paraître aucun trouble ; pourtant elle avait dû être au supplice en écoutant ma logorrhée, proprement écartelée entre d'un côté l'obligation de sa promesse faite à ma femme de garder le secret de ses confidences et de l'autre celui de brûler de désir de m'ouvrir les yeux. Je devais avoir l'air si pathétique, si idiot à ne rien comprendre de ce qui était devant mes yeux, et qui finalement était si facile à décoder une fois que toutes les « *bizarreries* » étaient mises bout à bout. Souvent je me dis que si je les avais couchées sur le papier, additionnées les unes aux autres, la solution de l'équation m'aurait sauté aux yeux.

Béatrice commença donc par m'assurer comprendre très bien ce que je voulais dire ayant elle même pointé moult fois nos rapports électriques ; nos prises de bec devant elle pour des raisons plus ou moins futiles ; moult fois son addiction à consulter son téléphone devant nous. Et puis elle botta en touche, dilua ses propos ; tout en reconnaissant les bizarreries de ma femme, elle les minimisait ou les relativisait ; oui Bérangère était très affectée par ses problèmes de santé et particulièrement son mélanome qui l'empêchait de profiter du soleil ; oui elle trouvait choquant et parfaitement impoli sa manière de jouer devant nous en permanence avec son téléphone ...

Ce qui m'amena à lui demander si c'était avec elle qu'elle communiquait si souvent par SMS ? Là je m'en veux de n'avoir pas décodée sa réaction embarrassée. Car elle ne mentit pas ; ne joua pas le rôle d'alibi. Au contraire, mal à l'aise elle dénia vivement avoir une correspondance suivie avec Bérangère et répéta nerveusement : « *C'est pas moi, c'est pas moi !* ». Ce qui si on n'y réfléchi était carrément la dénonciation que c'était donc « *quelqu'un d'autre* ». Pourquoi n'ai-je pas posé la question : « *Si ce n'est toi, qui donc ?* » Elle aurait peut-être craquée ou du moins son comportement aurait pu me mettre la puce à l'oreille. Mais non, j'étais aveugle. Je posais des questions, mais prenait seulement plaisir à m'épancher, à me plaindre, sans vouloir écouter, déceler les réponses, même si elles n'étaient que subliminales.

Béatrice était écartelée, oui ... mais tout de même, pour le bonheur de notre couple, elle aurait dû m'aider à me mettre sur la voie. Pour décoder ma femme, pour l'aider ; pour nous aider. Car enfin, avec cette aventure Bérangère n'arrivait qu'à se faire du mal, à nous faire du mal. Ne serait-ce qu'à travers ses insomnies à répétition, ses cauchemars, son agressivité et quant à moi mes interrogations délétères. A petit feu, c'était comme un poison lent qui nous corrodait pouvant aboutir à quelque chose de très grave pour l'unique bénéfice de jouissance de l'autre qui se complaisait dans son aventure sans se préoccuper des dégâts collatéraux, comme ils disent hypocritement dans l'armée américaine.

Dès notre retour de promenade à la villa, Bérangère me prit à part et m'apostropha assez vigoureusement ; avec une expression manifestement très inquiète mais aussi culpabilisatrice elle me demanda :

« *Tu as parlé de moi avec Béatrice ?* ».

Tout le temps de notre ballade elle avait dû, je suppose, se demander si sa copine était en train de la trahir. Mais au lieu, une fois de plus, que j'y décèle un indice, je me suis aussitôt culpabilisé d'avoir parlé d'elle et de mes préoccupations à sa « *grande copine* ». Comme si c'était moi, le méchant mari, qui l'avais trahi en exprimant mes inquiétudes légitimes à Béatrice. Mes inquiétudes, pas mes suspicions ...

Cet été fut très agréable au milieu de cette Provence bénie des dieux, avec son soleil, ses lavandes, ses cigales, son romarin et tous ses clichés exacerbés au fil des marchés provençaux, mais me laissa tout de même un goût amer. Je passais des jours merveilleux avec deux femmes très importantes pour moi, ma femme que j'aimais et notre amie commune, Béatrice, sans pouvoir imaginer que ces deux femmes en qui j'avais toute confiance, à tous niveaux, me trahissaient en fait toutes les deux, chacune à sa manière ; dans les grandes largeurs. Finalement se moquant de moi et me roulant dans la farine jour après jour ; me traitant comme le dernier des idiots.

Et puis, malgré plusieurs tentatives de renouer sexuellement avec ma femme, ce fut un échec. Elle m'envoya carrément bouler avec une attitude que je qualifierais de « *condescendante* ». Evidemment elle avait ce qu'il fallait ailleurs... Moi, bêtement, je pensais que ça ne l'intéressait plus ... l'été passa ainsi !

<u>Bérangère :</u>

Durant cet été Oscar fit plusieurs tentatives ; tentatives maladroites en fait ; mais, avec le recul, plutôt mignonnes. J'ai été affreuse, je l'ai envoyé bouler avec pas mal de morgue et même une pointe de mépris. Je ne lui ai donné aucune chance. Je ne nous ai donné aucune chance pour que les choses changent, s'arrangent ; pour que nous nous retrouvions. En fait à cette époque je pensais avoir ce qu'il me fallait ; j'appartenais déjà sexuellement et sentimentalement à l'autre depuis plus d'un an et demi. Ma vie sexuelle et sentimentale tournait autour de l'autre au rythme de nos rendez-vous épisodiques programmés à Paris. Et je n'ai jamais vraiment eu le goût d'être la femme de deux hommes en même temps. Sentimentalement je ne me focalise que sur un seul homme et j'avais mis mon mari de côté, en jachère pourrait-on dire, m'étant persuadée que je ne l'intéressais plus. Trop vieille pour lui ... ou phénomène de lassitude ...

<u>Oscar :</u>

C'était la fin de l'été. Notre villa étant louée pour les quelques semaines de fin d'été pour supporter les travaux d'entretien et les taxes locales toujours plus lourdes, nous décidâmes de raccompagner notre amie Béatrice chez elle, à Carcassonne, et d'en profiter pour faire une grande balade en boucle à travers le sud-ouest avant le retour à la capitale. Nous prîmes donc tous les trois la direction du pays des cathares pour y passer quelques jours avant de remonter à travers le Périgord, région que j'adore, de visite de châteaux en châteaux, vers Paris. Seule ombre au tableau, mais de taille, je sentais Bérangère très désireuse de rentrer le plus vite possible à Paris. Nous nous engueulâmes même à ce sujet, en voiture, ce qui me gâcha un peu le plaisir de cette flânerie périgourdine.

Elle m'accorda tout de même une dernière étape à Brantôme, ville que j'aime particulièrement avec son abbaye et sa situation géographique exceptionnelle, telle une île, entourée par ses deux bras de La Dronne. Raymond Poincaré ne s'y était pas trompé en son époque de président de la République la qualifiant de « *Venise du Périgord* ». Pas si mal vu quand l'on peut découvrir les nombreux touristes profitant de l'anneau aquatique formé par la rivière pour pagayer allégrement dans leur canoës jaune citron. Un arrêt déjeuner agréable pour faire durer encore un peu les vacances d'été avant de rejoindre la pollution parisienne.

<u>Bérangère :</u>

Les quelques jours que nous passâmes à Carcassonne, chez Béatrice, furent très sympa. Comme je l'ai déjà dit, Béatrice est ma grande copine ; on se dit tout ; ou bien l'on se devine. Depuis longtemps elle s'était faite son opinion. Elle avait très bien compris, en filigrane, que l'homme que je lui avais dit avoir rencontré et voir de temps en temps était devenu mon amant. Et elle était déchirée, car elle aimait, elle aime notre couple, en tant que couple. Je l'avais mise dans une position impossible. Ne pas me trahir c'était trahir Oscar. Ouvrir ses yeux était se parjurer. Oscar qui était, est son ami au même titre que moi. Mais, solidarité féminine oblige, elle n'a rien dit. Quelques vagues tentatives quand mon mari évoquait par exemple les nombreux SMS qu'on était censé s'échanger. « *C'est pas moi, c'est pas moi !* » disait-elle vivement, déniant nos échanges épistolaires de SMS supposés soutenus, mais Oscar ne comprenait rien. Ne voulait rien comprendre. N'imaginait même pas ce qui pouvait se tramer paradoxalement à la fois dans son dos et devant ses yeux. Malgré les nombreux indices que je n'essayais même pas tellement de dissimuler.

« *Fais attention, Bérangère, il est sensible ton Oscar, fais attention !* », me répétait souvent mon amie. Elle me disait que je jouais avec de la dynamite, qu'il pouvait me virer, demander le divorce, mais surtout qu'il m'aimait. Elle m'assurait qu'il m'aimait. Et pour moi c'était le chaos ; je ne savais plus où j'en étais. Nous allions bientôt être à nouveau de retour sur Paris et déjà l'autre, en manque de moi pendant cette longue période estivale, commençait à me presser de SMS. *« Quand rentres-tu ? »* me répétait-il sans cesse, *« Quel jour ? »* insistait-il, suivi des fameux SMS points d'interrogation quand je ne répondais pas :

« Quand pourrons-nous nous voir ? » ; « Mon amour chéri, appelle-moi ! Ecris moi !», « Tu me manques, je ne peux vivre sans te voir. »; « Loin de toi la vie m'est insupportable », « Je meurs d'envie de te caliner … », etc …

En fait il me fatiguait et même il me gonflait ; mais je finissais toujours par craquer, et lui répondre. Sans doute surtout par gentillesse, pour ne pas lui faire de peine. Car il avait su créer des liens forts en me culpabilisant si je ne lui répondais pas, si je repoussais un rendez-vous et il utilisait à fond la carte de ma gentillesse intrinsèque. Une drogue dure … et une drogue on ne peut pas s'en désintoxiquer toute seule. Pour m'excuser moi-même, je me disais qu'il était malheureux et que je voulais le consoler. C'était la corde sensible sur laquelle il joua jusqu'à la fin de la fin, avec même in extrémis, en désespoir de cause, des menaces de suicide.

Je n'avais pas compris que m'investir avec lui, lui donner une grande partie de ma tendresse et de mon temps physique et virtuel à travers les échanges SMS était autant que je détournais de mon couple, de mon mari. Une énergie qui fuyait et n'alimentait plus le fleuve principal de ma vie ; de notre vie. Je ne comprenais pas, ou ne voulais pas comprendre, que ce n'était pas viable et que c'était loin d'être une solution à mes états d'âme ; qu'en fait je me faisais du mal à moi-même ! D'autant que je n'aimais pas cet homme ! Même si j'ai surement un temps été amoureuse de lui, de la nouveauté, de ses flatteries, de la transgression de l'interdit … Donc, impossible de décrocher ; j'en venais à souhaiter un clash avec mon mari pour que tout explose. Et puis je dormais mal, très mal, je faisais des cauchemars, et j'avais pris la mauvaise habitude de prendre quotidiennement des somnifères, ce qui terrorisait Oscar, très inquiet de l'accoutumance et des séquelles éventuelles.

Allais-je reprendre cette relation en revenant à Paris en cet automne 2014 ? Je tergiversais, me perdant dans mes réflexions sans fin, alors que je voyais mon mari, mon mari que j'aime et que j'aimais, totalement inconscient de ce qui se jouait. Il était là, dans ce grand salon de l'appartement de Béatrice donnant sur la place du marché de Carcassonne, devant moi, plongé dans des bandes dessinées dont l'appartement était rempli. Il relisait des « *Blake et Mortimer* » je m'en souviens très bien. J'ai eu un élan de tendresse, une envie de le prendre dans mes bras, de le couvrir de baisers. Mais il était noyé dans l'intrigue ; totalement absorbé ; totalement indisponible. Je n'ai pas été vers lui. J'ai toujours préféré qu'on vienne vers moi. J'aurais dû me battre pour lui. Et j'ai fait le contraire.

Et, je m'en souviens aussi très bien, pendant qu'il lisait passionné par ses bandes dessinées, nous discutions dans la cuisine avec Béatrice, à voix basse. Et je me plaignais à elle du harcèlement par SMS dont j'étais l'objet de la part de l'autre. Et du coup nous parlions des hommes ... les siens, les miens ! Nous en riions, nous moquant d'eux en général et en particulier. De leurs faiblesses, de leurs lâchetés, de leurs infidélités, de leurs hypocrisies ... comme si nous étions différentes, nous, les femmes.

En fait, à travers nos discussions je commençais à me rendre compte que je n'étais pas très sûr de vouloir continuer cette relation. Relation dont je sentais tout de même, confusément au fond de moi, son empreinte délétère. Mais je n'avais pas le courage, la force de prendre une décision tranchée. Béatrice aurait peut-être pu m'aider, mais je ne lui en ai pas vraiment laissé l'occasion. Comme cette relation l'énervait, que mon attitude l'énervait, on avait décidé d'un commun accord tacite d'en parler le moins possible. La discussion dans la cuisine avait finie par tourner court sur ce sujet particulier et je n'ai pas eu le temps d'approfondir avec elle, d'autant qu'Oscar était juste à côté et aurait pu émerger de ses lectures, nous rejoindre et capter quelques bribes de ce que nous disions. Donc, pas vraiment eu l'occasion d'une plage de temps, toutes les deux, pour approfondir. Nous avons bien évoqué l'idée qu'a l'occasion je vienne la rejoindre ici, à Carcassonne, pour une quinzaine de jours, seules, entre filles, sans hommes, et pouvoir parler, prendre du recul, introspecter. Prendre des décisions … ça ne s'est pas fait !

Donc je décidais de ne pas décider et de gagner du temps. De reporter mon choix.   Lâchement, j'écrivis un SMS à l'autre l'informant d'une date de retour sur Paris plus éloignée que la vraie, pour me donner du temps. Du temps pour réfléchir.

Pour réfléchir … Mais comment revenir vers mon mari ? Pour recommencer comme avant ? Sans amour, sans sexe. Je n'avais pas compris que mon mari m'aimait profondément, qu'il ne pouvait se passer de moi et qu'avec ma liaison j'avais, par capillarité, contribué encore plus à renforcer le mur d'incompréhension, de routine négative, qui nous séparait. Je n'avais pas compris qu'il doutait de lui, qu'il n'avait pas confiance en lui sexuellement parlant, mais aussi dans nos relations soumises à une force centrifuge funeste. Plus il me voyait faire des choses en dehors de lui, plus il se poussait, par bravade, à en faire en dehors de moi ! Evidemment je me suis même posé la question de savoir s'il ne voyait pas, de son côté, une autre femme. Mais moi, je l'aurais senti ! Tout de suite détecté, je pense.

Je n'avais pas compris qu'il pensait, à tort, que l'arrivée de la soixantaine l'avait diminuée, alors que moi je pensais que c'était parce qu'il n'avait plus d'attirance pour moi. J'allais même jusqu'à penser, à tort aussi, qu'il me trouvait repoussante. Trop vieille, pour appeler les choses par leur nom. Je croyais voir cela dans ses yeux lorsqu'il me voyait nue dans la salle de bain. En fait je projetais mes propres angoisses en effet miroir sur lui.

Et puis j'étais terrorisé à l'idée de tout lui dire. J'avais peur de lui. Non pas physiquement, mais de sa colère, qu'il élève la voix et que je subisse un torrent de paroles, monté en boucle comme il pouvait le faire, me rabaissant plus bas que terre. Un torrent de questions, car une fois qu'il aurait su, je savais qu'il voudrait tout comprendre, en détail, fouillant mon âme sans cesse, au plus profond. Décortiquant tout, faits, gestes, sentiments … En fait je n'assumais pas mes actes et surtout les conséquences de mes actes. Je ne savais pas comment assurer un atterrissage en douceur dans ma vie de couple. Comment mettre fin à cette situation que j'avais contribué à créer et que j'avais encouragée. Je n'avais pas compris que le seul moyen pour me débarrasser de l'autre c'était que mon mari entre en lice. Qu'il se batte pour me reconquérir, pour casser la gueule à l'autre ... physiquement et psychologiquement. Qu'il le terrasse ... Ce qu'il fit plus tard ... Je n'avais décidément pas la force pour échapper seule à l'emprise de l'autre. Dès qu'en cette fin de mois d'aout 2014 j'arrivais à Paris, « *officiellement pour l'autre*», ce fut une avalanche de SMS exigeants, mais en termes choisis, amoureux, suppliants, un rendez-vous à déjeuner et plus, bien évidemment...

J'ai donc cédé, j'ai choisi la facilité, continuer comme avant. Naviguer à travers un archipel sans fin de cafés, de restaurants, et l'hôtel, tel un havre de perdition, toujours le même, c'était si pratique.

Plusieurs fois par semaine j'abandonnais mon mari pour aller, comme il me disait par provocation, traîner dans Paris. Car il n'essayait même pas de m'en empêcher ! Pas du tout. Il m'expliqua plus tard qu'en fait il avait peur avec notre nouvelle disposition de vie, impliquant qu'il travaillait souvent à la maison, que nous soyons trop « *l'un sur l'autre* ». Que c'était bien que j'eusse des occupations extérieures ; il me faisait confiance. Il se posait bien quelques questions, mais était loin d'imaginer que, de manière ouverte, je le quittais juste avant le déjeuner, à midi, pour aller déjeuner avec un autre homme et passer tout l'après-midi avec lui dans un hôtel ! Il était bien inquiet parfois de me voir revenir tard, à 19h30, 20h. Mais seulement inquiet qu'il eut pu m'arriver quelque chose, un accident par exemple, un problème de santé. Et puis, sans vergogne, je le sollicitais pour boire un verre de vin rouge et trinquer avec lui. Et ça lui faisait plaisir de partager quelque chose avec moi en fin de journée. Bizarre, à l'époque je ne m'en suis jamais senti coupable ou du moins hypocrite. Donc où allais-je ? Il n'y avait pas issue. Me priver de l'amour physique et sentimentale exacerbée de l'autre pour retrouver un mari que je pensais indifférent ? Etait-ce la solution ?

Pourtant je sentais qu'Oscar était de plus en plus demandeur pour que nous fassions des choses ensemble plus souvent, dans la semaine. Je pense qu'il voulait se rapproprier mes après-midis qu'il voyait lui échapper. Et qui l'intriguait … Intuitivement, il devait sentir que quelque chose ne tournait pas rond dans notre vie. Dans notre couple. Qu'il fallait qu'on reprenne en main notre relation. Il me proposa donc que nous convenions de sortir ensemble une fois par semaine, par exemple tous les jeudis après-midi, jour de la femme de ménage ; d'aller voir des expositions, de sortir dans la journée. Sans savoir que c'était justement le jeudi le jour de l'hôtel … quelle ironie.

<u>Oscar :</u>

En fait en ce début d'automne 2014 je me suis soudain senti très bizarre en ce qui concernait mes relations avec ma femme. Je m'en suis ouvert, enfin, à elle ! Oh, pas question de sexe, ce que j'aurais dû faire ; dû demander directement :

« Ma chérie allons nous continuer comme cela, une vie totalement asexuée comme si nous étions frère et sœur ? Sommes-nous trop vieux pour cela. ». Et j'aurais dû rajouter : *« Je t'aime et pour moi ce qui est toujours le plus important est que tu sois à mes côtés. Que je t'ai contre moi, toutes les nuits, dans notre lit, même si nous ne partageons plus tous les gestes de l'amour physique. »*

Non, je lui ai seulement exprimé mon étonnement, mon inquiétude, mon interrogation sur un sentiment qui montait de plus en plus en moi. Nous ne faisions plus grand-chose ensemble. Bien sûr nous étions tout le temps ensemble, toutes les nuits, toutes les fois où nous étions dans notre villa du Var, toutes les fois où nous faisions des voyages à l'étranger. Mais à Paris nous de faisions plus rien, hormis d'aller quelquefois au cinéma, puis au restaurant, le soir … Sinon, à ma connaissance, les après-midis elle courait dans Paris, elle voyait ses nombreux médecins et spécialistes, et le samedi elle partait pour s'occuper de sa mère… pour le samedi, du moins, c'était vrai ! Eh oui, l'autre était avec bobonne, donc indisponible …

Immédiatement elle a reconnu, sans se troubler, qu'effectivement nous ne faisions plus grand-chose ensemble malgré un emploi du temps qui aurait pu nous le permettre depuis que nous avions arrêté notre société et qu'entre deux films j'étais libre de l'organisation de mon emploi du temps. Nous décidâmes d'un commun accord que nous sortirions régulièrement ensemble l'après-midi une fois par semaine, visiter, entre autres, des expositions.

En ciblant, comble de l'ironie, le jeudi toujours à cause de la présence dans notre appartement de la femme de ménage entraînant le bruit de l'aspirateur ; bruit qui m'a toujours été absolument insupportable ; et qui est désastreux pour l'inspiration comme l'évoque la chanson de Claude Nougaro : « L'aspirateur »

" Arrête Claire, aïe, aïe, aïe, aïe !
Prends un plumeau, prends un balai
Comment veux tu que je travaille
Je n'en peux plus de ce vacarme
J'aspire au calme inspirateur ! "

Et effectivement nous le fîmes plusieurs fois, des jeudis. Ce qui entraîna de facto que la fréquentation de l'hôtel du Quai Voltaire bascula plusieurs fois sur le vendredi ...

<u>Bérangère :</u>

Contrairement au sentiment que je m'étais forgée consistant à penser qu'Oscar n'éprouvait depuis plusieurs années qu'indifférence pour moi, je commençais à m'interroger ? Car effectivement les signes se multipliaient prouvant qu'il s'intéressait à moi. A nous. Et effectivement nous allâmes voir quelques expositions ... Entre autres au Musée d'Orsay, à deux pas de mon fameux hôtel. Ça ne me gênait même pas cette proximité ... Une exposition sur le Marquis de Sade, je me souviens ! Au Musée du Quai Branly aussi... mais en fait pas si souvent que ça. Quand il me proposait une nouvelle expo ou une idée de ballade, j'étais toujours trop occupé ... par l'autre. Avant de lui répondre, je devais toujours au préalable consulter mon emploi du temps décidé avec l'autre. Et je remettais à la semaine suivante. Et puis un musée de temps en temps ça va, mais il ne faut pas exagérer. J'avais besoin de sexe et j'avais besoin de quelqu'un qui me dise *« je t'aime »*. Alors les expos ...

En fait, je ne savais pas comment gérer cette situation de plus en plus chaotique pour moi, et donc je ne fis rien, laissant ma double vie se dérouler avec son train-train installé, même si je savais très bien au fond de moi-même qu'il fallait, que je le veuille ou non, que je choisisse entre les deux hommes. Mais je remettais sans cesse à plus tard. Même quand nous partîmes en croisière pour dix jours, en Méditerranée, autour de l'Espagne, du Maroc et du Portugal. Une croisière organisée par le journal Marianne avec débats philosophiques et politiques menés par Jean-François Kahn et quelques autres personnalités médiatiques. A peine étions-nous partis de Paris en train, à Nice, puis vers Gênes en car, que l'autre se déchaîna. Il avait peut-être peur de cette croisière qu'il pouvait imaginer *« romantique »* et du rapprochement potentiel possible avec mon mari. Jusqu'à cinq, six SMS par jour. Que j'effaçais, évidemment, au fur et à mesure, non seulement pour que mon mari ne tombe pas dessus par hasard, mais aussi par agacement... L'autre devenait vraiment trop omniprésent ; comme s'il sentait que je pouvais retrouver mon mari, à son détriment. Ce qui était évidemment sous-jacent, car il avait bien conscience que notre liaison ne pourrait pas s'éterniser indéfiniment et que sa vie parallèle ne tenait qu'à un fil !

Le prétexte des SMS était un recueil de poèmes qu'il était en train de peaufiner pour une parution prochaine. Constamment il disait vouloir mon avis, comme si pour lui c'était vital à la qualité de son écriture. Prétexte, bien entendu, pour garder un contrôle sur moi avec une parfaite indifférence cynique du fait qu'il continuait, sans vergogne, à s'introduire, à s'immiscer, jour après jour, par effraction dans mon couple. Dans l'intimité de mon couple ; de notre couple. La seule chose qui l'intéressait ce n'était pas moi, mais son pouvoir sur moi. Parfois je restais seule dans la cabine à faire attendre Oscar qui lisait sur l'un des ponts de l'immense navire de la Costa. Seule pour pouvoir lui répondre tranquillement. Il me tenait. Et rien ne se passait entre mon mari et moi. Pas de déclic. Seules quelques vagues tentatives … il eût suffi de si peu de choses … et sans doute ça aurait dû venir de moi !

Oscar :

Novembre 2014. La croisière des Idées du Journal Marianne sur un navire de la Costa. Une croisière à travers la méditerranée avec une incursion dans l'Atlantique pour une escale à Casablanca, Cadix et Lisbonne. Et découverte côté Méditerranée de Barcelone, Valence, Malaga, …

On avait décidé cette croisière pendant le mois d'aout. C'était la première fois qu'on allait « *goûter* » aux « *charmes* » de ces navires géants, temple de la consommation, du jeu, de la fête fabriquée, des machines à sous, etc … C'était l'occasion d'essayer, mais ce qui m'avait déclenché c'est que ce fut à l'initiative du journal Marianne que je lis régulièrement. En fait, une micro croisière à l'intérieur de la croisière. Un groupe d'une centaine de personnes au milieu des milliers de passagers de toutes nationalités. Et l'intérêt était que Marianne organisait des conférences, une ou deux par jour, avec différentes personnalités journalistiques et philosophique, dont Jean-François Kahn, Franz Olivier Gisbert, Laurent Joffrin, Cynthia Fleury, etc …

Une fois de plus c'eut pu être une bonne occasion pour nous retrouver. Cabine magnifique, terrasse privative sur la mer, tout le temps pour s'occuper de nous. Ce que nous fîmes en partie, nous retrouvant très proches au niveau des idées, de l'Histoire, de la philosophie, à travers ces nombreuses conférences passionnantes proposées au fil des jours et souvent orchestrées par Jean-François Kahn que j'apprécie beaucoup pour son intelligence et ses mises en perspective de l'actualité et de l'Histoire. Son dada, à ce moment-là, était les origines des Français et de la France. En partant de la Gaule avant Jésus-Christ jusqu'au 5ème siècle après. Période totalement inconnue de la plupart des français. J'y ai découvert les avantages des religions polythéistes, tolérantes, sur celles monothéistes, intrinsèquement intolérantes ... vaste sujet polémique ...

C'était passionnant l'alliance des diverses conférences et des multiples visites à terre et nous étions tous deux, Bérangère et moi, de concert dans cet événement. En osmose cette fois-ci ... En y repensant, jamais je n'aurais imaginé que son esprit puisse être ailleurs à mi-temps, via les SMS de l'autre ...

Présence de l'autre que j'ai tout de même senti, mais pas assez pour me déclencher en mode combat. En mode survie. Je n'avais pas envie de polémiquer avec Bérangère. J'avais peur d'elle quand elle se mettait en mode « *chat écorché sortant ses griffes* ». Dans le car nous menant de Nice à Gênes pour embarquer sur l'énorme navire de la Costa, je l'ai bien vu, juste à mes côtés, absorbée par ses foutus SMS. Je lui en ai fait la remarque. Elle me prétexta des échanges poétiques. Ce qui n'était pas faux, mais évidemment qui cachait une autre réalité ; la volonté sans faille d'un homme d'avoir la haute main sur ma femme. Pour son seul et égoïste plaisir. Un homme qui me pourrissait insidieusement la vie, notre vie, jour après jour. Pourquoi ne lui ai-je par arraché son téléphone des mains ? Je ne suis pas comme ça ; je suis pour la liberté, l'indépendance, mais qui entraîne aussi la confiance. Ce qui est terrible maintenant, c'est que j'ai vraiment regretté de ne pas avoir été « *coercitif* », « *inquisiteur* ». Tout ce que je déteste, mais que j'aurais dû être pour la protéger d'elle même, et protéger notre couple. A moins qu'elle n'ai voulu me quitter pour quelqu'un d'autre ... mais là, bon, les choses auraient été claires. La porte reste ouverte ... je n'oblige personne, mais je n'aime pas qu'on se foute de moi ! Et puis, si ça avait été son choix définitif de me quitter, j'aurais été très malheureux, mais j'aurais essayé de refaire ma vie avec une autre, ou du moins j'aurais essayé.

Mais ce n'était même pas le cas ; l'autre n'était qu'un ersatz, un accessoire parallèle pour lui donner le sentiment d'exister par elle-même. Et avoir, à travers lui, ce qu'elle pensait ne pas pouvoir obtenir de moi mais entraînant in fine qu'elle appartenait virtuellement à un autre ; jour et nuit jusque dans notre lit conjugal.

Un autre, toujours présent grâce au SMS, aux textos ... Cette saloperie. Le hasard mit bien du temps à être de mon côté en provoquant un incident révélateur. L'incident déclencheur qui aurait dû arriver bien avant ...

Chaque nuit je me blottissais en mode « *cuillères* » contre ma femme. C'était ma récompense de la journée de l'avoir contre moi. Chaude, vivante. Mais impossible d'aller plus loin. A chaque tentative je sentais qu'elle se forçait, qu'elle n'était pas disponible. Et ça, comme « *tue l'amour* », c'est terrible. J'ai donc cru que ça venait de moi ; j'ai culpabilisé ; je me suis castré moi-même ; j'ai abandonné. Et je l'affirme, maintenant, bien fort, il ne faut jamais abandonner, ne jamais baisser les bras pour ce qui est important dans sa vie, et donc l'amour de sa compagne. Je l'ai fait ; je me contentais de sa présence qui me tournait le dos de l'autre côté du lit. Et puis le matin je l'attirais vers moi pour qu'elle vienne finir sa nuit en dormant sur mon épaule. Elle le faisait, mais j'avais toujours cet étrange et dérangeant sentiment que c'était par ce qu'elle ne pouvait pas faire autrement.

En fait je me confortais dans l'idée que le sexe ne l'intéressait plus. C'était tout le contraire, mais cette « *activité* » était cantonnée à ces fameux jeudis programmés au moins quinze jours à l'avance pour être sûr qu'il y ait une chambre disponible, avec un autre. Donc, tous les jours où je voyais ma femme en face de moi, à Paris ou dans le midi, elle avait en tête et inscrite sur son agenda, matérialisée par l'expression OK, la prochaine date à l'hôtel. Comment dans ces cas-là pouvait-on avoir la moindre espérance de se retrouver, de refaire l'amour, de se refaire totalement confiance, d'exprimer notre tendresse réciproque.

Même le soir, en regardant un film ou les infos à la télé, la télé étant le pire des « *tue l'amour* » possible, elle était au bout du canapé, loin de moi. Je l'appelais, j'insistais pour qu'elle vienne se blottir tout contre moi. Elle venait, mais avec une mauvaise volonté manifeste, un manque d'enthousiasme flagrant. D'autant plus frappant maintenant que nous nous sommes entièrement retrouvés et qu'elle vient se coller à moi comme un aimant et dieu que c'est bon.

Ainsi cette fameuse croisière d'une dizaine de jours aurait très bien pu être l'occasion d'un rapprochement entre nous deux. J'aurais dû parler, j'aurais dû comprendre, j'aurais dû la caresser, la mettre face aux incohérences de notre couple. Mais c'est précisément parce que l'autre craignait ce rapprochement lors de cette croisière qui aurait pu agir comme une catalyse positive de notre couple, qu'il l'inonda de SMS. Avec le prétexte de ces foutus textes poétiques égocentriques, pompeux, sirupeux et du recueil qu'il allait publier ; à compte d'auteur, évidemment ... J'ai dénombré plus tard une centaine de SMS d'échanges entre eux durant nos dix jours de voyage ! Je la croyais avec moi, mais elle était avec lui à cinquante pour cent.

<u>Bérangère :</u>

C'est vrai, cette croisière eut pu être une excellente occasion pour se retrouver, car nous fûmes très proches intellectuellement au long de ces dix jours de navigation. Mais, pour que ça change, j'avais besoin d'un clash, d'un séisme de niveau 9 sur l'échelle de Richter ! J'étais incapable de décrocher sans un événement exceptionnel, d'où qu'il vienne, maintenant que ça avait atteint son rythme de routine. Donc, à peine étions nous rentrés de cette croisière que j'ai repris mes habitudes avec l'autre. L'hôtel tout les quinze jours avec le restaurant juste avant pour nous mettre en condition amoureuse et boire du vin ensemble. Occasion aussi pour que je lui donne de l'argent en liquide que j'avais tiré juste le matin même à un distributeur de billets. Ma côte part pour partager le prix de l'hôtel en espèce pour ne pas laisser de traces avec des paiements carte bleue.

Le regretté-je ? Je ne sais pas ! Quoi dire maintenant que cette période est achevée ? De toute manière on ne réécrit pas l'Histoire. Je ne me rendais pas compte à quel point j'étais importante pour Oscar. Je croyais que mon corps, mon sexe, le dégoutait et que ses vagues tentatives de me caresser, il ne le faisait que par obligation. Par devoir conjugal comme on dit ! Je me suis trompée sur toute la ligne. Pourtant je n'ai cessé de l'aimer même si je le lui ai bien mal montré.

Et puis nous étions souvent en dehors de Paris et en fait nous ne nous quittions pas. Nous étions toujours ensemble. Mais en partie comme deux étrangers. J'aurais dû le comprendre ; j'aurais dû aller vers lui. Mais l'emprise de l'autre était trop forte, trop envahissante. Notre petite affaire trop bien réglée. Incroyable que mon mari n'ait rien vu, ne m'ai pas posé de questions. Il me l'a expliqué de très nombreuses fois maintenant. Il me faisait confiance et respectait ma liberté ... et puis peut-être était-il un peu trop présomptueux. Pour lui il était inimaginable que je puisse le tromper. Avoir une aventure par moi-même.

De plus je ne prenais pas tant de précautions que ça. Une partie de moi-même souhaitait qu'il se passe quelque chose. Qu'il découvre le pot aux roses. En même temps j'étais terrifiée à l'idée de ce qui allait se passer le jour où il saurait. Me jetterait-il ? Il en avait le droit. Je le trahissais jour après jour. En même temps, tant pis pour lui. Il n'avait qu'à manifester son amour, ce qu'il fait très bien maintenant. Mais je sais que je l'ai profondément blessé, que la cicatrice est purulente. Après plusieurs mois il n'arrive toujours pas à surmonter son traumatisme, un peu, toute proportion gardée, comme ces gens ayant survécu indemne à un terrible accident et ayant traversé l'horreur, la souffrance et la mort autour d'eux. D'autant qu'il m'explique qu'il a besoin d'en parler. Et qu'il n'a personne, autre que moi, à qui en parler, n'allant pas crier sur les toits le récit de mes turpitudes.

Avec l'aboutissement de cette relation adultère, j'ai laissé deux champs de ruines. Un de chaque côté. Mais du côté de l'autre je m'en fous. En fait je me suis aussi servi de lui en quelque sorte ; même s'il s'est surtout, lui, servi de moi. Et puis il l'a bien cherché et a utilisé des moyens de flagorneries immenses pour arriver à ses fins ; pour m'avoir dans son lit. Il m'a mis sur un piédestal, transformée en centre de l'univers, déifié ; comment pouvais-je résister ? Alors que je pensais, qu'il m'avait amené à penser, que mon mari me prenait pour une conne. Il m'a bien eu. Bien possédée dans toutes les occurrences du terme. Maintenant que j'ai vu comment il s'est comporté à l'issue de cette crise, quand j'ai décidé de rompre, je m'aperçois qu'il s'était bien moqué de moi et n'avait pensé qu'à lui ; à son plaisir, à son amour fantasmé. Pas une seule fois en quatre ans, il ne s'est inquiété de savoir quels risques je prenais, jour après jour, à trahir mon mari ; à avoir une vie parallèle clandestine.

Le divorce, ou au moins la séparation, étaient possibles suivant la réaction d'Oscar, et j'étais loin d'être aussi indépendante que je voulais le paraître et le croire. Et puis, quand enfin il y eu une explication, face à face, entre les deux hommes, entre mon mari et l'autre, ses propos furent terribles pour moi. Je les ai entendus, Oscar avait tout enregistré sur son Smartphone. J'ai découvert que cet homme qui m'avait dit m'aimer, me considérer comme sa muse, m'avait flattait pour mon écriture, mon intelligence, avouait simplement, carrément, et à mon mari, son pire ennemi donc, que pour lui je ne savais pas écrire. Je n'avais pour seul talent que celui de l'aider à améliorer ses textes. Ses fameuses poésies ridicules ; au titre ridicule. J'ai passé quatre ans de ma vie à dépenser tout mon énergie pour soutenir, pour aider, un homme qui m'a avant tout utilisé sans finalement rien me donner en échange sinon des mots, et des mots, des mots creux... Je me suis grisé de mots me croyant valorisé à travers leurs significations. En fait c'était lui qui me prenait pour une conne !

Quant à Oscar, il est écartelé entre le sentiment de m'en vouloir énormément et entre la joie que nous nous retrouvions à la fois, amoureux et amants. Il m'aime pour ce que je suis et il me déteste pour ce que j'ai fait. En fait très égoïstement, moi, je suis la gagnante, j'ai eu tout ce que je voulais. Une nouvelle aventure à 60 ans avec le parfum de l'interdit, des rendez-vous secrets aux restaurants et à l'hôtel, l'exploration d'un champ intellectuel et universitaire que je ne connaissais pas, et maintenant je retrouve mon petit minou de mari que j'adore, amoureux fou, et on fait l'amour très souvent.

L'autre, je l'ai complètement gommé. Comme s'il n'avait jamais existé. Oui c'est incroyable. J'ai cette faculté. Oscar n'arrive pas à le comprendre. Mais quel avantage pour ma survie. Evidemment, la facture est lourde, très lourde pour Oscar, donc aussi pour moi. La vie nous a joué un sacré tour de vache, un piège, classique, dans lequel on est tombé à pieds joints. Maintenant je lui redonne sa dimension virile, il revit, nous revivons, mais mon Dieu que ses yeux sont tristes à ressasser tous ses regrets ; tout ce gâchis ; tout ce temps perdu impossible à rattraper. Je sais qu'il aimerait rembobiner la bande de notre vie de ces dernières années et éviter les erreurs. Faire un « *pomme Z* » comme sur un ordinateur Mac. Tout le monde voudrait être doté d'un tel pouvoir.

Paradoxalement, la personne à qui il en veut le plus ce n'est ni moi ni même l'autre, mais c'est lui même. Tout s'est passé devant ses yeux et il n'a rien vu. Ou voulu voir ... Evidemment, il sentait quelque chose, mais n'imaginais pas cela. N'imaginais pas que sa petite femme chérie puisse faire ça.

Oscar

Oui je n'imaginais pas ça ! En fait rien, jusqu'à ce fameux SMS de juin 2015, ne m'a déclenché pour passer en mode « *combat* ». Souvent je n'en n'avais pas été loin. Car ces nombreux mois passés me laissaient perplexe. Un vague sentiment bizarre qu'une ombre maléfique planait sur moi, sur nous. Je n'y comprenais rien.

Avec les nouvelles technologies du Net, je pouvais aussi bien travailler à Paris que dans notre villa du Var. Villa où j'avais donc envie d'aller le plus souvent possible. Et, à chaque fois que j'en faisais part à Bérangère, celle-ci semblait mal à l'aise, peu désireuse d'y aller alors qu'avant elle en était ravie. Chaque fois c'était compliqué ; il fallait qu'elle consulte longuement son agenda pour vérifier les rendez-vous pris très à l'avance avec ses médecins spécialistes ; parfois plus d'un mois à l'avance. Mais, noyés dans les vrais impératifs de rendez-vous de médecins, il y avaient, bien plus nombreux et redondants, les rendez-vous programmés du jeudi à l'hôtel. Donc, je dépendais entièrement d'elle et de ce que j'appelais son « *staff de médecins* » ; généraliste, gynécologue, dermatologue etc ... Sauf que, dans le staff de médecin il y a avait un docteur pas comme les autres : « *le Docteur l'autre* ». C'était toujours compliqué de partir et ça ne pouvait jamais dépasser une durée de quinze jours en dehors de l'été ; jamais plus ! Sinon elle en devenait hystérique. Agressive. Et moi, pauvre pomme, je m'inquiétais pour sa santé ! Je ne savais pas que sur son agenda s'égrenaient, bien à l'avance, tous ces rendez-vous hôteliers, de quinze jours en quinze jours. Codés, bien sûr, par les deux lettres terribles « *OK* » inscrites sur l'agenda de son Smartphone. Autant d' « *OK* » qui, sans que je le sache, venaient me transpercer le cœur comme autant de flèches empoisonnées. Des « *OK* » qui marquaient autant des rendez-vous qu'une acceptation de la domination de cet homme sur elle. Une acceptation de son emprise intellectuelle et physique.

J'ai vécu plus de deux ans avec mon emploi du temps dépendant de l'autre ... effarant !

Ainsi ce voyage que nous fîmes fin février 2015 dans le Sud-Ouest.

<u>Bérangère</u>

Nous avions planifié un séjour d'une dizaine de jours en février à Carcassonne chez ma copine Béatrice. Elle avait organisé pour Oscar une série de projections/dédicaces. Son documentaire historique sur Alexandre le Grand se mariait très bien avec la parution de son dernier roman, dont une bonne partie de l'intrigue se passait à cette époque. Donc coup double ! D'un côté projection du documentaire/fiction et de l'autre présentation du bouquin, vente, et dédicaces. Ca permettait aussi à Oscar de revoir son éditeur qui était installé dans cette région et qui lui-même organisa aussi une projection dédicace. Tout se passa très bien et ce fut très sympa. On s'entendait très bien tous les trois, Oscar, Béatrice et moi.

Mais nous eûmes cependant un problème extérieur redondant qui se rappela à nous. Rien de bien grave, carrément trivial, mais absolument agaçant. Et indispensable à régler. L'alarme de notre villa de Cotignac nous appelait constamment intempestivement, car le disjoncteur sautait, privant la maison de courant. D'autant plus embêtant qu'il y avait le congélateur, d'une part, et de l'autre l'alimentation de la clôture électrique qui protégeait le périmètre de notre jardin de l'attaque constante des sangliers. Sangliers qui sont une vraie plaie là-bas, bousillant tout sur leur passage à la recherche de nourriture, glands, vermines, etc ... ils avaient la vilaine habitude de carrément labourer, en famille, des dizaines de mètres carrés de pelouses, et de faire s'écrouler les murs de pierres des restanques. Cela entraînait chaque année beaucoup de travail et donc beaucoup de frais de réfection.

Oscar :

Il fallait absolument y aller ! On ne pouvait continuer à demander à nos gardiens de passer tous les deux jours pour remettre l'électricité ! Il fallait prendre rendez-vous avec un électricien pour déterminer la cause des pannes ; probablement une prise à la masse due à l'humidité des pluies redondantes de ce mois de février et provoquant le déclenchement de la sécurité du disjoncteur. Or, en partant de Carcassonne pour revenir sur Paris ça ne faisait pas un détour énorme d'aller y passer une semaine pour à la fois régler le problème et profiter de la villa. La Provence en hiver n'est pas si chaude qu'on croit, mais moi j'aime bien l'ambiance cosy devant un grand feu de bois dans la cheminée.

Que n'avais-je évoqué cette éventualité qu'aussitôt Bérangère parti sur ses grands chevaux. Non, m'imposa-t-elle paniquée à l'idée de ne pas revenir très vite sur Paris. Avec une mauvaise humeur hargneuse, elle m'expliqua que c'était impossible, qu'elle avait « *des choses à faire* » à Paris. Qu'elle avait des rendez-vous de « *médecins* » impossible à déplacer sans les reporter à long terme. Ce qui serait évidemment préjudiciable pour sa santé ...

<u>Bérangère</u>

Ce coup ci, avec cette histoire de pannes électriques à répétition à la villa j'étais coincée. Il était évident que nous devions passer par Cotignac pour régler le problème et ce n'était pas si compliqué que ça ; il me suffisait d'arbitrer pour une fois en faveur de mon mari et de notre villa ! De décommander l'autre ; mais non, je ne me voyais pas en train de le décevoir, de lui faire de la peine. Hors de question pour moi de ne pas être à Paris pour respecter mon engagement d'être à l'hôtel avec lui pour notre séance de jambes en l'air bimensuel. Je tenais à ce rendez-vous ! Pour moi, pour l'autre, je ne sais pas ! Je préférais stresser mon mari qui n'y comprenait rien, face à l'urgence.

En fait, au départ, nous avions prévu de rentrer à Paris le samedi 28 février largement à temps pour mon rendez-vous à l'hôtel prévu pour le vendredi suivant, le 6 mars. En attestait le petit « *OK* » sur mon calendrier électronique. Hôtel retenu et payé à l'avance et donc argent perdu si l'on annulait ; la pression que l'autre exerçait sur moi pour ces « *rendez-vous* » était constante et terrible. Je me voyais contrainte de sans cesse lui fournir longtemps à l'avance de nouvelles dates et, autant par facilité que par faiblesse, je lâchais des grappes de dates que je marquais d'un « *OK* », mon mot code pour « *hôtel* », et qui finissaient par jalonner mon agenda sur des mois ; me libérant à chaque acceptation de la pression de l'autre ; me donnant l'impression de m'être débarrassé du problème, alors que l'emprise n'en devenait que plus forte, plus néfaste, pour moi et pour mon couple. J'avais seulement pu contenir la fréquence des « *OK* » à pas plus d'une fois tous les 15 jours.

Evidemment, j'aurais aussi pu laisser aller Oscar tout seul à Cotignac et prendre un train pour Paris. Mais je savais que ça passerait difficilement. Oscar avait envie que nous restions ensemble et de plus ça entraînait des frais supplémentaires de billets SNCF. Devant son insistance, nous avons transigé pour un passage éclair de trois jours à la villa, alors que je savais pertinemment que ça lui aurait fait plaisir, tant qu'à faire le détour, de rester au moins une semaine. Mais l'alibi du rendez-vous de médecin spécialiste fit merveille, une fois de plus.

<u>Oscar :</u>

En y repensant, j'ai vraiment été un imbécile ! J'aurais pu demander plus de précisions concernant ce fameux rendez-vous de médecin. Mais ma femme consultait tellement de spécialistes que je ne m'y retrouvais pas. J'aurais dû faire l'effort d'essayer, mais je ne voulais pas polémiquer. Et puis j'étais inquiet pour sa santé, et je lui faisais confiance. Les trois jours transigés après une âpre négociation me permettaient tout de même de commencer à essayer de résoudre le problème ; mais pas définitivement ; il me fallait plus de temps pour comprendre avec un électricien ce qui se passait, car c'était une panne aléatoire, les pires, liée aux fortes pluies de l'époque. Et en tout état de cause, symptomatique d'un problème structurel de notre installation électrique ; qu'il fallait donc régler, bien évidemment.

Les trois jours passèrent à la vitesse de l'éclair. J'ai insisté à nouveau pour rester plus longtemps, pour qu'elle décale son rendez-vous, mais me suis heurté à un refus catégorique, et même hystérique, qui n'admettait pas de contestation. Donc ce mercredi 4 mars 2015, nous fermâmes la maison pour remonter, contre mon gré, sur Paris. Si j'avais imaginé à l'époque, conduisant sur les plus de 850 kilomètres qui nous séparaient de Paris, que je faisais le chauffeur pour que ma femme puisse honorer son rendez-vous avec son amant à l'hôtel pour se faire sauter, je crois sincèrement que j'aurais pété les plombs. Explosé littéralement. Au lieu de ça, docilement, j'ai ramené ma femme à Paris en ce début de mars, pour faire plaisir à l'autre.

<u>Bérangère</u>

En y repensant, à l'époque, je n'éprouvais aucune mauvaise conscience ! Aucune mauvaise conscience à ce que mon calendrier amoureux clandestin interfère fortement avec celui de notre couple et de ses impératifs. Et encore moins avec celui des souhaits de mon mari. A l'exception tout de même des impératifs professionnels. Sinon, non ! Rien ! Aucune mise en abîme de la situation. Je me laissais vivre tout simplement. Vivre mes deux vies, conjugale et extraconjugale.

Depuis longtemps, à chaque retour à Paris, j'avais pris le rythme avec mes déjeuners deux fois par semaine avec mon amant. Je partais de chez moi, juste avant midi, abandonnant un mari dérouté qui ne comprenait rien à ce qui se passait. Et sa candeur ne m'étonnait même pas ! Ne m'émouvais même pas ! Je trouvais ça normal de le laisser en lui mentant effrontément, les yeux dans les yeux, prétextant des courses à faire à travers tout Paris ...

Evidemment, nous prîmes en considération, l'autre et moi, l'hypothèse que la vérité éclate un jour ou l'autre, ou du moins qu'un doute fort s'insinue dans l'esprit d'Oscar. Dès le début nous avions donc convenu qu'en cas, par exemple, de la découverte d'un SMS embarrassant nous argumenterions, lui comme moi, en évoquant un jeu d'écriture poétique entre nous ... En y repensant, ça n'avait pas très bien marché avec la femme de l'autre ... C'était un peu inantile ...

Que cherchais-je ? Car au bout de près de trois ans l'effet « *déification* » de ma personne par l'autre c'était sérieusement émoussé. L'attrait de la nouveauté aussi. Pourquoi continuais-je ? Pour la relation sexuelle ? Pour l'avantage de jouir dans les bras d'un homme, ce qui avait disparu depuis longtemps avec mon mari ? Mais n'était-ce pas tout simplement l'habitude de cette vie parallèle. Finalement, nous devenions aussi un vieux couple, mon amant et moi ! Et puis peut-être aussi une certaine soumission à la volonté de cet homme. Volonté que je n'arrivais pas à contrer. En fait, j'étais paumé, je dormais mal avec des cauchemars redondants et je ne percevais même pas la détresse de mon mari. Et je n'échafaudais même pas un scénario de sortie de crise. Je me laissais aller ... mais pas sans réfléchir, tout de même ! Me poser la question de savoir lequel de ces deux hommes était vraiment important pour moi ?

A l'évidence mon mari qui, même si je lui avais vraiment peu montré ces dernières années, était celui que j'aimais, celui avec qui j'avais fait ma vie, celui qui était le père de mes enfants. Mais me mens-je peut-être aussi à moi-même ; de toute façon l'autre avec tout son soi-disant amour exacerbé n'était capable que de me proposer des déjeuners aux restos dans l'orbite de son bureau et des rendez-vous finalement sordides dans un hôtel. Malgré son « *amour* » soi-disant incommensurable, et qu'il m'exprimait à longueur de temps me répétant chaque fois qu'il ne pouvait vivre sans me voir, il n'était pas question pour lui de quitter « *bobonne* ». Bien qu'à l'entendre elle le rendait très malheureux malgré son côté « *cordon-bleu* ». Un « *cordon bleu* » ça ne se quitte pas, même pour le grand amour de sa vie. Mais, en y réfléchissant davantage, si ses intentions avaient été de quitter sa femme pour moi ça m'aurait affolé et ça aurait sans doute précipité ma décision de rupture. En fait c'était le confort de cette relation en parallèle, sans vrai risque avec ma vraie vie, qui faisait durer la situation.

Ma meilleure amie, Béatrice, aurait sans doute pu m'aider. On n'était censé se dire tout. Mais, comme c'était aussi une amie de mon mari et même son agent, nous avions respecté notre commun accord tacite d'éviter ce sujet qui la rendait mal à l'aise. Quel dommage, car je n'avais pas compris que la solution à mon mal-être ne pouvait être qu'Oscar et certainement pas l'autre; car je savais tout au fond de moi que j'aimais mon mari et qu'il m'aimait. Que nous tenions l'un à l'autre ; ce que m'avait affirmé Béatrice, mais sans me pousser franchement à mettre un terme à cette liaison, à cet adultère. A prendre une décision radicale concernant cette situation qui ne pouvait durer en l'état.

Et puis, peut-être, Béatrice n'avait pas compris à quel point cette relation devenait de plus en plus néfaste pour moi et pour mon couple au fur à mesure qu'elle se prolongeait. Elle n'avait pas compris qu'au fond de moi je désirais y mettre un terme, mais que je n'en avais pas la force toute seule, pas le courage. Elle n'avait pas compris que j'avais besoin d'aide ; qu'elle seule pouvait m'aider à me désintoxiquer de cette relation de subordination. Au contraire elle respectait ma décision, mon comportement, sans me mettre face à mes responsabilités ; sans essayer de m'aider à voir clair en moi-même. J'étais seule face à moi-même, ne pouvant, finalement, parler à personne de mon problème, de mon mal-être à part elle. D'où mes difficultés à trouver le sommeil et mes cauchemars à répétition.

<u>Mars 2015. Var.</u>

<u>Oscar :</u>

A nouveau dans notre villa du Var. Et j'en suis très heureux, d'avoir de l'espace, de pouvoir bouger, de profiter de la nature ; de ne pas être contraint à étouffer entre les murs rapprochés d'un appartement en ville, même si la ville s'appelle Paris. Et, fait extraordinaire, nous y sommes pour trois semaines. Trois semaines sans que Bérangère ne rechigne, ne se plaigne, de partir plus de deux semaines.

Au contraire elle en semble très heureuse. Je sens comme un changement ; une évolution en elle, dans le sens positif.

<u>Bérangère :</u>

Nous sommes dans notre villa du midi. Une idée travaille l'esprit d'Oscar ; il aimerait qu'on refasse des petits voyages en moto tous les deux, comme autrefois. Mais il sait que je n'aime pas sa vieille Honda Transalp ; que je la trouve moche et inconfortable. Pour cela, et aussi pour changer, il se focalisait depuis quelque temps sur des modèles « *custom* ». Evidemment, des Harley Davidson. Nous en avions déjà essayé plusieurs quelques semaines avant à Paris. Une Road King, une Héritage, et une dont je ne me souviens pas du nom. Ça m'avait plu ! Je l'avais raconté à l'autre, et lui il n'avait pas aimé du tout. L'idée d'un voyage en moto collée contre mon mari devait lui être infiniment intolérable ; ça ravivait sa jalousie primaire. Et puis, il n'était pas motard, tant s'en faut, même s'il me disait qu'il aurait bien aimé. C'est un peu comme beaucoup de choses pour lui ; « *il aurait bien aimé* » ! A l'entendre, il était passé à côté de sa vie ; m'épouser à vingt ans, faire de la moto, peut-être aussi devenir académicien, va savoir ... ! Et il n'a rien fait pour accomplir tous ses nombreux désirs... Sauf, avec beaucoup de retard, de m'avoir séduite avec un retard postscolaire de plus de quarante ans ! Car là, il avait concrétisé au-delà de ses désirs les plus fous.

Donc, dans le Var, mon mari tombe sur une occasion. Une Yamaha façon Harley. Et beaucoup moins cher qu'une Harley. Superbe. Une Midnight Star bleue électrique. Et il m'implique à fond dans ce choix. Désire me la montrer, qu'on l'essaye ensemble, projette pour cet été des petits voyages comme quand nous étions plus jeunes, s'inquiète du confort de la selle pour moi, etc. Moi je ne savais plus quoi penser. Il était tellement mignon ; tellement gentil ; tellement désireux de me faire plaisir en choisissant une machine qui me plaise et me donne envie de refaire de la moto. ... Les images se bousculaient dans ma tête. C'est idiot, mais cette histoire de moto a contribué à me faire prendre conscience de l'hypocrisie de la vie que je vivais ; de mon égoïsme aussi. Finalement peut-être m'aimait-il vraiment ce mari ? Peut-être ne savait-il tout simplement pas me le dire ? Et justement n'était-il pas, sans le savoir, en train de m'en faire la preuve avec ce désir de partage de futures ballades en Provence sur son cheval fougueux, façon « *Easy Rider* » ?

Depuis plus de quatre ans, j'avais mis toute mon intelligence et mon habileté au service de l'autre pour cacher notre relation adultère m'obligeant à berner mon mari pour détourner ses éventuels soupçons. J'avais ainsi installé une revendication et une justification d'un besoin de rencontrer d'autres gens en dehors de lui ; j'avais même installé l'autre dans notre paysage. Oscar, même instinctivement énervé par l'évocation du nom de l'autre, ne pensait qu'à une relation épisodique amicale et intellectuelle et avait laissé faire. Sans rien comprendre d'autre que de ressentir une ombre qui planait entre nous, et surtout que je m'étais éloigné de lui. Pensant que le sexe ne m'intéressait pas, plus, que j'avais mes soucis de santé, de mélanome entre autres. Il mettait ça sur une conséquence de l'âge ; que nous avions franchi le cap des soixante ans. Il lui suffisait de vivre comme cela, tant qu'il m'avait auprès de lui, pour dormir, pour dîner, pour voyager, pour aller dans notre villa du midi, pour faire ses films avec moi. Et puis, justement pour ses films, cette « *ombre* » je l'avais justifié plusieurs fois par l'aide qu'il nous avait apportée pour nous obtenir quelques documents historiques dont celui sur Alexandre le Grand.

Mais, en ce début d'année 2015, l'autre toujours à la recherche d'un nouveau lien entre nous, d'un nouveau projet à partager pour entretenir la machine, se lança dans une recherche généalogique sur moi. Et sans vergogne, peut-être aussi par provocation, je m'en suis ouverte à Oscar. Lui ai montré des documents ! Là, ça l'agaça tout de même. Des recherches censées prouver ma lointaine parenté avec Louis XIV ... rien que ça. Comme par hasard Louis XIV, pour ce spécialiste du roi Soleil. N'était-ce pas une manœuvre de plus pour me séduire, pour avoir un prétexte de discussion, pour jeter une amarre de plus, pour enchaîner mon âme.

« *De quoi se mêle-t-il ce type* », s'énerva Oscar. « *Et qu'est-ce que c'est que cette histoire de parenté avec Louis XIV ?* ».

En fait j'étais tout de même gonflée pour ne pas dire perverse ! Je n'étais pas obligé de lui parler de cela. J'ai même évoqué, à la même époque, l'idée que nous puissions aller ensemble à une signature de dédicace de l'autre pour son nouvel ouvrage ! Oscar n'était pas contre, car ça lui permettrait enfin de rencontrer celui dont je lui parlais depuis maintenant fort longtemps. En même temps il avait très moyennement envie. Je n'ai pas poussé plus loin. Mais, maintenant que j'y pense, sans doute mon inconscient me poussait à ce qu'il se passe quelque chose. A ce qu'il y ait un clash, pour en finir. Car sans clash impliquant Oscar la routine était plus forte que tout.

Mais tout de même, je ne pouvais pas continuer comme cela. Enfin je me rendais compte que ce n'était pas très sain cette affaire. Mais comment arrêter ? L'emprise de l'autre était très forte ; plus forte que mon courage pour lui dire stop ; plus forte que les limites de mon souci de gentillesse et d'harmonie. A chaque fois je remettais la rupture et donc les nouveaux rendez-vous s'organisaient. Et puis comment revenir vers mon mari. Essayer de le séduire à nouveau ? Je sentais bien qu'un grand choc était indispensable, pour remettre les pendules à zéro. Mais quelle allait être sa réaction ? Je décidais déjà, tout de même, de me débarrasser de l'autre ; ce qui n'était pas une mince affaire. Bien qu'il sentait de plus en plus mes réticences en ce qui concernait les après-midi à l'hôtel.

Chaque fois que nous nous voyions, spécialement à l'hôtel, il insistait pour souligner, sur son ton plaintif, qu'il pensait que c'était peut-être la dernière fois ; la dernière fois qu'il me voyait, qu'il me possédait. Je lui répondais que c'était bien de vivre dans l'instant présent, et donc d'en profiter sans penser au lendemain. Un concept lieu commun, sans doute, mais parfaitement exact.

Et puis, il y eut le rendez-vous hôtel que je fis avorter ! Il fut très contrarié, mais c'était comme ça ! Nous avions, Oscar et moi, à fêter l'anniversaire de ma belle-sœur en Bretagne. Un anniversaire « *surprise* » ; et j'avais promis mon aide pour cette organisation. Beaucoup d'invités étaient attendus ; il fallait donc arriver dès le jeudi à plus de cinq-cents kilomètres de Paris pour que tout soit prêt, déco, boissons, buffet, pour le samedi. Le petit « *OK* » codé sur mon calendrier électronique figurait au vendredi. Sans état d'âme et soutenu par ce « *cas de force majeure* » qui finalement m'arrangeait, j'ai fait sauter le vendredi du Quai Voltaire au grand désespoir de l'autre ... qui sentait que c'était un avant signe supplémentaire de la fin proche de notre liaison.

<u>Oscar :</u>

Je me souviens très bien de l'anniversaire de ma sœur au fin fond de la Bretagne dans notre ancienne propriété familiale. Elle était censée ne pas être au courant, mais en fait avait deviné longtemps à l'avance. Elle avait fait semblant de ne pas savoir pour feindre la surprise. Ce genre de « *surprise* » fait souvent plus plaisir à ceux qui l'organisent qu'à celui, ou celle, à qui c'est censé faire plaisir. Eh oui, Bérangère s'était défoncée pour cet événement. Comme à son habitude ne ménageant pas sa peine et en faisant un maximum, parfois trop, ce qui avait toujours le don de m'irriter quelque peu. J'aurais pourtant dû me réjouir; ce fut sans doute la seule occasion où elle fit faux bond à l'autre. Mais je n'en fus même pas moi-même la cause directe qui était l'organisation de l'anniversaire de ma sœur ...

<u>Bérangère :</u>

J'avais prise ma décision ; il fallait bien y arriver à « *la* » dernière fois ! A mettre un terme à cette liaison qui devenait insensée. Sauf à choisir l'un pour l'autre. J'avais même quelque temps tenté de raisonner par l'absurde après que ma liaison se soit « *approfondie* », quand j'avais, de fait, virtuellement quitté Oscar sans qu'il en soit conscient.

Je me suis imaginé vivre avec l'autre ; même si cette problématique n'existait pas puisque, malgré ses grands serments d'amour, l'autre n'envisageait absolument pas de quitter son « *cordon bleu* » de femme ! Mais qu'importe ! Par exercice intellectuel et introspection personnelle, je m'étais projeté dans cette idée. Je quittais Oscar pour cet homme ; j'allais vivre avec lui au quotidien ; je faisais mes valises et quittais le domicile conjugal ! Et soudain l'horreur s'imposa à moi ! Fit exploser mes neurones, péter les plombs à mes synapses ! Au-delà des difficultés et des traumatismes inévitables, je ne me voyais pas du tout vivre avec l'autre. En fait bon nombre de choses m'étaient insupportables chez lui ; physiquement et aussi intellectuellement par ses prises de position, politique, religieuse, comportementale, à l'opposé des miennes, comme je l'ai déjà évoqué. On s'engueulait souvent, sur les élections où il ne votait pas, sur le pape François qu'il contestait en bon catho intégriste, etc ... Et puis c'est idiot, mais Oscar était beaucoup plus beau que lui. Ça comptait pour moi. Alors pourquoi continuais-je cette relation absurde plutôt que d'essayer de raviver l'amour et la complicité avec mon mari ? En fait je jouais sur les deux tableaux, courant deux lièvres à la fois, profitant d'un mari d'un côté et d'un amant en parallèle. Rien de très original. Peut-être ai-je, même inconsciemment, tout simplement utilisé l'autre pour mieux récupérer pleinement l'un ; mon mari. C'est un peu ce qui arriva !

Donc j'avais décidé d'agir ! Mais j'étais incapable de trancher dans le vif. D'un coup ! Sans doute par pusillanimité, même si je me justifiais moi-même en mettant ça sur le compte du désir de ne pas faire souffrir l'autre. S'offrait cependant pour moi l'opportunité de ce printemps 2015 et l'arrivée prochaine de la période estivale. Et donc de notre départ, Oscar et moi, pour cinq semaines dans le midi ; plus la prévision de la ballade en moto, l'un contre l'autre, à travers petits villages provençaux et plages dorées... Déjà, en préparation de cette période, j'avais accepté de passer de plus en plus de temps dans le midi avec mon mari, donc en dehors de l'orbite physique de l'autre. C'était un peu lâche le prétexte de l'été et ça n'avait pas vraiment marché l'année précédente, car j'avais replongé malgré une certaine forme de ras-le-bol. Ras-le-bol que je n'avais ni analysé ni assumé pleinement puisque j'avais continué de plus belle cette relation fin 2014 et début 2015. Ras le bol de l'autre et de ses pressions constantes, ras-le-bol d'une vie de mensonges et prise de conscience que c'était Oscar qui était important pour moi. Qu'il ne fallait pas que je foute tout en l'air. Besoin aussi d'harmonie et de sérénité, besoin également, peut-être tout simplement, de rendre mon mari heureux et épanoui ce qu'il n'était manifestement pas.

Donc, plutôt que d'arrêter net, ce qui était au-dessus de mes forces, je me décidais pour une date « *dernière fois* », à l'hôtel. Le dernier « *OK* », pour cette saison, sur le calendrier de mon Smartphone. Plus aucun autre derrière, même si nous avions encore plus de quatre semaines à passer à Paris. C'était un jeudi, bien évidemment. Le 18 juin 2015. Comme « *l'appel du 18 juin ...*» et le hasard fit qu'à cette même date nous avions un cocktail important, mon mari et moi, vers six heures de l'après-midi, non loin du Palais de l'Elysée. J'aurais pu, effectivement, décommander l'autre. Mais je n'eus pas le courage de lui faire de la peine. Et puis j'avais décidé de mettre les choses au point, face à face. De mettre un terme en me donnant une dernière fois à lui. Peut-être pas la meilleure méthode, mais c'était ainsi.

J'avais mis une petite robe noire, évasée, plutôt courte, assez sexy, que j'avais achetée la veille. Pas pour l'autre, comme l'avait pensé mon mari le jour même, mais pour lui ; pour lui faire honneur à cette réception. Après tout de même m'être offerte à mon amant à l'hôtel ...

Comme d'habitude, avec l'autre, nous déjeunâmes d'abord au café Voltaire et bûmes nos verres de vin, blanc pour lui et rouge pour moi, pour nous mettre en forme, où peut-être cacher un malaise grandissant entre nous. Sans doute parce qu'aussi, en « *tâche de fond* », je diffusais mon inquiétude concernant mon rendez-vous au cocktail avec Oscar, car je croyais, à tort, qu'il ne m'avait pas donné l'adresse du lieu où je devais le rejoindre. En fait, il m'avait envoyé un courriel, mais je n'en avais pas prise connaissance. Donc, j'avais l'esprit ailleurs et, paradoxalement, j'étais plus dans la perspective de ce rendez-vous avec mon mari en fin de journée que dans celle de mon après-midi avec mon amant. Inquiète aussi, pour arriver à l'heure, de ne pas parvenir à m'extirper à temps des griffes de l'autre et de ses prévisibles et inévitables jérémiades qu'il ne manquerait pas d'utiliser pour me retenir en découvrant ma nouvelle distance vis-à-vis de lui et surtout que je sois obligé de le quitter plus tôt qu'à nos habitudes. Je sentais bien, à son comportement subliminalement inquiet, qu'il avait la perception de tout cela ; manque d'harmonie ce jour là, devant nos verres de vin ...

Je lui annonçai donc que j'avais un rendez-vous à 18h et que je devais partir plus tôt de l'hôtel. Il fit aussitôt grise mine ; il apprécia peu que nous fussions obligés d'écourter notre après-midi amoureux. Surtout quand j'en rajoutai une couche en lui annonçant que c'était pour retrouver mon mari à un cocktail dans un endroit select ; et en plus organisé par la prestigieuse société d'investissement Carmignac, ce qui le faisait bêtement se sentir un peu minable par rapport à mon mari. Il ne cacha pas sa mauvaise humeur, confirmé qu'il était dans son sentiment que je lui échappais de plus en plus. Mais moi, ça ne résolvait pas mon problème. Je ne savais pas où je devais me rendre pour retrouver mon Oscar et j'étais donc incapable d'anticiper à quelle heure je devais partir de l'hôtel pour ne pas être en retard. Sans vergogne, tandis qu'il finissait son plat et buvait son verre de vin, je finis par saisir mon Smartphone devant son nez et commençais à rédiger mon message pour mon mari.

« Minou, tu ne m'oublies pas pour l'adresse du cocktail ? »

Oui, je sais ! Le *« tu ne m'oublies pas ? »* est ironique dans ces circonstances. Et puis, ces échanges de SMS avec mon mari alors que j'étais en face de l'autre c'était le monde à l'envers. Je trompais mon amant avec mon mari ... L'autre, me voyant pianoter sur mon appareil, était mort de jalousie, mais sans oser intervenir. Il voyait que c'était la fin, même s'il ne voulait pas l'admettre et ne l'admettrait sans doute jamais. Moi, je n'avais qu'une envie, qu'un désir, être à l'heure à mon rendez-vous avec Oscar.

Nous fîmes l'amour cet après-midi-là, mais l'autre sentait bien que je n'étais pas vraiment avec lui. J'ai essayé de lui expliquer que ça ne pouvait plus durer comme cela ; que ma vie était un chaos et que ce n'était pas une solution pour moi ; pour mon équilibre, mon épanouissement ; que ce qui était important pour moi, pour ma vie, c'était mon mari, ma famille. Il n'écoutait pas, ne voulait pas comprendre, essayait de changer de sujet de conversation.

L'heure de mon rendez-vous au cocktail du Pavillon Gabriel approchait. Ce n'était pas très loin à pied du Quai Voltaire, mais je voyais bien que l'autre, pressentant la fin, faisait tout pour me retenir ; pour me mettre en retard, dirais-je. Pour que je sois en porte à faux. J'ai tenu bon. Ce n'était pas facile d'aller contre sa volonté, son emprise. Et puis surtout il avait l'art, aussi, de se la jouer larmoyant, malheureux, abandonné, pour me serrer le cœur, me culpabiliser. Faire appel à ma gentillesse et à mon empathie, il savait très bien faire.

Il insista pour m'accompagner une partie du chemin, d'autant que c'était sa direction pour prendre son bus de l'autre côté de la place de la Concorde. Nous partîmes donc ensemble de cet hôtel qui avait été, depuis plus de deux ans, une bonne partie de ma vie et où je ne remettrai jamais les pieds. Nous remontâmes le long de la Seine et traversâmes le Pont de la Concorde. Le hasard aurait même pu faire que nous croisions mon mari en moto, car c'était sur son chemin en abordant la place de la Concorde. Il s'en est sans doute fallu de peu, de quelques minutes, peut-être de quelques secondes. Il aurait pu, arrêté au feu rouge, me voir traverser avec mon amant ...

Il m'accompagna donc jusqu'à l'angle de l'avenue Gabriel ; non loin de l'endroit exact où fut décapité Louis XVI comme me l'avait évoqué Oscar, quelques années auparavant, quand nous faisions des interviews d'historiens à l'hôtel de Crillon, l'immeuble jumeau du Ministère de la Marine, ancien garde des meubles des rois. Il m'a dit au revoir en me serrant très fort dans ses bras, mais il sentait bien que je n'étais pas réceptive, pas disponible, mais déjà auprès d'Oscar qui m'attendait à une centaine de mètres de là sans pouvoir s'imaginer que j'étais avec mon amant, tout près. Je m'arrachais de son emprise qui m'hurlait silencieusement, encore quelques minutes s'il te plait, quelques secondes de plus ; à l'instar de la Comtesse du Barry également décapitée non loin de l'endroit où nous nous trouvions, suppliant son bourreau en ces termes, suivant la légende : « *Encore un moment, monsieur le bourreau* ». Moi j'en avais marre de ces atermoiements pénibles et puérils. Je partis sans me retourner, et accélérais le pas pour ne pas être trop en retard. Ne pensant qu'à mon mari, gommant cette journée qui me mettait mal à l'aise, qui me donnait le sentiment d'être sale.

<u>Oscar :</u>

Pour arriver jusqu'au Pavillon Gabriel en moto, ça avait été très vite en se faufilant à travers la circulation, d'ailleurs pas très dense ce jour-là. J'avais suivi la Seine jusqu'à la place de la Concorde que j'avais contournée pour m'engager dans l'avenue Gabriel et me garer non loin de l'entrée du Pavillon sur le trottoir en terre à cet endroit-là. En fait j'étais à deux pas des murs arrières de l'Elysée. En attestaient une importante présence policière et des barrières antiémeutes tout le long de cette étroite avenue bordée de nombreux arbres de part et d'autre. J'étais donc un peu en avance à notre conférence cocktail de la société de placement Carmignac chez qui nous avions, Bérangère et moi, une partie de notre patrimoine. Investissement du reste pas terrible malgré les promesses répétées de notre interlocuteur conseiller ; au demeurant charmant comme tout bon commercial.

Bérangère n'était pas encore arrivée ; j'en fus un peu déçu. Où pouvait-elle bien traîner dans Paris avec sa nouvelle petite robe sexy noire ? Cette interrogation tournait en rémanence dans mon esprit, mais sans qu'elle ne prenne une place prépondérante ; sans que la mayonnaise cérébrale suspicieuse ne prenne. Ce n'était encore que ce genre d'ombre paranoïaque qu'on chasse facilement d'un revers de main ; un peu comme une mouche importune.

Bérangère :

J'étais en retard ! Il m'avait mis en retard sciemment, pour montrer son pouvoir sur moi, pour me mettre en porte à faux vis-à-vis d'Oscar. La conférence était commencée quand je suis arrivée et je me suis glissée sur un siège au fond de la salle faute de pouvoir repérer Oscar. Alors que la conférence financière prenait son rythme de croisière avec moult spéculations sur les conjonctures internationales et nationales, politiques et économiques, et moult graphiques d'explications, je sentis la vibration de mon Smartphone. Un SMS ! Mon premier réflexe fut de penser que c'était l'autre qui revenait à la charge pour essayer de se rassurer ayant bien compris, malgré tout, que notre liaison était en train de se finir. Mais non ! C'était Oscar qui, conscient qu'il n'était pas facile à repérer dans la foule assise, m'expliquait qu'il était dans les premiers rangs sur la droite. Je jetais un coup d'œil et effectivement je le repérais. Il tournait la tête vers moi et me fit un grand sourire et un petit geste de la main que je lui retournais très vite, mais ne sachant pas trop quelle attitude prendre tant mon mal-être et ma culpabilité étaient grands alors que dans mes entrailles étaient encore présents les séquelles des semences de l'autre ...

<u>Oscar :</u>

Avec le recul je comprends la perception subliminale que je ressentis. Ma femme était « *bizarre* » ; comme un peu à côté de ses pompes. Maintenant je sais pourquoi et je comprends ; on le serait à moins. Elle était tout simplement en procédure de rupture avec son amant et venait me retrouver pour ce cocktail après un après-midi passé à l'hôtel à faire l'amour avec lui. Peut-être même avait elle encore l'odeur de cet homme sur elle, l'odeur de son sperme, puis-je imaginer ! Donc elle devait tout de même avoir un sentiment de mal aise, de culpabilité, et se demander comment arriver à se débarrasser définitivement de ce Monsieur qui devenait vraiment trop encombrant ; et en parallèle comment renouer entre nous, doucement, en fondu enchaîné, afin de n'entraîner aucun commencement de suspicion de ma part.

Le cocktail s'est déroulé agréablement avec de forts bons vins ; nous avons même bu un peu trop et nous avons retrouvé deux couples de connaissances. J'avais le sentiment contrariant de ne pas assez m'occuper de ma femme pris que j'étais par mes discussions financières. Elle-même bavardait avec l'une des femmes que nous avions connues lors de notre voyage en Thaïlande début 2014. Je m'en voulais de ne pas être plus disponible pour Bérangère. Mais apparemment ça ne la dérangeait pas ! Maintenant je me dis qu'au contraire, vu le contexte, ça l'arrangeait.

<u>Lendemain matin, vendredi 19 juin 2015.</u>

<u>Bureau de l'autre, 7éme arrondissement :</u>

Il a bien senti qu'elle n'était plus la même hier, avec lui à l'hôtel. Elle était ailleurs, distante, quand ils avaient fait l'amour alors que cela faisait plus d'un mois et demi qu'ils ne s'étaient pas retrouvés à l'hôtel ; et manifestement ça ne lui avait pas manqué. Il le sentait déjà depuis quelque temps à l'occasion de leurs rendez-vous, de plus en plus espacés, aux restaurants comme à l'hôtel. Elle s'éloignait de lui après avoir pourtant été très proche cette fin d'année 2014 et ce début 2015. Depuis plusieurs semaines elle n'était plus aussi spontanée pour accepter d'organiser leur calendrier ; calendrier du reste à ce jour totalement vierge ! Plus aucun rendez-vous programmé alors qu'elle ne partait dans le midi que dans un mois. Et elle lui avait même fait sauter un rendez-vous à l'hôtel avec pour excuse l'anniversaire de sa belle sœur ; ça lui avait coûté la réservation d'hôtel pour rien ! Et il n'avait pas été entièrement convaincu ; ça avait peut-être été un prétexte ? D'autant que ces derniers mois, elle avait acceptée plusieurs fois de partir plus de trois semaines en Provence avec son mari. Sans rechigner ; sans s'en plaindre devant lui comme avant. Et puis hier elle n'avait qu'une obsession ! Ne pas être en retard à son rendez-vous avec son mari pour ce fichu cocktail. Il l'avait senti très loin de lui lors de toute cette marche qu'ils avaient faite, rue de Lille, puis boulevard Saint-Germain ; et la traversée du pont de la Concorde jusqu'à l'embranchement de l'avenue Gabriel ... Il l'avait senti nettement mal à l'aise ; culpabilisée même, ce qui était nouveau.

Il fallait qu'il la reprenne en main, très vite ; il saisit son Smartphone ; il hésita à peine ; il fallait qu'il lui envoie un message. Un SMS, plus pour se rassurer qu'autre chose ; mais ça avait si bien marché tout au long de ces dernières années. Il commença à tapoter son clavier pour faire le nom codé qui correspondait à Bérangère et accéder à son numéro de portable puis écrivit : « *Mon amour chéri ... *». Après un moment d'hésitation, il appuya sur le bouton virtuel intitulé : envoi.

Et puis, ni tenant plus, profitant de l'heure matinale lui offrant une longue plage de solitude avant l'arrivée de son patron, il rechercha dans son ordinateur les quelques rares photos qu'il avait d'elle. Les images apparurent à l'écran lui apportant un mélange confus d'immense bonheur et de frustrations intenses alimentées par la conscience qu'il était en train de la perdre. Il essaya de privilégier son premier sentiment, celui de plénitude, et ouvrit sa braguette, défit sa ceinture, sortit son sexe turgescent et fit ce qu'il faisait pour compenser avant que Bérangère ne cède à ses avances ...

<u>Bérangère</u> :

Ça avait été pénible hier après-midi à l'hôtel et quand j'étais arrivé sur place au pavillon Gabriel pour rejoindre Oscar au cocktail j'étais bien mal dans ma peau. L'autre avait le don de me culpabiliser, de me créer une obligation envers lui. Il fallait que je prenne le large rapidement, car décidément il ne voulait pas comprendre que ça avait assez duré et que ça ne pouvait plus continuer comme ça. A chaque fois que j'essayais de lui décrire mon stress, mon mal-être croissant avec cette double vie, il balayait le problème d'un revers de main et revenait toujours à lui, à son besoin, sa nécessité même de me voir. Comme si j'étais l'air qu'il respirait ! Que pour lui c'était vital, qu'il ne pourrait vivre sans me voir. Il ne parlait que de lui se désintéressant totalement de mes propres problèmes, de mes propres angoisses. Aucune écoute, seulement des apitoiements sur lui même.

<u>Oscar</u> :

Je suis à la maison. Nous sommes rentrés tard hier soir après ce cocktail où nous avions beaucoup bu ; surtout moi. D'excellents vins. J'ai dormi comme une masse sans imaginer le moins du monde où ma femme avait bien pu passer l'après-midi du jour précédent avant de me rejoindre au Pavillon Gabriel. Hier, j'avais eu un sentiment de malaise en voyant ma femme partir avant le déjeuner, vêtue de sa nouvelle petite robe sexy, évasée, appelant la main de l'homme à aller s'y perdre. Moi je me disais que c'était pour aller faire la belle devant d'autres, d'autres que je ne connaissais pas, d'autres dont elle m'excluait. Mais impossible de lui dire, de l'exprimer. De toute manière elle a toujours réponse à tout et aurait ri de l'expression de mon malaise. Elle m'affirma que c'était pour le cocktail du soir, pour qu'elle soit belle, pour moi.

Depuis plusieurs semaines elle m'avait sollicité pour que je règle un problème de synchronisme, de reconnaissance, entre le kit mains libres de notre voiture, et son téléphone. Très pratique quand on veut téléphoner en conduisant et pour éviter les contraventions. J'avais traîné des pieds, car à chaque fois ça impliquait une prise de tête pour retrouver le bon processus entre l'ordinateur de la voiture et le téléphone. Ce matin-là, je ne sais pas pourquoi, je me décidais. Et puis je me rapprochais de plus en plus de Bérangère, j'avais envie de lui faire plaisir, de tenir compte de ses besoins de ce qu'elle me demandait, sans râler ! En fait, je me rends compte maintenant que je devais être de plus en plus mal à l'aise concernant nos rapports dans notre vie quotidienne. Je sentais qu'il fallait que nous refassions plein de choses ensemble même si évidemment notre nouvelle vie depuis environ trois ans impliquait que nous soyons tout le temps ensemble, ou presque ; mais vivre ensemble n'implique pas forcément d'être proche l'un de l'autre, c'est le drame de beaucoup de gens. Et puis il faut savoir gérer ce « *vivre ensemble* », et profiter de tous les instants de la vie ensemble, se faire plaisir l'un l'autre.

Il était environ midi. Je lui demandais de me passer son téléphone pour descendre au parking faire la manipulation. Elle pouvait difficilement me le refuser puisque qu'elle me réclamait de régler ce problème depuis plusieurs semaines. Ai-je senti une résistance à me confier son téléphone ? Une angoisse que je puisse découvrir quoi que ce soit ? Je ne sais pas ? Peut-être ! Elle me le tendit et je descendis au sous-sol en empruntant l'ascenseur. A peine ouvrais-je la portière de la voiture et m'installais-je sur le siège que son Smartphone s'alluma m'annonçant un nouveau message SMS. J'ai hésité ; avais-je le droit d'en prendre connaissance ? La tentation était trop forte, surtout avec ce sentiment diffus d'une ombre maléfique me menaçant, menaçant mon couple, depuis trop longtemps. J'ai donc regardé ! Et j'ai été servi !

« Mon amour chéri. J'espère te câliner à nouveau très bientôt ».

Le ciel me serait tombé sur la tête, je n'en aurais pas été plus abasourdi. Signé « *CH* » ? Qui était ce « *CH* » qui osait envoyer un message où il s'adressait à ma femme avec l'expression « *Mon amour chéri...* ». Ma femme c'était mon amour à moi, pas à ce CH, sans nom. Mes mains tremblaient, mon cœur battait ; et je savais que ma femme n'allait pas tarder à me rejoindre au garage pour prendre la voiture. J'ai remarqué tout de suite que ce SMS était isolé et ne faisait pas partie d'un fil de conversation. Autrement dit, les messages étaient surement effacés au fur et à mesure ; donc elle me cachait quelque chose. C'était le moins qu'on puisse dire ...

Dans un état second, j'ai noté le numéro de téléphone. En même temps je ne voulais pas accepter la réalité qui était toute crue, devant mes yeux ; et qui finalement corroborait ce que je ressentais de manière diffuse depuis longtemps. Mais pas au point de ce que sous-entendait ce message. Je ne pouvais admettre qu'un autre aima ma femme d'amour et la baisa régulièrement et plus particulièrement récemment, le jour d'avant. Et qu'il voulait remettre le couvert le plus vite possible. Puisque c'était l'information implicite de ce SMS !

J'étais donc complètement abasourdi dans la voiture, le téléphone de Bérangère à la main, dans la pénombre des sous-sols bétonnesques froids, gris, et vides. Malgré mon immense stress, j'ai réussi, je ne sais comment, à synchroniser le Smartphone de ma femme avec la voiture ; ce pour quoi j'étais venu. Le pire c'est que je me sentais coupable. Coupable d'effraction dans la correspondance de ma femme ; dans son intimité. Mon sentiment de culpabilité, la crainte qu'elle s'aperçoive que j'ai lu ce message, dépassait la vérité, la trahison, qui s'était affichée clairement et qui était d'une autre importance.

Ma femme arriva, pressée. Elle devait prendre la voiture pour aller rejoindre sa mère et l'emmener à un rendez-vous de médecin et elle était en retard. Immédiatement elle sentit que je n'étais pas dans mon état normal. Je n'en avais même pas conscience moi-même; mais paraît-il que je tremblais de tout mon corps. Je ne pouvais donc lui cacher ce que j'avais découvert afin de prendre le temps de la réflexion pour appréhender et digérer l'information. Et me fabriquer une contenance.

Après un moment d'inquiétude justifié par mon état de stress elle me questionna. Je lui montrai le fameux SMS félon. Elle le lu sans broncher. Son aplomb fut fantastique ! Son culot, cosmique ! Elle inversa immédiatement les rôles en éclatant de rire.

« *Mais tu es jaloux !* » fit-elle mine de s'étonner.

Sa réaction me désarçonna complètement. Ce ne devait pas être bien grave si elle avait cette attitude-là. C'est la force de ma femme, son pouvoir de dissimulation et d'improvisation. Elle aurait dû faire de la politique ! En aucun cas elle ne parut désarçonnée. Elle me fit gober n'importe quoi ; que c'était un jeu scénaristique poétique, etc … Je lui arguais que les termes étaient très précis et sans ambiguïté et n'avaient rien de poétique. Elle l'admit, mais tout en continuant à minimiser le problème. Elle en rajouta en m'expliquant comme une évidence qu'en plus j'étais beaucoup plus beau que lui, comme si c'était la justification ultime ! Le pire c'est que ça marcha. Je ne voulais pas croire que ma femme ai pu me tromper pendant toutes ces dernières années, devant mes yeux, m'en rendant quasiment complice ; complaisant. Il me fallu plusieurs semaines pour me rendre compte de l'étendue des dégâts. Un mari cocu est vraiment le dernier des crétins !

Quand j'arrivais au sous-sol et que je me suis approché du côté conducteur de notre voiture la porte était ouverte et j'ai vu mon mari en train de régler le problème de mon téléphone. Mais, tout de suite, j'ai compris qu'il n'était pas dans son état normal. De prime abord, j'en ai été très inquiète. Il était livide, tremblant, stressé. Sous le coup de l'émotion, il n'a jamais été capable de garder un secret bien longtemps et m'a donc très vite informé de ce qui avait provoqué chez lui cet état de quasi-catalepsie. Bizarrement j'en ai été soulagée, du genre ; ce n'est pas si grave que ça ! Ce n'est que ça ! Et puis, finalement, peut-être l'attendais-je depuis longtemps cette bavure. Et en plus ça venait d'une bêtise de l'autre provoquée par sa crainte que désormais j'allais me refuser à lui ; et arrêter notre relation. Il s'était pris à son propre jeu des SMS ; pourtant, je l'avais bien prévenu qu'il arrivait que mon mari ait dans ses mains mon téléphone. Le plus étonnant était que ce ne soit pas arrivé avant, mais je faisais bien attention à toujours effacer les messages entrants et sortants au fur et à mesure.

C'était enfin l'incident déclencheur. Etait-ce un hasard que ça advint juste au moment où j'avais décidé de mettre un terme à cette liaison ? Ce qui était sûr c'est qu'il y allait enfin avoir une fin à cette histoire, à ce mensonge de plus de quatre ans. Là, maintenant que mon mari avait la puce à l'oreille, plus rien n'était possible comme avant. Et j'avais donc tous les arguments par rapport à l'autre pour tout arrêter. Il l'avait bien cherché ; il n'avait qu'à s'en prendre à lui même. Par rapport à mon mari, c'était plus délicat. Je m'en tirais, pour le moment par une joyeuse pirouette ; joyeuse et sincère. Oui j'étais soulagé. Et surtout l'attitude, le comportement viscéral, devant mes yeux, de mon mari chéri, me prouvait combien il était touché ; et donc tenait à moi. Mon égocentrisme et mon besoin d'être rassurée sur mon pouvoir de séduction furent plus que comblés par l'attitude de mon époux. A ce moment-là, en ce qui me concerne, aucuns remords, aucun regret, mais l'immense plaisir de me rendre compte que mon mari tenait à moi, m'aimait tout simplement. Je ne me rendais pas encore compte que du coup ça balayait tous mes alibis et justifications de ma conduite envers lui ces dernières années. De toutes ces années où je l'ai privé d'une bonne partie, de la meilleure partie, de l'essentiel même, de ma tendresse, de mon amour, de mon énergie ; pour la donner à un autre.

D'une manière assez inconsciente, je ne me suis même pas inquiétée en perspective de la soirée qui allait suivre et nous mettre face à face avec cette nouvelle donne. En fait, j'étais aussi particulièrement en colère contre l'autre. En écrivant ce message particulièrement explicite, il n'avait écouté que son égoïsme, son mal-être, et en aucun cas il n'avait tenu compte de moi ; de ma position de femme mariée. Des représailles toujours possibles. Comment allait donc réagir Oscar une fois digérée l'information ?

Hors de question de tout lui avouer. J'avais trop peur, trop honte aussi peut-être. Mais je savais qu'il fallait faire face. Donc encore mentir, encore l'enfumer. Je passais donc l'après-midi à m'occuper de ma mère, de ses problèmes de santé, de son égocentrisme, avec en tâche de fond la nouvelle situation créée, appréhendant tout de même mon retour chez moi, et l'attitude de mon mari.

Etonnamment, il était très calme. Même s'il n'avait aucune idée de l'étendue de mes tromperies, il était soulagé, percevant nettement que ce SMS était fondamental. Un tournant. Une fin, un nouveau début, un éclairage. Il n'avait jamais bien compris cette relation qu'il avait minimisée, avec cet « *historien* » qui avait soi-disant voulu faire un film sur Louis XIV. Il avait toujours été gêné par cette relation en dehors de lui, mais qu'il pensait amicale, purement intellectuelle, professionnelle et épisodique. Et qu'il avait respectée pour moi, pensant que c'était bon pour mon épanouissement.

Bien entendu il me demanda tout de même des explications. Je repris la théorie du jeu poétique, du personnage fantasque qui vivait encore au siècle de Louis XIV et se payait de grands mots et de belles phrases alambiquées dans le cadre d'une préciosité surannée, assumée et revendiquée. Bien entendu je ne lui ai pas dit que cet homme était amoureux de moi, sans que je le sache, depuis l'adolescence. Bien entendu il me demanda si j'avais couché avec lui ; en me précisant qu'il ne le saurait sans doute jamais ce en quoi il se trompait. Bien entendu je lui répondis que non. Qu'il s'agissait d'une relation intellectuellement très proche, mais pas plus. Que l'autre aurait bien voulu, mais que ça n'avait pas été plus loin ; qu'il m'avait respecté. Il goba tout ; il avait envie de me croire. L'idée qu'un autre ait pu me posséder, l'idée que j'ai pu le tromper, le dépassait.

Rétrospectivement, je sais que je n'avais pas fait le bon choix à ce moment précis. J'avais été trop couarde. J'aurais dû tout avouer, tout dire, tout mettre sur la table. Lui faire au moins le cadeau de cette franchise pour régler le problème dans un gros clash et mieux pouvoir le surmonter. Au lieu de cela ce fut un long chemin de croix sur plus de quatre semaines ; jusqu'à ce que nous partions pour le midi en ce début d'été 2015. Car l'autre continuait à me tanner pour que nous déjeunions ensemble ... chaque fois étant la dernière fois.

Oscar :

Les explications de ma femme m'avaient apaisé, mais bien entendu ne m'avaient pas totalement convaincu même si à ce stade-là j'étais loin d'imaginer l'entière réalité de la situation. Mais je n'avais qu'une seule obsession en tête ; couper radicalement le cordon entre ma femme et cet autre univers qu'elle fréquentait devant mes yeux, en parallèle ; c'était l'occasion. J'avais une preuve et donc maintenant un point d'appuis pour soulever le sujet sans qu'elle ne monte systématiquement sur ses grands chevaux. Très calmement je lui demandai de régler le problème. Que je ne voulais plus qu'elle voie ce type, ces gens ... je ne savais pas exactement à qui j'avais à faire. Elle m'assura, avec l'air entendu, qu'elle allait s'en occuper. Comme s'il s'agissait de mettre fin à une relation purement formelle.

Et ce ne fut pas si simple ; je le compris bien vite, car maintenant étant passé en mode « *combat* » tout était bon pour tout vérifier, pour une inquisition absolue. On m'avait attaqué dans ma chair, dans ma vie, dans mon quotidien, dans mon centre de gravité, dans ma famille, et plus encore tout simplement dans mon bonheur, en se servant de ma femme, en envoutant mon épouse. Dans la pure tradition des films de vampires, Dracula ne peut entrer dans une maison à moins qu'un complice, qu'un envouté, ne lui ouvre la porte, ou la fenêtre, et ne l'invite à franchir le seuil. Et c'est ce qu'avait fait ma femme ! Elle avait laissé entrer le vampire dans notre couple. Un vampire qui nous avait sucé le sang de notre intimité pendant quatre ans. J'étais en position de légitime défense ; donc j'avais tous les droits. Et, au fur et à mesure de ce que je découvris, je m'en convainquis de plus en plus. Tous les droits, même celui de tuer, pensais-je dans une envolée matamorique. C'est ce que mérite celui qui essaye de vous voler votre femme. Celui qui a pris possession de son âme si longtemps. Malheureusement l'on ne se bat plus en duel depuis belle lurette. Dommage !

Bêtement je fis confiance à ma femme pour régler le problème, mais bien vite je compris que ce n'était pas si simple. Car en fait, je m'en rends compte maintenant, elle était en plein processus de rupture. Et une rupture c'est toujours douloureux et difficile pour les deux partis, y compris pour celui qui s'en va ! Qui arrête ! Évidemment, maintenant que je connais les liens d'envoutements qu'il avait su tisser, je comprends que c'était compliqué. Ou pas ! Comme un pansement à décoller ; d'un coup sec et puis c'est fini. Mais ce n'est pas le genre de ma femme. Trop gentille ; pas assez entière. Et puis avec l'autre qui ne l'entendait pas ainsi, c'était difficile. Un simple coup de fil de treize minutes qu'elle lui passa après être descendue dans la rue ne suffisait pas. Il voulait la voir. La revoir. Une dernière fois. C'était toujours la dernière fois. Il ne pouvait pas se passer d'elle ! Il ne voulait pas comprendre que sa proie lui échappait, que sa petite vie parallèle était caduque ...

Et Bérangère cédait, pour déjeuner, pas plus tout de même. Mais cela entraînait la persistance de son influence délétère et des mensonges. Je la voyais partir sans savoir si le problème était réglé ou pas. Et je ne lui mettais qu'une pression modérée pour respecter son libre arbitre et essayer d'éprouver son attitude et la profondeur de ses sentiments. Avec lui, avec moi ...

Car je commençais à découvrir l'étendue du désastre, à ouvrir petit à petit les yeux ; à tout découvrir. D'abord grâce au hasard qui enfin avait été de mon côté après toutes ces années, mais aussi parce que maintenant j'avais l'esprit fort aiguisé. J'étais devenu, malheureusement, le limier de mon propre foyer. Fouillant les courriels, les SMS, les numéros de téléphone sur les factures, les relevés bancaires, pour constater avec effarement la cadence infernale de la présence du numéro de l'autre sur les factures de l'opérateur Orange de ma femme.

Mais, bonne nouvelle évidente, c'était la panique dans le camp ennemi ! L'autre pétait carrément les plombs. Oubliant toute prudence, dissimulation, et surtout toute correction élémentaire, il appela Bérangère sur son portable un dimanche matin ! Donc forcément à la maison. Deux fois ; après et avant la messe. Car malgré son adultère, monsieur pratiquait ! Faut-il le rappeler, Monsieur était « *catholique intégriste* » en plus ! Un parfait hypocrite ! Le dimanche à la messe, et la semaine avec sa maîtresse trompant sans vergogne sa femme, par l'esprit comme par le sexe.

Donc, ce dimanche 28 juin, à 10h du matin, j'entendis le téléphone de Bérangère sonner dans son bureau. Je le saisi, mais trop tard ça avait raccroché. En jetant un œil sur l'origine de l'appel je m'attendais à y voir le nom de sa mère ou de son frère, ce qui arrivait souvent, mais non, avec étonnement je découvre affiché sur l'écran le fameux CH codé. Gonflé le mec tout de même ! Ma femme sortit alors de la salle de bain. Très calmement je lui tendis son téléphone :

« *On a essayé de t'appeler* » lui dis-je.

Mauvais signe, elle me mentit. Pour une fois très mal. Bredouillant que c'était notre fils cadet. Tu parles ! Un dimanche matin à 10h ; pas son genre ; plutôt en train de roupiller ... Mauvais mensonge ; il eut fallu que son immeuble fût en feu pour qu'il nous appelât un dimanche matin ! Je fis semblant de la croire pendant un temps puis revint à la charge. Difficile pour elle de tenir. Elle avoua ; oui c'était l'autre !

Le pire c'est qu'il récidiva à midi ! Incroyable ! Lui si sournois d'habitude, si prudent toutes ces années, il ne se tenait plus ; c'était vraiment la panique ! Et elle m'expliqua que sans doute avait-il appelé la première fois juste avant d'aller à la messe, comme tous les dimanches où il s'y rendait seul, ou avec son fils, mais toujours sans sa femme, donc libre d'appeler, puis une deuxième fois juste après. Elle développa ; il était tellement malheureux, le pauvre, qu'il en était au bord du suicide ... eh oui, à la rouerie du début il ajoutait le chantage affectif au suicide sur la fin ... J'avoue franchement que j'ai espéré qu'il accomplisse sa menace. Ce serait bon débarra !

Ce que j'aurais dû faire !

Saisir calmement le téléphone de ma femme et rappeler ce CH.

Il décroche ! La voix enjouée, ravie qu'elle lui réponde. Manque de pot pour lui, c'est moi, le mari !

« Monsieur Levain ? » dis-je ... long blanc à l'appareil puis un :

« Lui même ».

« Oscar, le mari de Bérengère à l'appareil ; vous vouliez parler à ma femme ? Vous l'avez appelé deux fois ce matin. Voulez-vous que je vous la passe ... ? »

Ma femme me regarde, paniquée, avec des gestes de dénégation.

« Je crois que vous aimez bien ma femme, apparemment, si je m'en réfère à votre dernier SMS envoyé il y a quelques jours, et à ces coups de fil intempestifs un dimanche matin ? ».

« Ah ... oui, oui... nos jeux de rôles poétiques ... » commença-t-il à expliquer, mal à l'aise. « Ne le prenez pas mal ... c'est juste un jeux, rien qu'un jeu, je peux vous expliquer ».

« Oui, je comprends bien … donc nous allons faire une petite explication de texte ? Vous êtes un littéraire, ça devrait vous plaire ? »

Pas de réponse. Seulement une respiration embarrassée.

« Donc, d'abord, dans ce fameux SMS : « Mon amour chéri » ? Ça me paraît assez clair, vous aimez ma femme, non ? Et pas qu'un peu ! Je ne vois pas où est le jeu de rôle poétique ».

Silence …

« Je continue. « J'espère te câliner à nouveau très bientôt ». Je vais traduire pour vous ? En fait ça veut dire que le jour précédent vous étiez en train de la baiser et que vous avez très envie de remettre le couvert le plus vite possible ? Et que vous sollicitez de sa part une nouvelle date de rendez-vous ? »

Léger affolement.

« Non, non, pas du tout. En fait je la connais depuis longtemps, nous étions à l'école ensemble, et nos relations sont tout à fait et seulement amicales, en souvenir du bon vieux temps de nos adolescences … »

« Oui, oui, j'ai bien compris que vous vous foutez de ma gueule ! »

« Au revoir Monsieur », répondit-il en appuyant sur le mot « Monsieur », puis silence. Il avait raccroché préférant la fuite à des explications impossible à justifier.

Mais ça ne s'est pas passé comme cela !

Paradoxalement cet épisode nous rapprocha. Elle était maintenant pleinement dans mon camp et nous parlions de lui comme d'un ennemi commun. Comme un problème à régler ; à éradiquer. Et entre temps nous nous étions, sur le plan sentimental et sexe, considérablement rapproché. Tout reprenait son cours qui eût dû être normal depuis longtemps ; puissance dix. La passion revenait petit à petit ; les mots d'amour aussi. Les barrières tombaient et nous parlions à cœurs ouverts de tout ce qu'on s'était, de part et d'autre, caché parfois depuis des dizaines d'années. La parole est souveraine ; même si elle ne règle pas tous les problèmes, elle y contribue grandement, si elle est honnête. Elle permet de faire au moins la moitié du chemin ...

J'avais à nouveau ma femme ; nous refaisions l'amour ; nous nous caressions. Je redécouvrais son corps superbe ; je n'avais plus peur de la toucher, de l'aimer ... J'étais à la fois transporté de joie et d'une tristesse infinie à l'idée de tout le temps que nous avions, perdu, gâché. A l'idée que je n'avais pas su la protéger ; la protéger d'elle même.

D'autant que bien vite, obsédé par le désir de comprendre, je continuais mon enquête rétrospective sur nos dernières années. D'autant que, durant celles-ci, s'étaient incrustés dans ma mémoire de nombreuses traces, de nombreux indices, de nombreuses interrogations restées sans réponse, et tournant en rémanence toujours prêtes à refaire sur place au moindre stimuli. Je me mis donc à fouiller de plus en plus profond, tel un chien enragé qui creuse désespérément pour retrouver son os caché longtemps auparavant. Et, très vite, je découvris les traces de cette affaire non seulement sur ses communications téléphoniques, mais aussi sur ses comptes bancaires. Car s'affichaient, s'égrenaient, au fil des mois, des dépenses de restaurants plutôt nombreuses et avec particulièrement un nom de restaurant qui revenait régulièrement. Le « *Costa d'Amalfi* ». En fait c'était devenu sa cantine ! Et comme par hasard juste à côté du bureau de l'autre ! Et, de plus, le goujat se faisait régulièrement inviter. Et puis aussi des sorties inquiétantes et régulières d'argent en espèces ... J'en aurai plus tard l'explication.

A ce stade, même si c'était évident, je ne savais pas encore de manière formelle qu'ils avaient couchés ensemble, qu'ils étaient amants depuis longtemps. En fait c'était flagrant par une multitude de signes, mais dans ma candeur et surtout dans mon désir de ne surtout pas vouloir y croire je marchais toujours dans l'explication officielle du gentil Monsieur amoureux transi qui aimerait bien, mais qui se contente d'une relation platonique, qui fait sa cour ... C'est ce qu'elle m'avait vendu ; il aurait bien aimé, mais non ça n'avait jamais été jusqu'au bout ... Elle n'avait jamais couché avec lui ! Pourtant le texte du SMS intercepté était clair.

« Mon amour chéri. J'espère te câliner à nouveau très bientôt ».

Je n'avais pas non plus encore une idée exacte de la durée de cette affaire ; et je sentais bien que le cordon n'était pas encore définitivement coupé. Il continuait à penser pouvoir la faire revenir sur sa rupture ; pouvoir la circonvenir à nouveau ; il n'avait rien compris. Pas compris qu'elle voulait, enfin, arrêter, et qu'en plus, maintenant, avec moi dans le jeu les yeux grands ouverts, c'était devenu impossible. Il prenait ses désirs pour des réalités. Ma femme m'avoua plus tard que, sans vergogne, il lui demandait de continuer leur relation, de continuer à la voir à l'hôtel. Il suffisait *« qu'il ne le sache pas »*, disait-il, en parlant de moi ! L'enfoiré. Maintenant je sais ce qu'est la haine envers un homme.

Un homme qui, en ciblant ma femme, m'a ciblé moi, mon foyer, mon couple, ma famille, ma liberté ; m'a attaqué dans ce qui m'est le plus cher, le plus intime. Il devait y avoir vengeance ; je devais le rencontrer et lui foutre mon poing dans la gueule à défaut de l'embrocher avec une rapière ; comme autrefois !

<u>Bérangère :</u>

Ces deux coups de fil du dimanche matin m'avaient rendu furieuse contre l'autre. Il pétait vraiment les plombs pour m'appeler comme ça, sachant très bien que je ne pouvais qu'être que chez moi, avec mon mari. Lui, évidemment, n'était pas chez lui ! Il était sorti pour aller à la messe avec son fils ; comme d'habitude sa femme n'étant pas très motivée pour les choses de la religion. Et il en avait profité pour me téléphoner; une fois avant l'office et une fois après. Que cherchait-il ? Sachant dans quelle position j'étais, c'était de la provocation. De la provocation d'un désespéré; il me mettait dans une situation impossible ! Il fallait en finir. Mais j'étais faible ... ou trop gentille, je ne sais pas. Dès le début de la semaine suivante, il m'a recontacté, supplié, et j'ai accepté de le revoir au restaurant. Une dernière fois... une de plus. A chaque fois c'était la dernière fois ! Il était si malheureux et surtout il jouait si bien les victimes, le mal-être, pour se faire plaindre, pour m'attendrir sachant que ça marchait à tous les coups ...

Mardi 14 juillet. Fête nationale et barbecue « *patriote* » chez ma mère dans sa résidence pour personnes âgées. Je me sens définitivement de plus en plus proche d'Oscar. J'aime à être à ses côtés et à partager avec lui ; même les corvées ... Comment tout cela a-t-il pu arriver ? Pendant toutes ces années. Ça me tourne dans la tête, surtout en voyant Oscar si gentil avec moi.

Lendemain matin 15 juillet, semaine précédant notre départ pour Cotignac. Oscar piaffe d'impatience de partir dans le sud. J'avais prévu, compte tenu de ce départ, ma journée de ce mercredi pour aller faire des courses que je ne peux faire qu'à Paris. Je m'en ouvre à Oscar que je sens très méfiant ; sur ses gardes. Il insiste plusieurs fois pour m'accompagner à moto; jouer les chauffeurs ... et plusieurs fois je refuse. J'ai eu tort. Sans vouloir me l'avouer, c'était tout simplement parce que je savais que l'autre allait forcément me contacter, comme d'habitude vers midi, par SMS quand je serai hors de chez moi. Il savait que je partais, deux jours plus tard, pour la période estivale jusqu'à septembre. Comme chaque été sa proie lui échappait pour une longue période et il détestait ça, craignant à chaque fois que je revienne dans l'orbite de mon mari, n'ayant pas compris que c'était déjà fait ; que notre histoire était caduque. Mais j'étais toujours en partie sous son influence dans le sens où j'acceptais toujours de le voir, « *une dernière fois* », même si je n'en pouvais plus, surtout maintenant que tout se remettait en place avec mon mari. Amour, sexe, communication ; tout en continuant à lui mentir. Plusieurs fois il avait essayé de savoir si j'avais eu des relations sexuelles avec l'autre et mes mensonges faisaient merveille. Il me croyait quand je lui disais que non, mais je pense que surtout ça l'arrangeait d'y croire.

En fait, j'étais dans un profond chaos, car en plus j'avais le droit à un chantage au suicide de l'autre, pour me culpabiliser ... et ça marchait. J'avais donc décidé que, s'il m'appelait, sachant très bien qu'il le ferait, j'accepterais de le voir, rapidement, de prendre un café avec lui, mais vraiment pour la dernière fois et pour bien qu'il comprenne ma décision irrévocable. Que je ne voulais plus le voir de quelque manière que ce soit. Que c'était fini. Que j'aimais et avais toujours aimé mon mari et que j'étais bien avec lui.

Il m'appela, évidemment, et nous nous retrouvâmes dans un café du boulevard Saint-Germain près de la rue de Rennes où j'avais prévu de faire mes courses. C'était à nouveau moi, comme au début, qui était maître de nos lieux de rencontre. Pas question de retourner dans son quartier même si je n'en étais pas très loin; il voulait me voir, à lui de se déplacer où ça m'arrangeait. Par contre, impossible de lui faire entendre raison. Il ne voulait rien comprendre; d'autant qu'il faisait toujours confiance en son pouvoir de subjugation sur moi. Il n'avait pas compris que je pouvais, enfin, lui résister ; que j'avais décidé ça depuis déjà plusieurs mois, jusqu'à lui signifier la dernière fois où nous nous étions retrouvés à l'hôtel. Décision que j'avais prise par moi même et qui s'était, évidemment, fortement renforcée maintenant que mon mari était en alerte et que nous nous étions retrouvés amoureux et amants. En fait, maintenant, je comprends ; l'autre me considérait comme faible et entièrement malléable et influençable par lui tant qu'il trouvait les mots adéquats ; que ce soit des mots d'amour, d'admiration, ou de plaintes sur lui-même et sa pauvre vie. Il avait une confiance totale en son ascendant sur moi, en son pouvoir de coercition avec ses déjeuners en rafales autour de son bureau et au rite régulier de l'hôtel du Quai Voltaire.

Et puis, sans doute, pensait-il que j'étais amoureuse de lui et que c'était uniquement par contraintes, conventions, habitudes, confort, que je ne me détachais pas de mon mari. Il était très imbu de lui, persuadé de mon amour et de mon attachement, et que si maintenant j'arrêtais tout c'était uniquement par ce que j'étais « *sous la coupe* » de mon mari. Que je n'avais donc pas « *mon libre arbitre* » répétait-il aussi. En gros, en fait, il me prenait pour une gourde entièrement à sa merci. Une conne entièrement dévolue à son bon plaisir. Il n'avait strictement rien compris ; mais sans doute lui avais-je donné des gages pour penser ce qu'il lui plaisait de penser ... Il me répétait sans cesse que nous pouvions continuer à nous voir ; qu'il suffisait que mon mari *« ne le sache pas ! »,* répétait-il encore et encore, sans toujours rien vouloir comprendre.

<u>Oscar :</u>

La gentillesse naturelle de ma femme, et peut-être aussi une propension à éviter la confrontation, à fuir la polémique, faisait qu'elle était incapable d'avoir vis-à-vis de lui une position tranchée, claire et net, du style : *« J'aime mon mari, je ne veux plus te voir ».*

Et donc, ce mercredi 15 juillet, quand je l'ai vu partir de notre appartement et refuser que je l'accompagne en moto, que je fasse le chauffeur, j'étais vraiment très mal à l'aise. C'était évident qu'une fois de plus elle allait retrouver l'autre. En même temps elle paraissait si sincère ... J'aurais dû lui imposer ma présence. Au lieu de ça j'ai rodé dans Paris autour de la rue de Verneuil, autour du bureau du *« diable ».* J'ai été tenté de rentrer dans son antre, d'aller à la confrontation ; je ne l'ai pas fait et j'ai eu tort ; mais ce n'était que partie remise.

Rentré chez moi, j'ai fini par faire des investigations finalement très simples ; bancaires et téléphoniques. Et très vite se sont affichés devant mes yeux de nombreux indices, évidents, de sa vie parallèle. Tout était devant moi depuis des années ; il suffisait de regarder. Ce n'était même pas de l'inquisition, c'était juste du bon sens, car au niveau des comptes elle faisait péter régulièrement son budget mensuel et tirait sur ses réserves. Ce qui avait eu le don de m'affoler et qui était évidemment un sujet de discorde et de friction entre nous renforçant la force centrifuge qui nous avait éloignées l'un de l'autre ces dernières années. Et là, en vérifiant en détail sur nos comptes en banque ses achats sur les derniers mois, je découvrais de nombreux règlements de restaurants ; des sommes importantes aussi, en liquide, tiré généralement les jeudis ... Et les restaurants étaient tous autour du bureau de la rue de Verneuil. Ainsi il me sautait aux yeux qu'elle déjeunait régulièrement avec l'autre, au restaurant. En tenant compte qu'ils devaient payer l'adition chacun leur tour ça multipliait au moins par deux les séances restaurants clandestines. En fait, je découvrais avec effarement que ça faisait une moyenne de deux restaurants par semaine quand nous étions à Paris. Quant aux factures de téléphones, s'étalaient bien visibles la répétition presque quotidienne du numéro de correspondant de l'autre. Principalement des SMS ...

Pendant que je me coltinais tous les soucis du quotidien financier et l'organisation de notre sécurité et retraite à venir, l'autre profitait du meilleur de ma femme ; sa disponibilité, sa santé, son amour, son attention, et même son fric ...

La vision de mes investigations inquisitoires sur les communications téléphoniques et les comptes de ma femme me tournaient en boucle dans la tête. Elle s'était bien foutue de ma gueule toutes ces années quand je la voyais partir juste avant le déjeuner, soi-disant pour aller faire des courses ou arpenter Paris. C'était pour aller déjeuner avec ce « *connard* » à sa cantine du Costa d'Amalfi ou à bien d'autres restos dont la nébuleuse entourait le bureau de l'autre.

Mais où pouvait-elle bien être, me torturais-je l'esprit ; perdue quelque part dans Paris avec ce « *salopard* » ?... Ainsi me vint l'idée, de plus en plus tenace, de déterminer où elle était ? Tout simplement avec son téléphone portable ! Honnêtement, j'y avais souvent pensé alors que des doutes, des intuitions, envahissaient mon esprit au sujet de Bérangère; mais je ne m'étais pas penché plus avant sur ce problème ; en fait n'ayant pas vraiment envie de le faire ; pas envie de fliquer ma femme. Je me serais trouvé minable de le faire. Mais là, maintenant, j'avais tous les droits ; c'était de la légitime défense ! Et surtout le droit de défendre ma femme contre sa propre faiblesse et contre l'influence délétère de l'autre.

J'ai donc cherché comment localiser le portable de ma femme pour savoir où elle était elle-même puisqu'elle ne le quittait jamais. J'ai tapé « *localisation Android* » dans la fenêtre de recherche de

Google ; et là j'ai été servi ... Car non seulement j'ai trouvé une application Android permettant de situer en temps réel, à l'instant T, la position de son téléphone personnel, mais j'ai aussi découvert un truc infernal sur Google Map ; l'option « *Vos trajets* ». J'avais souvent vu cette option en me servant de Google Map, mais, par paresse, sans aller jusqu'à y regarder de plus près. Et j'avais eu tort. En fait, tous mes trajets, où que je sois, en France ou à l'étranger, à l'autre bout du monde, étaient gardés en mémoire sur Google Map. Avec une précision incroyable ; les heures, le nom des lieux où j'avais stationné, magasins, hôtels, restaurants, chez moi, etc ... Une ligne bleu reliait jour après jour tous les points du globe où j'avais été chaque fois que mon téléphone était allumé et dans une zone couverte.

Évidemment, l'idée c'était d'aller consulter « *Vos trajets* » sur le compte Google de ma femme. D'autant plus facile que j'avais tous ses codes, téléphone, Net, etc ... en toute transparence ! En fait tout était à ma disposition depuis le début ... Donc je suis allé sur « *vos trajets* » de Google Map et me suis connecté au compte de ma femme.

Et là, ce fut le choc ! La réalité rejoignant mes pires cauchemars ... Je découvris tout son emploi du temps en remontant sur un an et demi. En fait depuis que nous étions passés sur Samsung Android. Et je vis se dérouler sous mes yeux les trajets qu'elle avait fait à Paris, jour après jour, avec une concentration incroyable d'activité autour de la rue de Verneuil. Et puis surtout apparu, avec un rythme régulier de tous les quinze jours, l'hôtel du quai Voltaire. Là, j'eu vraiment un nœud dans le ventre ; du mal à respirer ; l'estomac au bord des lèvres. Mentalement je la traite de tous les noms, menteuses, salope, putain ... Et alors même que je croyais qu'on s'était retrouvé, depuis le fameux SMS, elle continuait à le voir, à déjeuner avec lui au restaurant.

En fait non seulement je n'avais rien compris à ce qu'avait vécu ma femme toutes ces dernières années et m'avait imposé au quotidien, mais aussi rien de ce qui se passait réellement depuis plusieurs semaines. Car, depuis que j'avais découvert ce SMS d'amour, elle avait à gérer, en parallèle de notre vie de tous les jours, une rupture avec son amant. Amant oui, et ce mot me donnait des nausées, car bien évidemment j'étais obligé de me rendre à l'évidence, les passages illustrés par Google d'après-midi entiers à l'hôtel ne pouvaient n'avoir qu'un seul but ... En plein processus rupture donc ! Et de rupture douloureuse, au moins pour lui.

Que faire ? L'après-midi était déjà bien entamé. GoogleMap montrait qu'après environ une heure d'arrêt dans un café près du boulevard Saint-Germain, sans doute avec lui, elle était maintenant dans le quartier de Passy, plus très loin de chez nous. Donc surement seule en train de faire des courses. J'ai pris mon téléphone en tremblant et je l'ai appelé. Ça a sonné dans le vide et puis l'inévitable messagerie automatique. Soit elle ne voulait pas répondre, soit son téléphone était « *au fond de son sac* » et elle ne l'entendait pas. En fait il y avait une autre raison, que j'ai apprise un peu plus tard. Une raison tombant comme une punition divine, comme un symbole de la fin d'une période.

Bérangère :

J'avais bien senti la méfiance d'Oscar, ce matin en le quittant, quand j'avais refusé qu'il m'accompagne pour la journée et cette heure passée avec l'autre dans un café du boulevard Saint-Germain m'avait vraiment fait du mal ; vraiment bouleversée. Je n'étais pas du tout bien dans ma peau. Entre la tromperie sur plusieurs années que j'avais fait subir à Oscar et les pleurnicheries adolescentes de l'autre m'expliquant qu'il m'aimait, qu'il ne pouvait vivre sans me voir, qui me menaçait de se suicider, je me sentais coupable, coupable envers les deux hommes; responsable sans savoir qu'elle attitude prendre. L'autre me suppliait que nous continuions à nous voir, clandestinement, en faisant beaucoup plus attention. Et, toujours, que si Oscar « *ne savait pas* » c'était jouable. Il perdait la raison, dans l'état lamentable où il se complaisait. Une vraie loque ! Et je me disais que c'était à cause de moi, que j'étais une salope ; il réussissait merveilleusement à me culpabiliser et ne voulait pas comprendre que non seulement il m'était impossible de garder le moindre contact entre nous maintenant que mon mari était au courant, et donc hyper méfiant, mais qu'en plus je ne le désirais pas ; intrinsèquement pas ! Pour moi cette relation était finie. Que de toute manière, m'a décision était prise et irrévocable d'arrêter complètement cette folle liaison sauf à me séparer d'Oscar ; ce que je ne souhaitais évidemment pas et n'avais jamais envisagé. Depuis la dernière fois à l'hôtel où j'avais essayé de lui faire comprendre ma décision d'arrêter et son SMS du lendemain, je n'avais accepté de ne le revoir qu'uniquement par gentillesse et compassion. Pour moi c'était fini. Un point c'était tout !

Mais en même temps j'avais quand même vécu plus de quatre ans en symbiose continue, intellectuelle et amoureuse, avec cet homme. Et je ne pouvais pas ne pas être sensible à sa souffrance. En fait , c'était une rupture, je m'en rendais compte maintenant. Une vraie rupture; et une rupture c'est toujours compliquée. Ce que j'avais conçu et vécu comme un jeu sans conséquences, sans enjeux, n'en était pas un. N'en avait jamais été un. Nous étions maintenant dans la souffrance !

En même temps, ce qui me facilitait la tâche pour cette rupture était ma découverte d'une autre face du personnage qui avait su m'entraîner dans cette liaison. Et ce n'était pas très joli. En fait d'amour pour moi, je découvrais son égoïsme et tout son système de flagornerie qu'il avait utilisé pour mettre la haute main sur mes sentiments. Maintenant qu'il était à bout, depuis plusieurs semaines, il se laissait aller et je pouvais lire en lui en toute transparence. Il ne pensait qu'à lui ; à ses petits bonheurs hebdomadaires que je lui offrais. Au rayon de soleil que je lui avais apporté pendant toutes ces années. Il se foutait totalement de ce que ça entraînait pour moi, pour ma vie, pour mon couple, mon bonheur, ma sécurité. Il fallait tout simplement qu'il ait sa dose hebdomadaire de déjeuner avec moi, avec son soi-disant grand amour, et puis régulièrement nos ébats à l'hôtel et sa petite vie de bourgeois hypocrite lui allait très bien. Sans voir que ça me détruisait. Sans même se poser la question. C'était lui qui par son SMS intercepté et par ses coups de fil un dimanche matin m'avait exposé à d'éventuelles foudres de mon mari. Il se fichait aussi pas mal de faire du mal à sa propre femme et, évidemment, à mon mari qu'il détestait cordialement et dont, c'était un comble, il était maladivement jaloux.

Bref, j'étais vraiment dans une confusion profonde. D'autant que je voyais bien qu'il n'avait toujours rien compris. Qu'il n'arrivait pas admettre que c'était tout simplement fini. J'y avais déjà pensé, mais maintenant c'était évident que pour qu'il comprenne il fallait qu'Oscar intervienne d'une manière ou d'une autre. Qu'il y ait confrontation. Comment ? Je ne savais pas ! Mais s'était la seule solution pour que tout s'arrête.

C'est donc l'esprit très troublé, avec un sentiment de malaise profond que je quittais ce café du boulevard Saint-Germain en cette belle journée ensoleillée, et même très chaude, de juillet 2015. Malaise aussi d'avoir encore à mentir à Oscar, tout à l'heure, en le retrouvant, car il ne manquerait pas de m'interroger sur ce que j'avais fait de ma journée. Et je le sentais de plus en plus méfiant, inquisiteur. Le pauvre se débattait dans un maelstrom de pensées pour arriver à comprendre ce qui se passait, et ce qui s'était passé ces dernières années.

Mais, sans le savoir, je n'en étais qu'au tout début de mes épreuves pour cette journée !

Je pris donc le métro, avec la tête tout embrumée, pour arriver rue de Passy faire des courses avant de rentrer à la maison. Et ce fut dans le grand magasin « Zara » que ça arriva ! Peut-être un peu comme une punition. En fait, je ne sais pas très bien ce qui ce passa. Je me souviens avoir voulu faire un essayage et soudain je m'aperçus que mon sac n'était plus là. Je mis un moment à réaliser qu'on me l'avait tout simplement volé. Et moi, j'avais la tête tellement ailleurs, tellement embrumée dans mes pensées, mes contradictions, mes culpabilités, que je n'avais rien vu venir et sans doute avais-je été bien imprudente en posant mon sac pendant un essayage. En plus un très beau sac !

Là, j'ai vraiment cru devenir dingue. Je n'avais vraiment pas besoin de ça. Et je me trouvais soudain comme à poil ! Non seulement la perte de mon très beau sac de marques, mais surtout toute ma vie. Mon téléphone, mes clés, mes papiers, mon argent, mon passe de métro ... tout !

Évidemment je m'en suis ouverte aux responsables du magasin en espérant qu'ils aient des caméras qui aient pu filmer le voleur. Ils furent épouvantables ; ils craignaient tellement d'être mise en cause qu'ils ne firent même pas preuve de la moindre empathie à mon égard ni de propositions de m'aider d'une manière ou d'une autre. Bravo Zara, merci Zara ...

Le commissariat n'était pas très loin et sur mon trajet pour rentrer chez moi. Trois bons kilomètres à faire à pied, tout de même, car ne connaissant pas le numéro d'Oscar par cœur je ne pouvais même pas mendier un coup de téléphone pour l'appeler au secours. On oublie cette élémentaire précaution de connaître par cœur au moins un numéro de portable en cas de besoin pour appeler au secours. Car maintenant on ne fait plus l'effort de connaître par cœur nos principaux numéros comme autrefois. Oscar avait pourtant toujours insisté pour que j'apprenne le sien par cœur. Il en avait fait de même avec le mien.

Et donc, au commissariat ce ne fut pas mieux que chez Zara. Ils furent parfaitement désagréables, refusant de prendre en compte ma plainte pour vol de mon sac et de toutes mes affaires, car je ne pouvais pas leur présenter une pièce d'identité ! Un comble. Pour porter plainte concernant un vol de papiers d'identité, il faut avoir ses papiers d'identité ... !

<u>Oscar :</u>

J'attendais chez moi. J'attendais ma femme ; en ruminant de sombres pensées. Je me rendait littéralement malade de l'imaginer en train d'aller régulièrement se faire sauter par un homme dans cet hôtel romantique, face à la Passerelle des Arts sur la Seine, et dont je venais de découvrir les photos sur son site internet ; extérieures et intérieures ; même les chambres ... Je connaissais ce quartier par cœur depuis mon enfance. Mes grands-parents maternels y habitaient autrefois, tout près au bout de la rue de Seine, derrière l'Institut ; j'y avais été souvent. En fait je souffrais, je chialais, je hurlais tout seul, j'étais dans un état épouvantable. Maintenant, me remontaient en mémoire toutes ces situations avec Bérangère, que ce soit à Paris, dans le Var, en voyage, qui m'avaient troublées, que je n'avais pas compris à l'époque. Et maintenant tout s'éclairait ! J'avais une grille de lecture, une clé qui rendait tout transparent. Par exemple son manque d'appétence pour aller plus de deux semaines dans notre villa du midi. Son désir de revenir à Paris, d'avoir *« des choses à faire à Paris »* comme elle disait ; et quelles choses ...

Et je voyais les heures tourner. J'avais réessayé de la joindre ; en vain. Elle n'était tout de même pas avec lui !? Et n'était tout de même pas retournée dans cet hôtel ! Même mon jouet magique avec Google Map me trahissait. Aucune indication de localisation de son portable après trois heures de l'après-midi ; après être arrivée à Passy elle s'était évaporée. A croire qu'elle avait sciemment coupé son portable pour ne pas être géo-localisable.

Dix-huit heures ! Pas de nouvelles ! Comme auparavant j'étais partagé entre l'angoisse, l'inquiétude, la crainte qui lui soit arrivé quelque chose, et la colère contre elle avec le sentiment qu'elle se foutait vraiment de moi.

Il fallut attendre jusqu'à plus de dix-huit heures trente pour, à mon grand étonnement, entendre sonner à la porte ? Pourquoi n'utilisait-elle pas sa clé si c'était elle ?

Et c'était bien elle !

Bérangère :

J'étais épuisée avec tous ces kilomètres que j'avais dans les jambes; physiquement mais aussi nerveusement. Je ressentais l'impression d'avoir été violée à répétition entre les insistances culpabilisatrices de l'autre, la perte de mon sac avec tout ce qu'il contenait, les attitudes épouvantables des responsables de Zara, puis celles des flics. Je craignais la réaction d'Oscar en arrivant aussi bien concernant le vol que mes mensonges. C'est donc complètement en vrac que j'arrivai à notre immeuble et m'introduisis dans l'ascenseur comme dans un bref cocon protecteur provisoire me menant jusqu'à mon étage. Puis j'ai pressé le bouton de la sonnette de notre appartement. La porte s'ouvrit sur un Oscar dont l'attitude était un mélange de soulagement, d'interrogation, et d'hostilité. Je rentre et, au bord de la crise de nerfs, lui expose immédiatement les circonstances du vol de mon sac.

<u>Oscar :</u>

Là je suis embarrassé ! Je vois bien qu'elle n'est pas bien, qu'elle est traumatisée par ce vol, qu'elle est épuisée par sa marche, et en même temps j'ai vraiment envie de la prendre à partie, de la passer à la moulinette, de la mettre face à ses contradictions et surtout à ses multiples passages à l'hôtel du Quai Voltaire. Et là, dans l'état où elle se trouve ça m'est difficile d'en remettre une couche. En même temps je me connais, je suis incapable de garder pour moi tout ce que j'ai découvert ; au point où on en est, au temps aller jusqu'au bout. Je lui dis donc que je sais tout ; ses fréquentations multiples aux restaurants et surtout ses après-midi à hôtel !

Dans un premier temps, fidèle à ses habitudes, elle nia tout avec une puissance de conviction étonnante. Elle nia avoir, ce jour même, revu l'autre. Elle nia effrontément sa relation on ne peut plus suivie avec lui depuis au moins deux ans. Il fallu que je lui cite le nom de l'hôtel pour qu'elle apparaisse visiblement troublée. On le serait à moins. Mais elle contre-attaqua. Elle répondit à la question par une autre question. « *Comment sais-je tout cela ?* ». « *Quelle importance si c'est vrai !* », ai-je pensé très fort. En fait, elle était estomaquée que j'eusse de si bonnes informations. Peut-être se demandait-elle si je n'avais pas contacté l'autre et qu'il m'eut tout avoué … Et elle ne lâcha rien, concentrée uniquement sur sa demande concernant mes sources … et qui lui faisait gagner du temps afin de ne pas répondre. Je refusais de lui dire quoi que ce soit tant qu'elle n'aurait pas avoué. Elle finit par craquer. Bien obligée, elle n'avait pas d'échappatoire devant des preuves factuelles qui la condamnaient clairement.

Mais à peine avait-elle avoué qu'elle revient à la charge. Elle voulait toujours savoir comment je savais tout ça ? Comment tout ce qu'elle s'était évertuée à me cacher depuis plusieurs années était maintenant à ma pleine connaissance.

Je lâchai du leste en lui expliquant que son téléphone l'avait mouchardé, sans que moi-même je le sache, depuis près de deux ans. Sans parler de ses paiements cartes bleue de restaurants autour de la rue de Verneuil et de ses factures téléphoniques montrant, sans ambiguïté, une multitude de coups de téléphone et surtout de SMS vers le numéro de l'autre avec une cadence soutenue.

<u>Bérangère :</u>

Là, je n'en pouvais plus. L'accumulation des stress de la journée plus la mise en lumière d'Oscar de toutes mes turpitudes depuis toutes ces années m'achevèrent. Je m'effondrais, je craquais. Car là, il était violemment inquisitorial. Hors de ses gonds sous le coup de l'extrême émotion de ses découvertes. Il voulait en savoir plus, toujours plus ; je comprenais qu'il était dans un désarroi total et n'arrivait pas à comprendre mes actes, ma duplicité. Je lui expliquai que j'avais le sentiment qu'il ne m'aimait plus, qu'il se désintéressait de moi. Que je le dégoutais, que mon corps vieillissant ne l'attirait plus. Et lui de me répondre qu'à l'inverse il pensait que l'amour physique ne m'intéressait plus et qu'il mettait ça sur le compte de l'âge et du syndrome du « *vieux couple* ». En fait nous découvrions l'un et l'autre comme nous nous étions fourvoyé concernant nos sentiments et élans réciproques et combien nous avions été incapable de communication et de tout simplement parler. Parler de nos sentiments, parler de sexe. Et tout simplement nous dire que nous nous aimions …

Je lui ai dit, expliqué comme je l'avais senti si loin durant notre voyage en Italie et si peu enclin à un romantisme qui se prêtait pourtant si bien à ce type de périple; Florence, Sienne, Montepulciano ... Que nous n'avions pas été en osmose ... Ce qui avait contribué à me radicaliser contre lui et à ma décision de me donner à l'autre peu de temps après être revenue à Paris de ce voyage ...

<u>Oscar :</u>

Ah l'Italie ! Mais comment aurais-je pu lutter ? L'autre la couvrait de SMS. Elle était tout le temps avec son téléphone à la main en train, sans que je le sache, de communiquer avec l'autre qui n'en pouvait plus de la période d'été et qui l'attendait à Paris comme un fou à bout de patience. Alors comment aurions-nous pu être tous les deux en osmose avec ce « *Monsieur* » entre nous, présent à plein temps dans notre intimité. Et qui en faisait des tonnes avec ses déclarations d'amour et ses flagorneries. La comparaison était totalement en ma défaveur. Moi, engoncé dans nos routines de couple et ployant sous le poids des années en commun et l'autre avec l'attrait de la nouveauté et de l'interdit. Bérangère avait été totalement prise dans ses filets virtuels. Évidemment, si j'avais compris cette épistolaire correspondance virtuelle je me serais battu. Mais je n'avais rien compris ; senti, oui, mais compris, non ! Pourtant c'était visible tous les jours devant mon nez. Ma femme en permanence en tain de « *jouer* » avec son Smartphone ; en permanence dans l'attente d'un message. Droguée au SMS ...

<u>Bérangère :</u>

Il fallait en finir avec ce psychodrame. J'ai dit à Oscar que le mieux était que le lendemain, devant lui, j'appelle l'autre, pour mettre un terme définitif. Oscar hésita puis finalement me dit que c'était à lui d'appeler celui dont les actions délibérées et redondantes l'avaient fait, et le faisait tellement souffrir ; pour mettre les choses au point ; pour entendre le son de sa voix ; pour voir comment il allait réagir. Et qu'en suite il me le passerait pour une ultime communication. Et effectivement, il avait raison, il fallait qu'il y ait confrontation.

<u>Oscar :</u>

Maintenant que je savais que toute cette histoire était tout sauf platonique j'avais vraiment un grand besoin de me colleter avec ce monsieur. Le lendemain matin nous l'appelâmes. Mais, bien obligé, avec mon téléphone puisque celui de Bérangère avait été volé. Évidemment, il ne répondit pas et je dus me contenter de lui laisser un message de mise au point lui intimant de laisser définitivement tranquille ma femme ; de ne plus la harceler. Et de me rappeler afin qu'on en discute. Ce qu'évidemment, lâchement, il ne fit pas. Plusieurs jours passèrent et je voyais approcher la date de notre départ dans le midi pour plusieurs semaines.

Or, face à cette situation, mon insatisfaction et mes frustrations allaient en augmentant de ne pas pouvoir mettre un visage sur celui qui m'avait pourri la vie pendant plusieurs années ; de ne pas pouvoir lui signifier face à face de laisser définitivement tranquille Bérangère ; qu'il n'ose plus jamais prendre contact avec elle. Je décidais donc d'aller le voir avant qu'on parte, sur son terrain, à son bureau, pour une confrontation physique. D'autant que je voulais lui rendre tous ses bouquins qu'il s'était permis de donner à mon épouse tout au long de cette aventure. Des bouquins écrits par lui. Ces trucs illisibles de documentaliste uniquement digérables par des spécialistes et tous axés sur Louis XIV qui était son obsession; plus le fameux recueil de poésies qu'il avait écrit et finalisé pendant que nous étions en croisière, prétexte à ses nombreux SMS de l'époque ; un petit fascicule édité à compte d'auteur à deux cent exemplaires pour satisfaire son ego. Des vers qui lui ressemblaient beaucoup ; pompeux, prétentieux, lourds, complètement démodés. Et il avait osé, évidemment, y mettre en page de garde, à l'intention de Bérengère, des dédicaces codées pleine de sous-entendus. Des dédicaces gratinées ...

« Pour Bérangère à qui je confie le soin de choisir dans les pièces qui suivent les vers dont, ensuite, je composerai le bouquet de dédicaces que je veux offrir à chacun de ses mérites ... »

« Pour Bérangère, qui, méritant toutes les dédicaces, celles qu'elle pourrait deviner et celles que sa modestie ne lui permet pas d'imaginer, ne me laisse de possible alternative, pour ce livre, que celle de ne lui en faire aucune ... »

Ces dédicaces, hallucinantes, où il était clairement visible qu'il s'agissait de grandes déclarations d'amour, déguisées, fardées, exagérées et dans un ton tellement ampoulé que ça ne pouvait que prêter à en rire aux éclats et à s'interroger sur la santé mentale du bonhomme. Cet homme vivait-il encore au temps du 17 ème siècle !

Hors de question que nous gardassions ces livres à la maison. Leur seule vue était pour moi insupportable, m'apparaissant comme des témoins muets des turpitudes de ma femme et des prétentions de cet homme. De cet homme qui me haïssait pour la simple raison que j'étais le mari de celle qu'il avait été incapable d'essayer de séduire quand nous avions tous vingt ans. Car oui, je découvrais que quelqu'un dans cette ville de Paris, dans un rayon de quelques kilomètres de chez moi, me haïssait quotidiennement depuis longtemps et n'avait qu'une aspiration, qu'un rêve, être à ma place aux côtés de ma femme. Me voler ma femme !

Je découvrais qu'il m'avait dépouillé d'une partie de ma vie, de mes émotions, de mes tendresses, et même de mon argent à travers les dépenses qu'il avait fait faire à ma femme ; et depuis fort longtemps car je finis par comprendre qu'il s'agissait de quatre ans et demi de mensonges à dater du premier rendez-vous, début 2011, sous un faux nom et un prétexte fallacieux très bien trouvé et particulièrement pervers, car faisant appel à ma passion pour ce métier de réaliser des documentaires historiques. Cet homme, avec son faux nez du début et ses délires d'amour adolescent unilatérale, je me devais de le rencontrer, ne serait-ce que pour voir à quoi il ressemblait. Quel était celui qui avait su envoûter, accaparer, ma femme sur une si longue période. Il était essentiel que je le rencontrasse et que je lui flanquasse mon poing dans la gueule.

Bérangère essaya d'abord de m'en dissuader. Puis elle comprit que c'était crucial pour moi. Elle joua donc le jeu et m'aida en me donnant toutes les informations nécessaires pour le trouver à son bureau. Les jours et heures où j'avais des chances de le trouver, la disposition de ses bureaux encombrés de milliers de livres, l'absence de chaise « *visiteur* » en face de son exigu bureau, etc ... Nous fîmes, en toute complicité, un vrai plan de bataille.

<u>Bérangère :</u>

Ce fut un mercredi ; quelques jours avant notre départ de Paris. J'avoue avoir été très inquiète. Finalement tout était possible avec cette entrevue à haut risque. Ça pouvait se finir en pugilat, à l'hôpital ou au commissariat ... mais c'était sa faute, à l'autre ; il n'avait pas accepté une entrevue, une rencontre entre gentlemen en terrain neutre, dans un café, que j'avais essayé d'organiser et qu'il avait refusé. Et puis j'avais très bien compris que c'était un impératif pour Oscar de rencontrer physiquement cet homme qui m'avait séduite et avait été mon amant pendant plusieurs années. Ne serait-ce que pour voir la tête qu'il avait ! Car malgré ses recherches, Oscar n'avait pas, à cette époque, trouvé de photo de celui qui était devenu son pire ennemi. L'autre avec sa manie du secret s'était toujours débrouillé, malgré les parutions de ses bouquins, pour ne jamais paraître en photo sur le net. En fait, ironiquement, il y avait des photos de lui qui traînaient dans mon téléphone depuis plus de quatre ans, que j'avais prises lors de l'une de nos premières rencontres dans un café.

<u>Oscar :</u>

Trois photos de lui en train de fumer un affreux petit cigare ; l'air très suffisant de celui qui traque sa proie avec la certitude de pouvoir arriver à ses fins. Photos que je n'ai découvertes que bien plus tard, par hasard, au fond de la mémoire du disque dur de l'ordinateur de Bérangère. Résultat d'une ancienne sauvegarde de son vieux téléphone iPhone. Ses traits mous et prétentieux sont gravés dans ma mémoire avec une répulsion à hauteur, surement, de la haine qu'il avait développée envers moi. Mais au moment de cette découverte j'avais déjà rencontré ce Monsieur comme on va le découvrir ; et le moins qu'on puisse dire c'est qu'il avait changé en quatre ans ! Et pas en bien. J'ai eu le plaisir de constater que cette période ne lui avait pas réussi. Il avait grossi ; était devenu bouffi ; ses cheveux s'étaient considérablement clairsemés et avaient blanchis. Etaient-ce les conséquences de la rupture avec Bérangère ? Peut-être la boisson, le vin blanc et la bonne ripaille pour compenser ? Qu'importe ! Et puis comme on dit :

« Quand je me considère je me désole, mais quand je me compare je me console ! »

Aphorisme attribué à Monsieur de Talleyrand !

D'autant que ma femme m'a répété à de nombreuses reprises, que j'étais, paraît-il, *« beaucoup plus beau que lui »* ! En fait, pas très difficile vu l'individu !

<u>Bérangère :</u>

Il fallait donc qu'Oscar rencontre face à face l'autre ; et, symboliquement, il avait besoin de lui rendre en personne ces foutus bouquins qui traînaient sur nos étagères. Moi je n'ai pas tellement un rapport avec le symbolique, mais Oscar si ; énormément. Je l'ai bien compris quand par exemple il m'avait évoqué ce qu'il avait considéré comme un acte symbolique de notre séparation virtuelle; le sectionnement de son alliance suite à son accident de moto en 2011. Et puis, j'avais le sentiment qu'il ne voulait pas que l'autre sans sorte comme ça, sans dommages aussi bien physiques qu'émotionnels, sans payer. J'ai aidé Oscar en l'informant du jour où il avait le plus de chance de le trouver seul et l'ai renseigné sur l'agencement des lieux, des bureaux. En fait un vrai capharnaüm où l'on ne peut qu'à peine se mouvoir au milieu des piles de livres.

Cet homme, dès le début de sa prise de contact avec ma femme via notre société, avait refusé, naturellement, de faire ma connaissance, de me rencontrer physiquement. En fait il me niait, n'étant pour lui qu'un empêchement désincarné au déroulement de son bon plaisir et de sa main mise sur Bérangère. Il fallait que ça change ; que je lui inflige le désagrément de ma présence physique en confrontation faciale. Et donc, ce mercredi matin, après avoir fait un paquet des livres à lui rendre, j'enfourchai ma moto pour aller le voir. En espérant qu'il serait là, lui, et pas l'autre, son patron qui avait couvert avec complaisance ses turpitudes au sein de leur bureau QG de la rue de Verneuil.

J'arrivais donc à ce petit carrefour de deux rues où l'on ne passe jamais si on n'a pas une raison d'y aller. Des petites rue non loin du Musée d'Orsay. Ce n'était pas très réjouissant pour moi cette « *mission* » que je m'étais imposée à moi-même. Mais hors de question qu'il s'en tire comme cela, sans m'avoir vu au moins une fois les yeux dans les yeux. Sans que je lui rende ses putains de bouquins dédicacés avec sa prose bidon, emphatique, artificielle ; autant d'alibis pour des déclarations d'amour codées.

J'accoste un trottoir juste en face de son bureau ; assez large pour y garer une moto sans gêner. Je descends, béquille et enlève mon casque. En passant j'avais repéré qu'il y avait de la lumière et que la porte sur la rue était entrouverte ; excellent. Mais était-ce lui ou son complice qui était présent. Ou les deux ? Qu'importe ! Je veux d'abord me débarrasser de ces kilos de bouquins dédicacés que je suis en train de sortir de mon top case ; les renvoyer à l'envoyeur. Mais ce serait dommage qu'il n'y ait pas confrontation. Allais-je le frapper ? Je ne savais pas. Ce n'est vraiment pas mon genre la violence physique. En même temps c'était assez indispensable. Des gifles peut-être ? Moins violent, mais plus humiliant ...

Chargé de mon colis de bouquins ficelés entre eux et qui pèse son poids, je traverse donc la rue étroite pour me diriger vers la porte. Je n'ai qu'à la pousser, pas besoin de sonner, elle est entrouverte sans doute pour l'aération étant donné la chaleur de ce mois de juillet. Et comme prévu, grâce à la description de Bérangère, je tombe dans un labyrinthe de livres avec tout de suite sur la droite le bureau du Monsieur. Des locaux borgnes, les rares fenêtres ayant été condamnées. Comme indiqué, pas de siège en face du minuscule bureau et l'homme qui s'y trouve derrière se lève d'un coup. Ne l'ayant jamais vu je lui pose tout de même la question pour savoir s'il est celui que je cherche. D'autant que je ne m'attendais pas du tout à ce genre d'homme. Plutôt massif, du bide, les cheveux blancs dégarnis, de minuscules yeux bleus, porcins, derrière d'énormes lunettes. Pas sexy le Don Juan ! J'ai donc besoin de m'assurer que je m'adresse à la bonne personne. Il confirme !

Mon cœur s'emballe et mon estomac se noue alors. Je suis en face du salopard qui m'a, via ma femme, insidieusement pourri la vie depuis plus de quatre ans. J'aimerais rester calme, serein, mais le traumatisme est trop fort.

J'improvise donc : « *Tu n'es qu'une merde !* » dis-je en jetant, plus qu'en posant, le lourd paquet de bouquins sur son bureau. Un bruit mat se fait entendre quand le colis prend contact avec le bois du bureau et rebondi légèrement.

Et là, à mon grand étonnement, je me retrouve face à une loque. Il agit comme un lapin ébloui par les phares d'une voiture. C'est tout juste s'il ne me tend pas la joue. En fait toute son attitude, tout son « *langage corporel* », va dans ce sens. Donc je n'hésite pas puisque c'est ce qu'il veut !

Plusieurs allers et retours de gifles claquent sur son visage qui semble en redemander. Peut-être est-ce pour lui une pénitence ! Allers savoir avec ces cathos intégristes hypocrites ? Dans la manœuvre ses lunettes volent dans les airs ; et dans la foulée il s'effondre, en pleurnichant me répétant en boucle :

« *Mais je l'aime, je l'aime, je l'aime … *».

Là, j'avoue, il me surprend ; il n'essaye absolument pas de se défendre, de contre-attaquer, mais joue les victimes, les malheureux, en larme. Mais absolument pas dans une position de rédemption, d'excuse ou de regret par rapport à moi. Non, il justifie tout par son soi-disant grand amour, à sens unique, ressenti près d'un demi-siècle plus tôt dans le cadre de leur école commune.

En fait, très fort l'animal ! A se plaindre, à se positionner en tant que victime, il me retirait l'envie de lui cogner davantage dessus. Difficile de tirer sur une ambulance ...

<u>Bérangère :</u>

J'étais à la maison et folle d'inquiétude. Je redoutais ce qui allait se passer. Ce qui était en train de se passer. Aussi bien pour l'un que pour l'autre. Mais bien évidemment surtout pour Oscar ! Pourvu qu'il ne fasse pas une connerie. Qu'ils ne fassent pas de conneries ...

<u>Oscar :</u>

Une heure ! Cela dura une heure, cette conversation surréaliste avec l'ex-amant de ma femme. Le plus drôle est que l'animal était myope comme une taupe. Et donc, sans ses lunettes, vraiment handicapé. Il les cherchait dans son fouillis, mais plutôt à tâtons qu'avec ses yeux. Le pire est que j'ai presque eu pitié de lui en le voyant si diminué, bigleux, larmoyant. J'ai aussi cherché ses lunettes. Et puis je voulais qu'il me voit en face. Qu'il me voit bien clairement et nettement.

Pendant cette heure j'ai donc découvert ce monsieur. En fait, j'avais même l'impression qu'il se vautrait dans notre échange verbal tant il ne faisait rien pour couper court. Il n'a fait que se plaindre ; se plaindre encore et encore, à l'entendre, de sa pauvre vie. J'appris qu'il avait été un enfant de la Ddass, qu'il avait été adopté ; à l'évidence, éléments constitutifs pour lui d'un complexe d'infériorité et d'un besoin de revanche pour se forger un sentiment de supériorité.

Il me répéta à l'envi qu'il avait toujours été amoureux de Bérangère, dès l'âge de quatorze ans. Amoureux transi bien entendu. Mais, qu'il s'était tout de même marié avec une autre ; faute de mieux ! Il me déballait sa vie, m'avouant, rien de moins, que cette femme qu'il avait épousé il ne l'avait, soi-disant, jamais aimée ! Même s'il était pour lui hors de question de la quitter. En résumé, tout son argumentaire ne visait qu'à s'excuser lui-même ; que le manque de chance qui avait présidé à sa tendre enfance lui avait donné tous les droits y compris celui de créer une situation à même de détruire un couple dans l'unique but d'assouvir ses instincts et ses fantasmes d'adolescent.

S'il avait décidé de retrouver la trace de ma femme près de quarante cinq ans plus tard, puis de la contacter avec un prétexte fourni grâce aux sujets de mes propres films documentaires historiques, et enfin de tout mettre en œuvre pour la séduire, c'est parce qu'il était un pauvre malheureux qui avait eu une vie épouvantable. Et rien à foutre de la pagaille qu'il pouvait semer chez une femme en pleine interrogation sur ses pouvoirs de séductions face à la soixantaine approchant. Rien à foutre du mal qu'il pouvait provoquer dans un couple, du mal qu'il pouvait faire au conjoint. Et puis, il s'était même persuadé, je ne sais comment, que nous étions Bérangère et moi en instance de divorce ! Carrément ! Evidemment ça l'arrangeait, ça le déculpabilisait. Qu'importe d'avoir une liaison avec une femme mariée s'il arrivait à se convaincre qu'elle était malheureuse dans son couple et en cours de procédure de séparation. A aucun moment il ne s'était posé la question, il ne s'était étonné, qu'en pleine soi-disant « *instance de divorce* » nous partions très souvent en voyage ensemble, souvent à l'autre bout du monde. Que souvent nous allions tous les deux dans notre villa du Var. A priori on ne part pas en voyage d'agrément avec un conjoint dont on est en train de se séparer. Le vrai problème étant, il est vrai, l'attitude ambiguë de Bérangère ...

Donc l'enfoiré avait bien choisi sa défense ; il m'avait presque attendri avec cette heure de jérémiades où il me faisait jouer le rôle du psychiatre. Mais il fallait bien conclure et pour ce faire je l'ai sommé de ne plus jamais essayer de reprendre contact avec ma femme. C'est là où il a montré sa vraie nature. Son regard s'est durci et a pris un petit air ironique. Il m'a assuré que ça ne viendrait en tout cas jamais de lui ... sous-entendu, si ce devait être le cas, ça viendrait tout naturellement de ma femme qui ne pourrait s'empêcher de prendre contact avec lui et que ça, non seulement il ne pouvait rien faire contre, mais que c'était prévisible. Sous-entendu, c'était un amour partagé et je ne pouvais rien y faire.

Ce changement de comportement, son ton qui s'était durci, me prit de court. Je ne sus quel comportement adopter, mais je compris alors très bien que j'avais le vrai visage de cet homme qui m'avait berné, à travers ma femme, pendant plus de quatre ans. J'avais devant moi le visage d'un homme totalement égocentrique, ne pensant qu'à lui-même et à son bon plaisir. S'inventant toutes les bonnes excuses pour s'exonérer de ses responsabilités pour ce qu'il avait fait, non seulement à notre couple, mais aussi à sa propre femme. J'ai compris en un éclair qu'il était sincère quand il affirmait qu'il ne reprendrait pas contact avec ma femme dans le futur, mais que, pour lui, ce serait sans aucun doute elle qui le ferait. Qu'il était persuadé qu'elle était toujours amoureuse de lui ; que c'était seulement maintenant, parce que j'étais au courant de tout, qu'elle était contrainte à ne plus le voir, car n'ayant plus son « *libre arbitre* » comme il disait.

Il m'a carrément affirmé que la vie aurait dû être différente et que c'était lui qui aurait dû et devrait être aux côtés de Bérangère au lieu de moi ! Cet homme me jalousait, uniquement à cause de ma femme, depuis pas loin d'un demi-siècle. Il me haïssait et m'enviait alors que je ne lui avais jamais rien fait. Aucun tort; sauf celui d'avoir épousé une femme qui n'avait jamais jeté un regard sur lui, pas eu le moins commencement de début de flirt avec lui, et avait eu avant notre mariage bien d'autres aventures. Je lui rétorquais qu'à l'époque de notre jeunesse il n'avait pas fait beaucoup d'efforts pour la retrouver et la séduire quand il était encore temps. D'autant qu'en ce qui nous concerne nous ne nous étions marié qu'à l'âge de vingt huit ans, donc bien après que lui même n'ait épousé sa propre femme à l'âge de vingt ans. Etrange personnage rejetant sur les autres ses propres manquements, ses propres lâchetés, ses propres faiblesses et toute l'amertume de sa vie.

Il s'inventait une histoire d'amoureux maudits, mal mariés de part et d'autre, et donc dans l'impossibilité de vivre leur grand amour aussi bien dans l'ombre qu'en pleine lumière. Et ça, j'en suis intimement convaincu, il est encore dans cet état d'esprit.

L'idée me vint alors de lui parler de sa femme : « *Est-elle au courant ?* » lui demandais-je. « *Oui* » me répondit-il. « *De tout* » rajoutais-je ? « *Ah non, pas tout !* » Il venait là de me fournir des armes pour une vengeance plus accomplie. Pour que lui aussi il ait le bordel dans son couple.

Je dansais d'un pied sur l'autre. La mission que je m'étais moi-même imposée était accomplie, mais en même temps j'avais un goût amer dans la bouche, un sentiment d'inachevé, ne découvrant réellement que maintenant la vrai personnalité du salopard qui avait circonvenu ma femme toutes ces années. Là, j'avais vraiment envie de lui foutre mon poing dans la gueule ; jusqu'au sang ! L'aurais-je fait ? C'est le moment où mon téléphone choisit de sonner. J'ai hésité, puis j'ai pris la communication devant l'autre. C'était tout simplement ma femme !

<u>Bérangère :</u>

Plus d'une heure et demie s'était passée depuis le départ d'Oscar et je me faisais un sang d'encre ; les pires scénarios défilaient dans mon crâne. S'étaient-ils battus ? Peut-être étaient-ils à l'hôpital ou au commissariat ? J'imaginais le pire.

N'y tenant plus j'ai attrapé mon téléphone et, à la page des favoris, appuyé sur l'icône du visage souriant d'Oscar photographié sur une plage.

La sonnerie se mit en route ; allait-il répondre ? Oui ...

<u>Oscar :</u>

« Oui ma chérie ? Absolument, tout va bien on a fait connaissance ton copain et moi. Je suis en face de lui dans son bureau. Il m'a raconté plein de choses. Apparemment tu es très importante pour lui, encore plus que je ne l'imaginais. Veux-tu que je te le passe ? »

Il y eut un blanc. Manifestement Bérangère ne savait pas trop quoi dire. Puis elle me transmit un message ; son message à l'intention de l'autre en refusant de lui parler directement.

« Oui ma chérie, je transmets ! Oui je reviens très vite. A tout de suite ! Bisous ! ». Je raccrochais.

Puis je me tournais vers l'autre, toujours debout derrière son bureau, en chemise et cravate, un peu dépenaillé suite à la cascade de gifles que je lui avais infligé, l'air à la fois hagard et mauvais.

« Elle refuse de te parler, définitivement. Et elle me demande de te communiquer deux mots : Erreur et répulsion ! »

Je laissais passer quelques secondes, le temps qu'il imprime bien. Puis dis-je, pour conclure :

« Adieu Monsieur ! »

Et je tournai les talons pour sortir et quitter ce bureau glauque et poussiéreux, vestige d'un autre temps, sans un dernier regard pour l'autre, l'abandonnant à son triste sort et à ses justifications larmoyantes. J'ai rejoint ma moto et suis rentré chez moi retrouver ma petite femme chérie.

Parmi un maelstrom de pensées se bousculant dans ma tête l'une émergea soudain tout en conduisant ma Honda à travers la circulation parisienne. Je réalisais qu'à aucun moment il ne m'avait demandé des nouvelles de la santé de Bérangère alors qu'il savait très bien qu'elle venait de subir une assez grave opération récemment. Il ne pensait vraiment qu'à lui ...

<u>Bérangère :</u>

Je fus soulagée de récupérer mon mari en entier ! Soulagée et plutôt fière ; flattée, aussi, qu'il ait eu le courage et le culot d'aller affronter l'autre physiquement, sur son propre terrain. Un sentiment de vanité égocentrique de femelle satisfaite que son mâle soit prêt à se battre pour elle !

Apparemment, Oscar avait l'air satisfait de sa discussion de plus d'une heure avec celui qui avait pris tant d'importance dans ma vie ces dernières années au détriment de notre couple. Satisfait et en même temps frustré. Il avait le sentiment de s'être laissé berner par le masque pleurnichard et victimaire de l'autre. Et de n'avoir entrevu sa vraie personnalité, dure, égoïste, et retorde qu'à la fin. Je comprenais ce qu'il m'exprimait car j'avais moi-même eu ce sentiment.

<u>Oscar :</u>

« Heureux et forts sont ceux qui, pétris de certitudes, avancent dans la vie sans se poser de questions, sans se remettre en question. Mais aussi, peut-être, cette incroyable force n'est qu'un paravent masquant une faiblesse extrême ? » (Pierre-Henri de Guingois ; philosophe)

L'autre jour j'entendais Jean D'Ormesson à la télévision. Il expliquait qu'il avait un défaut ou, tout dépend du point de vue, une qualité, qui dans tous les cas entraîne un rapport de faiblesse face à quelqu'un de mauvaise foi, face à soi. C'est un état d'esprit, un comportement inné, dont on n'est esclave. La capacité incontournable de prendre en considération les arguments de l'autre même si l'on est parfaitement conscient de sa mauvaise foi. Même si c'est une polémique violente ; même si l'on est en face de son pire ennemi que l'on sait parfaitement en train d'essayer de vous duper, de vous écraser ; même si l'on a conscience de faire le jeu de son adversaire contre soi ! C'est une aptitude d'écoute, une aptitude de doute, de remise en question personnelle. Face à l'autre, l'on est irrésistiblement sensible à ses arguments, même d'évidence fallacieux, s'ils sont affirmés avec suffisamment de force, de crédibilité, de pugnacité. On se laisse ébranler par des affirmations que l'on sait parfaitement fausses ou biaisées et dommageables pour soi. On peu le constater lors de certains débats télévisés politiques donnant la parole à des personnages représentants des partis extrêmes. Ils assènent sans vergogne des contre-vérités tellement grosses qu'on se prend à douter de ses propres certitudes. Que, face à eux, ils mettent de facto mal à l'aise un débateur de bonne fois voulant développer une réflexion constructive.

Je me suis reconnu dans ce trait de caractère évoqué par d'Ormesson. La plupart du temps je prends très en considération les arguments qu'on m'oppose même si ça va contre moi ou contre ce que je veux exprimer et dont je suis convaincu. Je n'ai aucune certitude qui ne puisse être éventuellement ébranlée dans un premier temps. Ca peut me déstabiliser et, le temps que je puisse peser le pour et le contre, l'opportunité de répartie peut souvent être manquée.

C'est ce qui s'était passé dans cette heure d'entrevue avec l'autre. J'avais le sentiment qu'il s'était protégé de moi et rassuré lui-même en adoptant cette posture victimaire en décrivant sa vie, commencée à la Ddass, et subie comme un long chemin de croix dont le seul rayon de soleil aurait été son soi-disant « *grand amour* » éternel. Ce qui, bien évidemment, n'était en aucun cas une justification de son comportement et de son action de subjugation de ma femme. Mais au moins, maintenant, je savais la tête qu'il avait et je connaissais son antre ... Et j'avais la satisfaction de penser que, chaque jour qui viendra, il s'assiéra pour travailler à l'endroit même où je l'avais giflé, humilié, l'endroit où il s'était comporté en loque humaine en geignant sur son amour fantasmé de la femme d'un autre.

Mais j'avais tout de même un sentiment d'inachevé, de vengeance inachevée. Alors me revint à l'esprit un détail de notre conversation. Sa femme était au courant, oui, mais pas de tout comme il me l'avait précisé. Sous-entendu, elle ne savait pas pour les rendez-vous à l'hôtel qu'il s'était bien évidemment appliqué à cacher. Entre autres en payant à chaque fois en liquide, car elle avait accès à ses comptes en banque. Et moi je voulais qu'elle sache. Que le bordel qu'il avait créé au sein de mon couple il le subisse lui aussi.

Je décidais donc de tout raconter à sa femme. Je lui écrivis une longue lettre expliquant tout, en détail. Toutes les turpitudes de son mari jusqu'à sa lamentable prestation de loque humaine quand j'avais été le voir. Je lui racontais qu'il m'avait expliqué avoir toujours été obsédé par ma femme, et qu'il ne l'avait épousé, elle, que par défaut ; sous-entendu, sans amour. Et qu'il s'était plaint à ma femme, pour l'attendrir, de sa pauvre vie en couple sans amour. Oui c'est dur, mais je voulais faire mal, au moins aussi mal que ce qu'il m'avait fait si c'était possible. Il l'avait bien mérité ... Et j'ai posté la lettre.

Et puis, quelques jours plus tard, pour décompresser et me venger d'un destin qui m'avait bien mal servi ces dernières années, je décidais de jouer au loto. De jeter ainsi des dès à la face du hasard, de la chance. Puisque les « *cocus* » sont censés avoir du pot, et bien très bien ! Tentons le coup ! J'avais déjà joué, de temps en temps sans réelle conviction, et bien évidemment sans rien gagner.

Comme je l'ai déjà dit, j'étais même assez méprisant pour ce jeu, cette espèce d'impôt facultatif à l'envers, fabriquant quelques supers riches en jouant sur les espoirs des plus démunis. Le seul gagnant à tous les coups c'est l'Etat ! Finalement nous ! Comme au casino, la banque gagne à tous les coups. Mais me direz-vous « *l'espoir fait vivre* » ! Donc cette espérance de pouvoir changer sa vie, du jour au lendemain, du tout au tout, est sans conteste fabuleuse pour beaucoup. Car à la portée de tout le monde ; il suffit de jouer ...

évidemment ça coute quelques sous ... et environ une chance sur quatorze millions de remporter le gros lot !

Les pubs pour le Loto, à la télévision, ressassent jusqu'à l'écœurement ces espoirs de vie meilleurs uniquement basés sur le fric. Un ancien slogan de la Française des jeux m'avait particulièrement frappé, il y a quelques années.

« Cent pour cent des gagnants on tenté leur chance ! »

Comme ça, très vite, avec les images de bonheur outré sur fond de corne d'abondance et de montagne d'argent avec des comédiens illustrant jusqu'à la caricature la notion de joueurs à la fois simples et populaires qui s'envolent en hélicoptère ou en avion privé, ça donne l'impression fugace qu'il suffit de jouer pour gagner. Malin ! D'autant qu'à l'inverse, évidemment, si l'on ne joue pas on ne risque pas de gagner.

Mais il faut reconnaître que leur meilleur pub, depuis toujours, est tout simplement, structurellement, le fait aussi incroyable que ça puisse paraître qu'il y a des gagnants ; et souvent. Et parfois de véritable fortune ... Donc, la vraie erreur n'est-elle pas de ne pas jouer ... quand on pense à ce que ça peut débloquer dans une vie. Il est vrai qu'on peut aussi penser aux effets pervers ... péter les plombs, éloignement potentiel des amis, et même de la famille, forcément susceptibles de devenir jaloux, intéressés, etc ...

Mais bon, je me suis dit que c'était l'occasion de réessayer. Par le « *net* », bien sûr ! Pas question d'aller au tabac du coin pour remplir sa grille. Ses grilles et autres jokers ... Tout à domicile, jeux et résultats sur l'écran de l'ordinateur.

Pendant ce temps là, Paris 17éme arrondissement. Domicile de l'autre.

Il venait de recevoir le courrier ; dont une lettre adressée à sa femme, qu'il lui tendit. Alors que dans leur salon ils décachetaient tous deux leurs courriers respectifs, son sang se glaça quand il entendit le nom du mari de son ex-maîtresse prononcé d'une voix enjouée par sa femme. Manifestement la lettre qu'elle avait entre les mains provenait de celui qu'il haïssait. Son sang ne fit qu'un tour et, furibond, il arracha la lettre des mains de sa femme, interloquée par une si vive réaction. Qu'est-ce que c'était que cette histoire ? Il pensait en avoir fini avec ce fou furieux de mari cocu après la « *visite* » de celui-ci à son bureau. Les mots dansèrent fielleusement devant ses yeux à travers ses lunettes de myope. Des mots adressés directement à sa femme, sa propre femme ? Jamais il n'aurait cru cela possible ! Il lut en diagonal sous l'œil anxieux et intrigué de son épouse.

« J'ai beaucoup hésité à vous écrire. Mais je pense que vous avez le droit de savoir. Vous ne me connaissez pas et je ne vous connais pas. Mais nos époux réciproques se connaissent fort bien. Trop bien. Ils ont eu une liaison pendant près de 3 ans jusqu'à juin dernier.

La semaine dernière, mercredi vers 11h, j'ai été au bureau de votre mari, pour lui rapporter, accompagnés d'une lettre que vous trouverez ci-joint, tous ses livres (avec dédicaces amoureuses déguisées) que votre mari avait donnés à ma femme, Bérangère, et qui encombraient nos étagères. Je les ai posés sur son bureau et l'ai giflé à plusieurs reprises sans qu'il fasse quoi que ce soit pour se défendre. Aucun honneur, aucune prestance. J'avais affaire à une loque empêtrée dans ses croyances religieuses et son adultère qu'il ne justifie qu'en pleurnichant par son soi-disant grand amour depuis près de 50 ans. »

Ce rapide coup d'œil sur la lettre le renvoyait dans un flash à la haine pour cet homme dont il était jaloux depuis des décennies estimant avoir été dépossédé par lui de l'amour de sa vie. Tout avait été mis sur le papier concernant sa relation adultère. Le nom de l'hôtel apparaissait plusieurs fois. Il continua sa lecture silencieuse, debout, face à sa femme dont le visage interrogatif affichait des sentiments mêlés d'inquiétude et de d'appréhension.

« J'ai eu le très grand tort de ne pas assez comprendre ma femme et de ne pas lui avoir assez dit que je l'aimais, que je tenais à elle. Elle a succombé devant l'immense amour d'opérette de votre mari qu'elle ne partageait évidemment pas, mais qui lui offrait une solution provisoire face à nos malentendus de l'époque.

Et donc, depuis environ fin 2012 votre mari a organisé sa petite affaire en se servant bien évidemment de son bureau rue de Verneuil comme alibi et plaque tournante. Déjeuner au restaurant jusqu'à 2 fois par semaine et puis, quand nous étions sur Paris, tous les 15 jours, principalement le jeudi, des après-midi à l'hôtel du Quai Voltaire.

Madame, votre mari n'est amoureux que de lui-même et s'est bloqué dans son souvenir-écran de ma femme à 14 ans. Je pense vraiment qu'il a besoin de soins.

Je ne sais pas quel sera l'impact de cette lettre sur votre couple, mais j'estime que votre mari doit faire face, devant vous, à ses turpitudes. Sinon ce serait trop facile avec en plus les croyances religieuses qu'il affirme haut et fort. Quelle hypocrisie ! »

Oscar :

Après avoir mis au défi le hasard en satisfaisant mes impulsions « *lotoniennes* », j'ai repensé à la lettre que j'avais envoyée à la femme de l'autre. Elle avait dû arriver maintenant. Pas de réaction ! Évidemment il n'y en aurait sans doute jamais. Cette femme était manifestement sous la coupe de son mari. Elle était aparemment parfaitement au courant qu'il voyait une autre femme régulièrement et n'avait rien fait pour arrêter cela. En plus elle n'avait même pas de téléphone portable et encore moins d'adresse courriel, donc complètement débranchée de la vie moderne ; et elle ne travaillait pas et n'avait sans doute jamais travaillé. Donc, peu de chance qu'elle m'appelle pour essayer de me parler et d'en savoir plus.

C'était frustrant de ne pas savoir si elle avait lu ou pas cette lettre ; de ne pas connaître sa réaction. Eh bien, me suis-je dit, puisqu'elle ne m'appelle pas c'est moi qui vais l'appeler à une heure où je pouvais espérer qu'elle fût seule chez elle. Ce que je fis ! Au fond, pourquoi pas, l'autre ne s'était pas privé d'appeler la mienne extrêmement souvent.

Avec étonnement je découvris une femme charmante, qui savait très bien qui j'étais et que son mari déjeunait régulièrement avec ma femme. Et qui, loin de m'envoyer promener, était ravi de discuter avec moi. Nous bavardâmes près d'une heure. Ce que j'appris me confirma l'aspect autoritaire de l'autre en son foyer. Elle avait bien reçu la lettre, mais son mari était présent. Et, à peine l'avait-elle décachetée et qu'elle s'était exclamée mon nom avec un étonnement plutôt joyeux, elle n'eut pas le temps d'en lire une seule ligne ; son mari, blême, lui avait arraché la lettre des mains. Et c'est lui qui lui avait lu le contenu de la lettre, mais bien évidemment en l'édulcorant complètement. Ne parlant que du fait que j'étais venu pour lui rendre ses bouquins, sans plus. Sans préciser qu'il s'était laissé gifler ...

Puisqu'elle n'avait pas pu lire la lettre, je lui ai tout raconté. Bizarrement et contrairement à ce que j'aurais pu imaginer avec une certaine logique, elle ne s'est pas offusquée. Me disant qu'elle en avait vu d'autres et donc une réaction très mesurée. J'avoue me demander maintenant, avec le recul, si finalement elle n'était pas en fait parfaitement au courant et que, peut-être, il s'agissait d'un arrangement entre eux deux ; peut-être, n'ayant guère de goût pour satisfaire les appétits sexuels et amoureux de son mari s'était-elle réjouie qu'une autre face le boulot à sa place ? L'âme humaine est décidément insondable !

<u>Bérangère :</u>

Je ne sus que plus tard que mon mari avait appelé la femme de l'autre. Il me l'avoua et j'admets que sur l'instant ça me fit un choc. Très fort même. Mais bon si ça pouvait aider Oscar dans sa thérapie personnelle…

Et puis tout fut chamboulé par un événement incroyable, inespéré, rendant bien dérisoire toute cette guéguerre de mâle entre mon mari et mon ex-amant. C'était un jeudi matin ; il était environ huit heures et je préparais le petit déjeuner tandis qu'Oscar contrôlait ses courriels arrivés au petit matin. Soudain, alors que la bouilloire émettait son bruit infernal avant de finir par se calmer, je vis Oscar sortir de son bureau et se rapprocher de moi. Je crus un instant qu'il était malade, souffrant. Il était blanc comme un linge et avait vraiment un comportement bizarre. Après tout ce par quoi nous étions passés, j'ai craint le pire. Qu'avait-il encore trouvé. Sur quoi c'était-il focalisé à s'en rendre malade ?

Il s'approcha de moi, et d'une voix très douce et feutrée je l'entendis dire ces mots :

« Tu ne vas pas y croire ! Je viens de lire mes courriels. Et au beau milieu d'une douzaine de messages, il y en a un de la Française des Jeux ! J'avais complètement oublié, mais j'ai joué au loto il y a quelques jours. »

Sans comprendre et surtout sans réellement réaliser, je n'émis aucun son, dans l'attente de la suite. De l'improbable et pourtant logique suite de ses propos.

<u>Oscar :</u>

« Cinq cent mille », lâcha-t-il. *« Je n'arrive pas à y croire. J'ai gagné. Pas le gros lot, mais tout de même. Le bon chiffre du joker ! Incroyable ! »*

<u>Bérangère :</u>

Nous mîmes du temps à réaliser ce qui nous paraissait incroyable. Et surtout nous ne voulions pas, sans être réellement sûrs, nous réjouir trop vite. Tirer des plans sur la comète !

<u>Oscar :</u>

. Je me lançais dans la vérification en allant sur le site du Loto, et tout me confirmait que j'avais bien gagné. Que ce n'était pas une blague. Mais j'avoue que tant que je n'eus pas les sous sur mon compte en banque je n'arrivai pas à y croire. Et ce fut compliqué, car la Française des Jeux demandait de nombreuses preuves d'identité et leur site n'était pas des plus pratique et surtout efficient pour ces contrôles draconiens. Il y eut donc de nombreux échanges avec leurs services. Mais finalement, au bout de deux ou trois semaines, ce fut bon. L'argent était sur mon compte.

Psychologiquement je pris ça comme une compensation ! Un dédommagement des troubles que je venais de traverser, de cette trahison ayant duré plusieurs années. Ce fut un réel réconfort, même si en aucun cas ça ne gommait la souffrance et la tristesse que ça m'avait occasionnées, et que ça m'occasionne encore aujourd'hui.

Que dire ? J'ai été bafoué, humilié, durant ces quatre dernières années. Le pire ? Je ne peux m'en ouvrir à personne si ce n'est à la principale intéressée et responsable. En même temps j'ai eu la faiblesse de n'avoir pas su voir ce qui était devant mes yeux. Car j'avais tout devant les yeux. Des signaux forts et des signaux faibles comme ils disent au « *contrespionnage* ». Je n'ai pas su les interpréter ; ni en suivant mon intuition ; ni en étant à l'écoute en provocant la parole, la communication ; ni par des méthodes plus discutables tenant de l'investigation. Mille fois j'ai eu devant les yeux les signes qu'il y avait quelque chose qui n'allait pas. Mille fois j'ai décidé de les ignorer d'autant plus facilement qu'ils étaient aussi forcément immergés parmi tous les autres soucis du quotidien. Et puis je sais, c'est connu, le mari cocu est toujours le dernier au courant ...

Je me suis souvent demandé, et je me le demande encore, si elle avait vraiment aimé cet homme. Évidemment, elle m'a toujours répondu par la négative et effectivement je ne pense pas qu'elle l'ait aimé. Par contre il est manifeste qu'elle en a été amoureuse pendant une bonne période. Il avait tout fait pour la séduire, ne reculant devant aucune flagornerie, flatterie... Et puis, sans être amoureuse, elle n'aurait pas pu se donner à lui, faire l'amour avec lui, jouir et le faire jouir. Et pendant toute cette période, c'est évident qu'elle ne m'aimait pas. Elle ne m'aimait plus. Les rares fois où nous avons été en situation de faire l'amour elle restait sèche et indisponible ce qui évidemment me cassait complètement. Elle me rejetait comme si faire l'amour avec moi eut été tromper l'autre ! Évidemment ! En fait, j'ai dû ne voir que l'aspect mécanique de l'acte. Il eût fallu que je la re-séduise ... que par exemple lors de notre voyage en Toscane j'embraye sur un romantisme appuyé. Ce qui s'est passé par la suite, mais qui impliquait peut-être qu'on passe par ce traumatisme qu'est l'adultère ...

Quand j'y pense, je déteste cet homme qui nous a piégés. Et qui n'eut même pas l'élégance finale d'être bon joueur ; de privilégier le bonheur de Bérangère et son bien-être en me disant par exemple :

« Monsieur, j'ai aimé votre femme et je l'aime encore ; à en crever et j'en suis bien malheureux. Mais c'est « votre » femme et elle a fait son choix. Le bonheur qu'elle m'a apporté ces quelques années fut un rayon de soleil pour moi, un grand éclat de lumière inondant ma triste vie. J'ai bien compris qu'elle vous aime sincèrement et que cette aventure ne fut sans doute pour elle qu'une erreur alimentée par des incompréhensions entre vous et le poids cumulé des années passées. J'en suis désolé si j'ai pu vous faire souffrir, l'un comme à l'autre ; je m'en excuse et vous souhaite tout le bonheur possible à tous les deux. »

Ca, ça aurait eu de la gueule ! La classe ! En plus s'eut été dans le droit fil de la logique chrétienne dont ce Monsieur se réclamait. Je n'aurais pu que faire « *chapeau bas* » devant un tel altruisme. J'aurais pu mieux comprendre pourquoi ma femme avait passé tant d'heures, tant de temps avec lui ; détournant tant d'énergie à son profit. Il en aurait valu la peine. Mais non ; tout le contraire. Il n'a même pas accepté de me rencontrer en terrain neutre. Il a fallu que j'aille le débusquer chez lui, dans son antre, comme un rat au milieu de la poussière de ses bouquins pour pouvoir le regarder en face, les yeux dans les yeux.

C'est la première fois que je hais un homme viscéralement! Mais peut-être n'est-ce pas plus mal. Cela me permet de le mépriser alors que s'il avait eu du panache dans sa défaite j'eus été obligé de le respecter et d'estimer son brio. En tout état de cause ce ne fut pas le cas ; il se montra petit, vraiment tout petit ; minable !

Il n'en reste pas moins que je n'arrive toujours pas à comprendre ce qu'il s'est passé et l'ampleur que ça a pris sauf en me persuadant que ma femme est tombée dans un piège. Nous sommes tombés dans un piège. Elle a été délibérément ciblée et trompée au départ. Ça n'avait rien d'une rencontre fortuite ... Pour moi cet homme avait agi tel un cancer au sein de notre couple. Comme un cancer il avait profité d'une certaine fragilité de notre couple due à l'usure du temps ; des nombreuses et irremplaçables années passées ensembles qui peuvent séparer mais aussi qui peuvent consolider. On n'en avait oublié de s'aimer dans tous les sens du terme. Il était arrivé, sans le savoir, au bon moment de fragilité et surtout avait su très bien y faire, sans ménager sa peine, pour agrandir une fissure entre nous. Presque dès le départ il avait su installer leur relation dans un contexte amoureux et sensuel contribuant de facto à la faire basculer dans le mensonge, dans la clandestinité, par rapport à moi.

Le pire est pour moi ce sentiment amer et redondant de m'être, pendant plusieurs années, fait déposséder de l'amour de ma femme. Car non seulement elle avait assuré le bonheur et la libido de l'autre toutes ces années, mais en plus elle m'en avait privé, et pire que tout j'avais laissé faire ; j'avais été, tout simplement, exclu au profit de l'autre.

Comment tout ça a pu arriver ? Comment cet homme a-t-il pris possession de mon âme pendant si longtemps ? Comment a-t-il pu me séparer en partie de mon mari alors que je continuais à vivre normalement, quotidiennement, avec lui ? Comment mon mari n'a-t-il rien compris ? Ça le rend malade maintenant qu'avec le recul tout s'éclaire pour lui, paroles, situations, actions, énervements. Comme un texte codé dont soudain, grâce a la grille de lecture, l'on découvre la teneur, l'on comprend le sens. Il ne peut accepter de n'avoir pas compris alors que tout était devant ses yeux.

Mais l'autre a été très fort. C'était un plan conçu dès le départ et qu'il a bien entendu adapté aux situations au fur et à mesure. Il voulait me retrouver, me contacter, me voir seule et surtout installer tout de suite, dès le premier coup de fil, dès le premier café au bar du coin près de mon bureau, une clandestinité complice de nos rencontres par rapport à mon mari. Pourquoi ai-je joué le jeu ? M'avait-il dès le départ charmé par ses manières vieille France extrêmement polies ? Peut-être aussi n'attendais-je que ça !

Ce qui est sûr c'est qu'à partir du moment où j'acceptais de le voir de plus en plus souvent, les cafés se muant en restaurants, sans rien dire à Oscar, l'essentiel du travail était fait pour lui. Et même, je m'en aperçois maintenant, il y avait un chantage sous-jacent très fort pour que continue notre « *belle amitié* », et qu'il continue à m'appeler, à m'envoyer ses SMS d'amour. Qu'on continue à se voir était, de fait, conditionné par le fait que je n'en parlasse pas Oscar. Ou juste le minimum avec des prétextes de recherches historiques et de visites à Drouot pour des ventes aux enchères.

Quand Oscar insistait pour tout de même le rencontrer, ou plutôt rencontrer le groupe d'amis que j'avais plus ou moins inventé et que j'étais sensé fréquenter, j'arrivais à l'en dissuader en prétextant, calmement, que j'avais besoin de vivre par moi-même, de rencontrer des gens sans lui, car son charisme me ferait passer au second plan, m'éclipserait ; ça marchait. Je pense même qu'il le faisait par amour pour moi. Pour que je puisse m'épanouir dans des relations intellectuelles hors de sa sphère d'influence. Il a respecté mon souhait. Le pauvre ; maintenant il s'en mord les doigt. Mais c'est vrai, j'avais besoin d'exister par moi-même et non en fonction de lui. Et c'est ce que m'offrait l'autre sans même sans rendre compte. Je redevenais une femme libre, courtisée, avec son libre arbitre pour décider de céder aux avances ou pas.

Comment Oscar ne s'en est-il pas rendu compte pendant tout ce temps ? Quatre ans ! Il avait confiance … et puis mes alibis pour revenir à Paris ou ne pas trop en partir étaient étayés par les problèmes de santé de ma mère et les miens propres. Un mélanome, entre autres, qui nécessite des soins constants. L'on doit bruler les taches suspectes qui peuvent apparaître partout sur le corps y compris le visage. Je faisais faire ces opérations juste avant de descendre dans le midi pour ne pas apparaître défiguré ou le corps abîmé à Paris, devant mon amant ; dans la mesure du possible. Je réservais à mon mari les brulures inhérentes aux soins, sans me rendre compte de la perversité de ce choix. Jamais il n'aurait accepté ce dictat sur son emploi du temps, sur notre emploi du temps, sans ces besoins constants de consulter à Paris. C'est assez pervers, mais je me suis servi de mes problèmes de santé pour justifier de revenir à Paris et de mes rendez-vous en ville.

Avec le recul, c'est incroyable qu'il n'est pas réagi, cherché à savoir quand je partais vers midi, juste avant le déjeuner pour aller retrouver l'autre. Mais en même temps il savait que souvent je pouvais sauter un déjeuner. J'aurais eu l'air maline s'il m'avait proposé de m'accompagner et qu'on déjeune ensemble quelque part en ville …

Que pouvait-il dire, face à un problème de santé qui l'inquiétait, évidemment, au plus haut point ? Souvent en parlant de mes médecins, dermato, gynéco, généraliste, chirurgiens, il évoquait énervé mon « *staff* » de médecins innombrables. Dans le « *staff* » il oubliait un docteur. « *Le docteur l'autre* ». Celui que je voyais le plus souvent et me soignais à sa manière. Du moins je le pensais.

Je ne suis pas très fier de ce que j'ai fait. Alors, pourquoi l'ai-je fait et si longtemps ? D'abord c'étaient des périodes relativement courtes puisque sur ces quatre ans notre présence à Paris fut entrecoupée de nombreux voyages ou présence dans le midi. Et puis cet homme, l'autre, me tenait, je pense. Il savait y faire pour relancer toujours et toujours ; avec par exemple ses points d'interrogation par SMS quand je ne répondais pas assez vite. Et moi j'étais trop gentille ; je ne voulais pas lui faire de la peine et refuser ses rendez-vous programmés longtemps à l'avance à l'hôtel du Quai Voltaire. Jusqu'à ce que j'en eu réellement assez et que je voulus arrêter. Mais ce n'était pas facile ; une relation si intime, intellectuellement et physiquement, tissée pendant plus de quatre ans ne s'arrête pas comme ça du jour au lendemain.

Et ce fut justement, ce jeudi 18 juin 2015 à l'hôtel, quand j'ai essayé de lui faire comprendre que c'était fini, qu'il péta les plombs. Ce fut par sa propre faute que mon mari découvrit l'ampleur des dégâts à travers le SMS intercepté par hasard.

D'un autre côté j'ai vécu au tournant de ma soixantaine ce qu'il faut bien appelé une histoire d'amour, une aventure, une liaison. Une relation extra-conjugale avec son piment d'interdit ; même si c'était totalement dissymétrique, car, à l'entendre, j'étais pour l'autre son grand amour de toujours, et peut-être le suis-je encore. Pour moi ce n'était qu'une aventure qui devait durer ce qu'elle devait durer.

Pour les femmes l'ennemi véritable ce n'est pas l'âge mais le renoncement au désir et finalement cet homme m'a aidé à sortir de ce piège. Et puis, avec mon retour affectif auprès d'Oscar, j'ai pris conscience que l'approche de la vieillesse devient une nouvelle étape de développement de l'existence avec un corps auquel il faut s'adapter. Pour ne pas se retrouver coincé dans une représentation de soi-même d'il y a trente ans entraînant des souffrance inhérentes à ce décalage.

Et ce alors que j'ai fonctionné comme je fonctionnais quand j'avais vingt ans en me laissant courtiser longtemps, de longs mois pour finalement, parfois, succomber aux désirs de plus en plus insistants de mon admirateur. Il suffisait que je dise « *oui* » pour passer à la vitesse supérieure. Ce que je fis, avec l'autre, ce jour d'automne 2012 où il m'annonça, la voix tremblante, avoir retenu une chambre d'hôtel juste à côté.

Dois-je le regretter ? Dois-je m'en réjouir ? Je ne sais pas, mais ce qui est fait est fait, et sans doute une partie de cette affaire m'a fait du bien. Ça a été merveilleux de vivre par moi-même et de m'extraire de mon quotidien. En même temps je sais que je le fais payer cher à mon couple, à mon mari. J'ai bien conscience qu'il vit maintenant avec une femme qui l'a trahi, qui lui a menti pendant quatre ans. Et il peut en toute logique penser que je peux re-mentir à tout instant. Je vois bien au quotidien que c'est parfois lourd à porter. Mais c'est la vie et ce qui ne sépare pas rapproche. J'espère que nous avons encore devant nous de nombreuses et belles années à vivre ensemble, à partager et à nous aimer.

« Dans l'acte sexuel que connaissent les jeunes c'est toujours un pouvoir sur l'autre. Vieillir, c'est faire de la sexualité l'échange profond de deux êtres qui n'ont plus rien à prouver. Ton corps contre mon corps, c'est simplement magnifique. La vie elle-même est devenue un plaisir. » (Thérèse Clerc militante féministe de 71 ans)

<u>Oscar :</u>

Qu'il est difficile d'aimer quelqu'un qui vous a, systématiquement, consciemment, trahi avec application et constance sur plusieurs années. L'on dit que la trahison peut être pardonnée, mais jamais oubliée. C'est donc une condamnation à perpétuité qui m'a été infligée. Mais il faut vivre avec. Ça me rappelle une pièce d'Harold Pinter : « *Trahisons* » ! J'ai filmé cette pièce il y a bien longtemps, au début des années quatre-vingt. Le mari cocu était joué par Samy Frey et l'instant de l'intrigue où il comprend tout m'avait marqué ! L'instant où il comprend que sa femme, interprétée par la sublime Caroline Cellier, le trompait et en plus avec son meilleur ami joué par André Dussolier. « *Cinq ans !* » répétait-il, consterné, face à la caméra. « *Cinq ans !* ». J'avoue ne pas avoir envisagé à l'époque que ça puisse m'arriver à moi.

Maintenant nous avons changé notre manière de vivre ensemble, de nous aimer. En essayant de faire beaucoup de choses ensemble et des choses nouvelles dans la mesure du possible. Rien n'est jamais acquis et l'amour, plus que tout, doit toujours être entretenu. Déjà il faut l'exprimer et quant à le faire, c'est primordial. C'est le véritable lien charnel qui fait la force d'un couple. Si l'on baisse les bras et qu'on remet toujours au lendemain, c'est foutu.

Il faut, tels des amants qui se donnent rendez-vous pour des moments exceptionnels sachant qu'ils ne sont jamais sûrs de pouvoir se revoir, se concocter des moments magiques. Rester amants et pas seulement époux ! Il faut s'organiser des rendez-vous pour faire l'amour. Et surtout pas le soir, avant de dormir, après une journée fatigante et après avoir mangé, bu et regardé la télé. Non des rendez-vous précis, où chacun sait à l'avance que l'on se retrouve pour faire l'amour ; pour se dorloter, pour se faire plaisir l'un l'autre, pour s'aimer. Des moments où, aussi, il est bon de « *théâtraliser* ». Des moments à vivre comme si, à chaque fois, ce devait être le dernier.

<u>Bérangère :</u>

Nous organisons d'un commun accord des rendez-vous, chez nous, des plages de temps où nous nous coupons du monde ; où nous débranchons les téléphones ; où nous savons que nous allons faire l'amour ; nous occuper de nous. Et nous préparer pour faire l'amour. Parfois avec des accessoires. J'aime, et il adore, mettre parfois des bas, des porte-jarretelles par exemple. Ou de grandes bottes. Emballage cadeau comme dit une chanson de Claude Nougaro. Me transformant ainsi en « *objet* » sexuel. Cette théâtralisation érotise encore davantage la rencontre. Et nous prenons l'apéritif en amoureux tel un rituel païen célébrant par le partage de verres de vins notre amour de la vie et le plaisir d'être ensemble. En vieillissant, il faut aux amants une vraie osmose pour jouir. On quitte la pulsion animale pour une relation plus cérébrale, plus lente plus complice.

Oscar :

Indispensable les rituels. Tous les couples doivent avoir des rituels redondants tout au long des semaines et des années.

Que n'avons nous pas fait cela plus tôt !

Bérangère :

Que n'avons nous pas fait cela plus tôt !

Oscar :

Me reste tout de même, malheureusement, un goût amer de grand gâchis ...

Bérangère :

Moi, étrangement, j'ai tout gommé ! Comme si rien n'était arrivé ...

<u>Oscar et Bérengère :</u>

Mon amour ; vivons et jouissons ensemble de chaque instant qu'il nous reste à vivre ; de cet espace temps, ultime paramètre inconnu de cette équation que l'on nomme la vie !

« Tu avances, inéluctable, toi dont même en tremblant nous n'osons murmurer le nom.

Toi avec qui nous avons rendez-vous, tous rendez-vous, sans même en connaître l'heure, ni le lieu.

Faut-il te craindre ou plutôt t'espérer, tel un soulagement ultime ?

Nous voulons toujours te repousser à plus tard mais tu n'en restes pas moins la délivrance finale. »

(Pierre-Henri de Guingois ; philosophe)

****